Sciorrfhocail

Sciorrfhocail

Scéalta agus úrscéal

Panu Petteri Höglund
a scríobh

Otso Höglund
a mhaisigh

evertype
2009

Arna fhoilsiú ag Evertype, Cnoc Sceichín, Leac an Anfa, Cathair na Mart, Co. Mhaigh Eo, Éire. *www.evertype.com.*

© 2009 Panu Petteri Höglund

Gach ceart ar cosaint. Ní ceadmhach aon chuid den fhoilseachán seo a atáirgeadh, a chur i gcomhad athfhála nó a tharchur ar aon mhodh nó slí, bíodh sin leictreonach, meicniúil, bunaithe ar fhótachóipeáil, ar thaifeadadh nó eile, gan cead a fháil roimh ré ón bhfoilsitheoir.

Tá taifead catalóige don leabhar seo le fáil ó Leabharlann na Breataine.
A catalogue record for this book is available from the British Library.

ISBN-10 1-904808-31-X
ISBN-13 978-1-904808-31-2

Dearadh agus clóchur: Michael Everson.
Warnock Pro agus *Gazelle* na clónna.

Maisiúcháin: Otso Höglund.

Clúdach: Michael Everson.
Grianghraf le hAndrejs Pidjass, Ríge na Laitvia,
nejron.livejournal.com.
Grianghraf Phanu le Ruth Gaughan, Londain.
www.magpiephotographic.com.

Arna chlóbhualadh ag LightningSource.

iv

Clár

I ndilchuimhne
ar mo mháthair
Inari Höglund, *née* Takala
agus
ar a seanchara scoile
Lulu Rossi, *née* Lampinen.

Ainmhian na Maistreása Óige

Chlis Pia as a codladh. Ina haonar a bhí sí, dálta gach aon mhaidin roimhe seo, agus b'amhlaidh a mhairfeadh sí a mbeadh fágtha dá saol—nó sin mar a chonacthas di, rud a choinnigh smúit ar a hintinn agus síordhuairceas ar a croí. Bhí céim ollscoile aici le cúpla bliain anuas, agus í ag teagasc teangacha iasachta anois do mhalraigh is do ghiodróga meánscoile nach raibh ach ocht go deich mbliana ní b'óige ná ise. Bean óg a bhí inti go fóill de réir chaighdeán ar bith, nó ní raibh sí ach sé bliana fichead d'aois, agus cosúlacht tharraingteach thaitneamhach uirthi. Bhí dóighiúlacht dheas nádúrtha ag baint léi, fíor-áilleacht nach dual do mhainicíní na fógraíochta ná d'áilleagáin na sraith-scéalta teilifíse.

Bhí Pia an-tugtha dá jab, agus ba bhreá a thaitneodh sé léi, ach go bé go raibh na stócaigh mar a bhí siad. B'iomaí girseach ar an scoil agus dáimh acu le Pia, nó nach dea-shampla agus díol aithrise a bhí inti dá leithéidí? Bean óg álainn agus léann is oideachas uirthi!

1

Bhí na cailíní seo go seoigh ar fad. Ach dá mbeadh a rogha aici, b'fhearr le Pia gan an dara hamharc a fheiceáil de na buachaillí, an chuid ba mhó acu ar a laghad. Bhídís ag sailíneacht uirthi i dtólamh, agus ba bheag a mbeann ar fhoghlaim ar bith. Scoil scothaicme a bhí i gceist, scoil faoi choinne chlann na mboc mór. Mar sin, dá dteipfeadh ar dhuine de na fir óga seo dintiúir shásúla a bhaint amach ón meánscoil, réiteodh airgead a athar an bealach dó pé scéal é. Cén gá a bhí aige, mar sin, le scolaíocht ar bith? Ní bheadh de dhíth ach síntiús beag a íoc leis an duine ba chuí.

Agus ba bheag ab iontach an scéal é go mbíodh cúlchaint chrua cháidheach i gcónaí ag an diabhal drong sin fá dtaobh dá múinteoir féin: "Mór milis meallacach millteanach iad na cíocha sin. Méanar don té a n-éireoidh leis seal siolpaireachta a bhaint astu." "Ó, stad den tseafóid, nach bhfuil a fhios ag an saol mór is a mháthair nach bhfuil fear ar bith aici. Níl inti ach cladhaire mná a dhéanfadh a cac i gcúl a nicirí dá bhfaigheadh sí oiread agus amharc ar bhod fir." Agus an tríú rógaire acu den tuairim gur chóir a mhúineadh di in aghaidh a tola "céard is craiceann ann".

Sin é an sórt comhrá a bhíodh ag na háibhirseoirí óga; agus ba mhinic iad ar an téad seo i gcomhchlos do Pia. Ní fhéadfadh sí neamhshuim a dhéanamh den chineál sin gáirsiúlachta choíche. Cailín cráifeach a bhí inti ó thús, agus má chuaigh sí chun leathan-aigeantachta nuair a bhí sí ag foghlaim léinn san ollscoil, ba leasc léi i gcónaí cúlchaint faoi chúrsaí craicinn agus cuideachta meisceoirí.

Is dócha áfach gurbh é an rud ba mhó a ghoill uirthi faoin mbrocamas cainte sin ná an oiread fírinne a bhí ann. Ní raibh sí pósta, ná geall leis. Bhí sí cúthail riamh, ní nárbh ionadh: cailín a tógadh le reiligiún agus eagla uirthi roimh na fir. Is iomaí ógbhruinneall dheas a fhágtar ar an trá fholamh mar sin, gan fear gan chlann gan teaghlach aici, cé gur mhó b'airí di é ná dá lán ban pósta, ós rud é nach bhfuil de mhisneach inti dul i gcumann grá le buachaill ar bith.

Cotúil cráifeach is uile mar a bhí Pia, ní bean fhuar a bhí inti ó thaobh an chraicinn de. A mhalairt ar fad. Diabhal an drae dabht go raibh a fhios aici an sult is an t-aoibhneas a bheadh sa ghrá chollaí. Bhí sé ag teastáil uaithi go géar: lámha fir a mhothú thart ar a colainn ag cuardach is ag taighde, ag méaradradh is ag súgradh. Nach mairg nach raibh fear aici le fáiméad póige a thabhairt di, focail ghrámhara a rá de chogarnach ina cluas, bod deas crua a shá isteach a faighin chun bun a chur le beo úr ina broinn?

Ina gearrchaile beag aon bhliana déag di, agus í dall aineolach ar chúrsaí giniúna, bhí sí suite siúráilte cheana gur mhian léi leanbh a iompar is a bhreith nuair a d'fhásfadh sí aníos. Ar dtús fuair sí amach go raibh fear de dhíobháil le "síol an linbh a chur" mar a chuala sí iomrá air. Thaitin an fhoclaíocht sin léi—síol an linbh a chur. Tháinig tuiscint instinneach dhúchas-ach aici gur dheas an rud é an síol sin a bhrath ag teacht isteach. Samhlaíodh di gur cineál teas a bhí ann, cosúil le teas an bhía spíosraithe ar an teanga. Blas a bhraithfeá ar fud do cholainne go léir! Ba léir gur rud deas álainn, rud cineál naofa fiú, a bhí ann. Níor taibhsíodh di go mbeadh meas an pheaca ag daoine eile ar a leithéid sin de smaointeachas.

Chaith sí a céad óige i gceantar iargúlta faoin tuath i dtuaisceart na tíre, agus dearcadh an-dian ag bunadh na háite ar na gnóthaí gnéis. Ba chuid de churaclam oifigiúil na scoile é léargas nó éachtaint éigin a thabhairt do na daltaí ar chúrsaí craicinn agus iad ag teannadh isteach le haois na contúirte. Ach cibé a shíl lucht na Roinne Oideachais sa phríomhchathair, ní hionann sin agus an dóigh ar iompaigh an scéal amach sna cúlriasca. Dá gcloífeadh na hoidí ansin lena leithéid de churaclam, thitfeadh tuismitheoirí a gcuid scoláirí as a gcrann cumhachta. Shíl siad cheana féin nach raibh sa chóras úr scoile cibé ach uisce faoi thalamh de chuid na gCumannaithe idirnáisiúnta a bhí ag iarraidh clann mhacánta na ndea-dhaoine a chur ar bhealach a míleasa le drúisiúlacht. Ar na saolta sin bhí an dá pharanóia—an frith-Chumannachas agus an meon frithghnéasúil—fite fuaite le chéile is fréamhaithe go domhain daingean in úir sheasc an cheantair. An múinteoir a thuigfeadh a leas féin ní chuirfeadh sé troid ar bith ar na fórsaí nádúrtha sin: b'fhearr leis dul sa seans le cigire na Roinne.

Agus bhí an ceart aige, nó b'éadócha go ndallfadh aon chigire doras mór na scoile choíche. Má dhall féin, níor chuir sé spéis ar bith i staid an ghnéasoideachais sa cheantar. Ba iad na háiseanna nuafhaiseanta clos-amhairc ba mhó a tharraing a shúil, agus é ag fiafraí cén úsáid a bhíodh á baint astu agus an raibh fios a n-oibrithe ag na múinteoirí go léir, na seanleaideanna san áireamh. Is féidir gurbh iad seo na treoirlínte a fuair an cigire ón Roinn: gan aon challán a tharraingt tríd an mball íogair a shuaitheadh má bhí pobal éigin dianchreidimh i gceannas ar an gceantar. Bhí a seacht sáith fadhbanna ag an Roinn cheana gan na dreamanna seo a chur i dtreo cogaidh.

An toradh a bhí air seo, ar ndóigh, ná gur fágadh daoine óga na háite ar fíorbheagán eolais ar na cúrsaí comhriachtana. Agus nuair a thosaigh Pia ag cur sean-chas a giniúna féin, tharraing sí na seantithe anuas uirthi. Ní dhearna sí ach an cheist chneasta shaonta a chur ar a máthair féin: "Chuir Deaidí an síol ionat agus tháinig mise as, a Mhaim—cad é mar a bhraith tú é?" Ní raibh a fhios ag an ngirseach bhocht faic na fríde ach amháin gur rud álainn deas a bhí ann mar a samhlaíodh di féin é—nó mar a mhothaigh sí é agus í ag cuimilt a baill ghiniúna féin—rud nár rith lena tuismitheoirí riamh a chosc uirthi, nó soineanta is uile mar a bhí an cailín, níor thaise dá muintir é.

Níor rith le Pia fiú aon bhaint a bheith ag na cúrsaí seo leis an aithne úd sa Bhíobla nár thuig sí riamh: *ná déan adhaltranas*. Ní raibh sí ábalta a dhéanamh amach cad é faoin spéir ba chiall le sin. Ar bun na fianaise fíorghainne ar tháinig sí trasna uirthi de réir a chéile cheap sí teoiric an-chliste: shíl sí gurbh ionann adhaltranas a dhéanamh agus d'fhear céile nó do bhean chéile a thréigean ar mhaithe le fear nó bean éigin eile. Bhí sin ag luí go mór le réasún, nó ba léir gur millteanach an peaca a bhí ann. Níor cheadmhach duit do chéile a ligean síos, ach oiread le do chara. Uafásach is uile mar a bhí sé, tharlaíodh a leithéid, mar ab eol don chailín. Agus bhí oide an Teagaisc Chríostaí breá sásta leis an tuiscint seo freisin.

Bhí an cailín beag bocht chomh páistiúil agus gur tháinig sé go hiomlán aniar aduaidh uirthi nuair a chuir a ceist colg millteanach feirge ar a máthair.

6

Thosaigh sí ag caitheamh anuas ar Phia agus roiseanna móra eascainí ag brúchtaíl aisti nár chuala an páiste a leithéidí ag na pótairí sráide féin: striapach lofa bhradach, díol drúthlainne, síol an diabhail dhuibh dhorcha, nathair nimhe a neadaigh inár measc de lúbarnach fhealltach le galar na drúise a scaipeadh....

Baineadh scanradh as an gcailín beag agus phléasc a caoineadh uirthi. Níor thuig Pia a dhath, ach amháin go raibh bun curtha aici le holltubaiste éigin ina hainneoin agus go gcaithfeadh sí greadadh léi as baile anois, ó ba léir nach dtabharfadh a máthar grá ná dídean di a thuilleadh.

"An bhfuil de dhíobháil ort a fhoghlaim cad é mar a cuireadh tús leatsa! Níl ionat ach toradh an pheaca! Toradh an pheaca, an dtuigeann tú! Pheacaigh mise le d'athair, agus as sin a tháinig tú! Agus tá a shliocht ort! A leithéid de spéis cháidheach agat i gcúrsaí an pheaca uafásaigh féin!"

Nuair a bhí a racht ligthe aici chuaigh an mháthair faoi chónaí, ach mhair goimh an scanraidh seo ar an iníon bheag. D'fhan sí uirthi go deo, mar a chonacthas di anois. Agus nach íorónta truacanta áiféiseach greanntraigéideach an scéal é gur éirigh lena máthair a áitiú ar Phia nach rachadh aici choíche fear a bhréagadh ionsuirthi a dheánfadh cúis mar fhear céile ná mar athair clainne, dá ngéillfeadh sí a maighdeanas roimh lá a pósta. Thiarcais Dé, a Mhaime, níl fios an tsaoil agat a thuilleadh. B'iomaí cailín, agus aithne ag Pia orthu, nach raibh ródhian faoina gcuid nuair nach raibh leannán seasta acu go fóill; anois áfach bhí siad pósta ceangailte; agus ní hamháin go raibh siad pósta, nó bhí sé éirithe le beirt nó triúr acu fear den chéadscoth a fháil in eangaigh, agus gach cuma ar an scéal nach raibh fonn adhaltranais orthu ná baol air.

Marianne mar shampla. Bhí sise fiú tar éis clann dheas páistí a bhreith a mhaífeadh bean ar bith uirthi. Scaití d'fhaigheadh Pia áiméar bheith ina feighlí ar na rudaí beaga aici nuair a théadh Marianne agus a fear céile go dtí an amharclann nó an phictiúrlann lena gcuid áibhéir a dhéanamh, mar a chuireadh sí féin i bhfocail é. Bean mhór chluichí is súgraidh a bhí i bPia féin gan amhras, nó ní bhíodh aon chúl ná moill uirthi teacht ar chaitheamh aimsire faoi choinne na bpáistí. Bhíodh sí ina capall acu, bhíodh brilsce is bruíonachas bréige ar obair acu, bhíodh sí ag léamh scéalta lachan de chuid Disney os ard dóibh. Bhíodh sult an domhain ag an triúr acu as an am a chaithidís le chéile. Bhí imní ar Mharianne ar tús nach réiteodh a cuid clainne go rómhaith le Pia, agus iad chomh dána sin, ródhána ag bhean chiúin chráifeach b'fhéidir; ach nuair a d'fhill sí agus a fear ón amharclann, bhí na páistí chomh doirte do Phia agus gur thosaigh siad ag gol is ag scréach-arnaigh i seanairde a nglóir gur rogha leo a cuideachta go ceann tamaill mhaith eile ar a laghad.

Ar ndóighe ba é an t-athrú comhluadair ba mhó a thaitin leis na rudaí beaga ag Pia. Ach cibé scéal é, bhí bród uirthi as a fheabhas is a chruthaigh an scéal. Ábhar máthar ar dhóigh, gan smid bhréige! Ach más amhlaidh féin, cá háit a raibh an t-ábhar athar?

Lig Pia osna aisti agus í ag tosú ar ghnáthchúraimí na maidine. Phacáil sí a cuid leabhar faoi choinne cheachtanna an lae, ghlac sí cith, chíor sí is réitigh sí a cuid gruaige, roghnaigh sí na héadaí ab fhóirsteanaí d'aimsir an lae. Ansin chuaigh sí léi agus í ag tabhairt aghaidh ar scáthlán an bhus-stad ba chóngaraí. Chaith sí tamall maith ina seasamh faoin scáthlán, agus cé gur éirigh sí tuirseach sna cosa níor shuigh sí síos ar an mbinse. Ba díchéillí a mhalairt, nó bhí sé ina dhubh-gheimhreadh fhuar, agus tholgfadh sí úiréidríteas in áit na mbonn dá gconálfadh sí a gabhal ar shaoistín reoite.

Tháinig an bus ceart, agus isteach le Pia gan mhoill, a ticéad míosa á sheachadadh aici ionsar an tiománaí. Dhrann seisean a mheangadh oifigiúil léi, agus an bheirt acu ag beannú dá chéile. Ansin fuair sí suíochán in aice leis an gcúldoras, agus nuair a bhí sí soiprithe léi chuaigh an bus ag bogadaigh.

Ba bheag idir an lá seo agus cibé gnáthlá eile go dtí gur thosaigh sos an tséire. Ansin cuireadh gairm scoile ar na múinteoirí go léir isteach chuig an bPríomh-Oide. Chuaigh Pia go dtína oifig-sean agus sceitimíní uirthi, tharla nár fhéad sí tuairim ar bith a chaitheamh faoi shiocair an chruinnithe. Bhí a bhealaí féin ann mar Phríomh-Oide, ach má bhí, ní rithfeadh leis choíche aos teagaisc a scoile a iarraidh isteach ionsair ar an ábhar amháin go léifeadh sé os ard dóibh ciorcallán aiféiseach éigin ón Roinn Oideachais nach gcuirfeadh isteach ná amach ar ghnáthobair na múinteoireachta.

Nuair a d'oscail sí doras na hoifige, fuair Pia bunús na múinteoirí eile istigh roimpi. Sméid cúpla duine acu go cairdiúil léi gan gíocs a ligean astu. Bhí an Príomh-Oide díreach ag tosú. Bhí sé ina sheasamh os coinne an choimhthionóil, agus fear in aice leis nach raibh aithne ag Pia air.

"A chairde," arsa an Príomh-Oide, "ba mhaith liom cuid bheag de bhur n-airde a fháil, mura miste. Is é rud a tháinig comhoibrí úr anseo, agus mise lena chur in aithne daoibh inniu. Mar is eol do chách, sciob galar tromchúiseach Nestor von Born uainn go tobann tubaisteach..."

Ailse na scamhóg a thug a bhás, mar Nestor, nó bhí sé chomh tugtha do na toitíní agus go mbíodh sé ina shean-nathán magaidh ag na múinteoirí go bhféadfadh sé tionsclaíocht an tobac a chothú ina aonar dá n-éireodh an chuid eile den tsaol mhór as an drochnós. Ba mhór an bhris é, dar le formhór na múinteoirí, nó duine lách cairdiúil a bhí ann. Fear mór eadraiscíne a bhí ann a réiteodh go héasca cibé caismirt nó eas-aontas a d'éireodh idir na hoidí is na daltaí, siúd is nár thaitin sé le cách go raibh de nós aige toitíní a thairiscint do na buachaillí ag ócáidí den tsórt sin "leis an scéal casta seo a chardáil go foighneach idir fir fhásta". Dá réir sin, bhíodh fíormheas ag an scoláire ba driseogaí air lá a shaoil, rud nár ghnách ar an scoil seo.

"Karl Johan von Essen is ainm don mhúinteoir úr staire a bheidh sa bhearna bhaoil i ndiaidh Nestor feasta."

An fear a bhí ina sheasamh ar an taobh deas den Phríomh-Oide, tháinig sé chun tosaigh ag croitheadh láimhe leis na múinteoirí eile. Rinne an Príomh-Oide a dhícheall iad a chur in aithne dó le cúpla focal greannmhara de réir mar a rachadh an fear nua ó dhuine go duine.

"Seo duit Pia Bobacka. Is í an t-oide is óige anseo, dríodar an chrúiscín mar a déarfá, agus í ag iarraidh teangacha móra an Iarthair is an Oirthir a fháscadh isteach i gcloigne na ndaltaí."

D'amharc Karl Johan uirthi, agus nuair a rinne a gcuid súl teagmháil le chéile b'aisteach an bogstangadh

10

a baineadh as Pia. Na mothúcháin a d'aithin sí taobh thiar de shúile an fhir, shroich siad, dar léi, ó bhrón go cumha is ó shearbhas go cineáltacht. Níor mhair ach mearchuimhne aici ar chosúlacht Karl Johan tar éis na chéad teagmhála seo. Ba iad na súile a chuaigh greamaithe ina hintinn.

Fear cúig bliana déag is fiche ab ea Karl Johan, a bheag nó a mhór; agus cé gur bhreathnaigh sé go folláin sláintiúil, d'aithin Pia néal gruama an bhróin mhóir ar foluain os a chionn. Dá chineáltacht is a bhíodh sé, agus é á iompar go cairdiúil béasach i dtólamh, bhí an chuma air go mbíodh sé ag iarraidh an chumha dhothuigthe dhiamhair sin a mhaolú nó a dhíbirt uaidh trína shaol féin a ofráil ar son leas na ndaoine eile, ionas go bhfanfaidís faoi chomaoin aige.

Bhí spéiseanna agus caithimh aimsire dá chuid féin aige, áfach. Ghnáthaíodh sé an amharclann agus na ceolchoirmeanna clasaiceacha, agus níor thug Pia cuairt amháin ar an leabharlann nár casadh uirthi é ansin. Ba léir gurbh iad na seanfhealsúna ba mhó a léadh sé, nó rudaí eile a raibh baint acu lena chuid oibre: chonaic Pia idir Cicero agus Boëthius, Spinoza agus Wittgenstein aige. Bhí sé amuigh ar Kharl Johan go ndearna sé a dhícheall fealsúnacht is smaointeoireacht gach aois a mhíniú do na daltaí agus iad ag streachailt leo trí stair an chine dhaonna—rud nár rith le lucht scríofa na dtéacsleabhar riamh, de réir cosúlachta.

Léadh Pia féin litríocht sna teangacha a mhúineadh sí. Böll agus Schiller, Proust agus Émile Ajar, Dostoyevsky agus Pushkin. Ba bheag spéis a bhí aici sna leabhair chrábhaidh ar na saolta seo, nó tuigeadh di le fada nach raibh ina mbunús ach síoriarracht scrupaill choinsiasa an léitheora a mhaolú trí ró-shimpliúchán a dhéanamh ar na beocheisteanna móra moráltachta. Mar sin féin, bhí suim aici i gcónaí i scríbhinní an fhir a bhunaigh an dream dianchreidimh ar fáisceadh Pia féin as. Nó ba dóigh le Pia nár thuig sí cás an tseanphropast i gceart ach anois.

Gruama is uile mar a d'amharcadh sé go coitianta, thaispeánadh Karl Johan aoibh thaithneamhach chairdiúil le Pia chomh luath is a d'fhaigheadh sé radharc uirthi, agus bhíodh cúpla focal cineálta aige faoina choinne uair ar bith. Dar le Pia go raibh an dá Kharl Johan ann, agus croí mór maith faoi chlúdach na gruamachta a d'fhág anró is ainnise a shaoil air, de réir dealraimh. Chaithfeadh sé go raibh taisme thruamhéileach éigin tar éis baint dó go frithir, agus na cneánna gan chneasú go fóill ina dhiaidh sin. Ach má b'fhíor di, cén sórt tubaiste a bhí i gceist? Ar thréig a bhean é? B'éadócha le Pia sin, nó ní bheadh sé chomh séimh muinteartha léise ná le bean ar bith eile dá mb'amhlaidh.

Lá amháin, agus Karl Johan tar éis cúpla seachtain a chur isteach anseo, tháinig ar Phia sciurdadh isteach chuig a sheomra le hiasacht foclóra a fháil. Ghabh sí bealach an chúldorais, agus nár thruacánta an feic é an fear bocht: cromtha os cionn a dheasc a bhí sé, agus na deora ag teacht leis ina ndobhair mhóra. Baineadh geit as Pia, agus d'fhan sí ina seasamh faoi bhun an fhardorais gan bhíog gan mhíog.

Chinn Pia, ansin, ar sheanchas an chomhoibrí úir a chur: bhíodh fios gach ruda is aithne gach duine ag Gunnel, a bhí ar an mbean ba mhó dúirtse dáirtse dár casadh le Pia lá a saoil. "Más é an domhan ríomhaire Dé," a deireadh oide an teagaisc Chríostaí, "is í Gunnel A chomhadlann." Ar ndóigh, chuireadh sí caol uirthi gan an méid seo a rá in éisteacht Ghunnel féin.

"Ó, sea, Karl Johan, ar ndóigh," arsa Gunnel ar dtús, "an fear bocht... is ea, ar feadh m'eolais... bhuel... chuala mé corriomrá ar an scéal ceart go leor... is éard a bhí bean is teaghlach aige, ach tháinig scúille éigin d'fhear óg ag tiomáint gluaisteán agus braon maith biotáille sa ghrágán aige... mharaigh an diabhal pleib sin an bhean bhocht ar an spota, go ndéana Dia trócaire uirthi... agus sin os coinne shúile a fir is an dá iníon acu agus iad gan a bheith ábalta oiread is leath-lámh a ardú le tarrtháil a thabhairt don mháthair... níor caitheadh ach leathshoicind, agus an mordadh déanta. Agus an fear céile á mhilleánú féin faoin tubaiste, mar is gnách."

"Nach bocht an scéal é! An créatúr!" a d'imigh ar Phia. "An bhfuil na hiníonacha slán, ar a laghad?"

"Tá, ar ndóigh, ní heagal dóibh. Tá cónaí orthu i dteach dheirfiúr a n-athar. Naoi mbliana d'aois atá an bhean is sine acu, agus trí bliana aici ar an iníon is óige."

"Nach agatsa atá an t-eolas," arsa Pia go leath-fhonóideach.

"Ó, níl agam ach aithne ar mhúinteoir sa scoil a bhfuil an inion is sine ag freastal uirthi. Uaithise a chuala mé an seanchas go léir," a d'fhreagair an bhean eile gan an fhonóid a aithint. "Is mór millteanach an trua é. Togha fir atá ann mar Kharl Johan ar go leor bealaí, ach is léir nach bhfuil sé in inmhe teacht chuige féin a thuilleadh."

"Tá an ceart agat," arsa Pia, "an fear bocht." Thug sí in amhail leanúint léi agus trácht a dhéanamh ar a bhfaca sí ag amharc ar Kharl Johan i nganfhios dó, go mbíodh sé i gcónaí ag caí a mhná céile; ach chuir sí fiacail ann, nó ní raibh fonn dá laghad ar Phia tuilleadh ábhar cáidéise a thairiscint do Ghunnel. Tharraing sí malairt scéil chuici go sciobtha, agus ba ghearr go raibh an bheirt acu ag ársaí téamaí eile ar fad go gealgháireach.

Cúpla lá ina dhiaidh sin fuair Pia áiméar corrfhocal a labhairt le Karl Johan. Nuair a thrácht sí ar a bhfaca sí, bhí seisean cairdiúil cúirtéiseach mar ba dual dó, agus é ag déanamh a bheag dá chuid buarthaí.

"Ní raibh orm ach tuirse," ar seisean, agus é ag ligean gothaí éadromchroíocha air féin.

"Ná bí ag caint mar sin," a d'fhreagair an bhean óg, agus imní ina guth. "Tá a aithne ort go bhfuil pian éigin do do chrá"—ní thabharfadh Pia le fios go raibh fios fátha a phéine aici cheana—"agus sin go géar goimhiúil. Nach dóigh leat gur chóir duit do chás a chardáil liom?"

"Cén spéis atá agatsa i mo chúrsaí?" a d'imigh ar Kharl Johan, agus cuma na mífhoighne air.

"Nach tusa atá giorraisc liom anois," arsa Pia. "Go deimhin ní bheadh lá suime agam iontu ach amháin gur comhoibrí de mo chuid tusa, agus b'fhearr a threabhfaimis le chéile i mbun oibre dúinn freisin dá mbeifeá sásta a riomh liom cén cat mara a chuireann ag gol do chuid súl amach as do chloigeann thú gach dara uair dá gcastar ar a chéile sinn."

Bhí an guth céanna aici agus a bhíodh nuair a chuireadh sí foirteagal ar pháistí dána, idir fhearg agus shéimhe le haithint air, agus a hintinn socair aici comhairle a chur ar an bhfear. D'fhág sí a deasóg ar leathghualainn an fhir le cuimilt bheag peataíochta a

thabhairt do Kharl Johan. "Bhí sé de dhánacht ionam a
cheapadh gur cineál cairde sinn dá chéile, ach má tá
ciapóga orm..."

Tháinig an dubhiontas ar Kharl Johan agus é ag baint
lán a shúl as an gcailín. Níor aithin sé i gceart ach anois
cén chuasnóg mhná a bhí i bPia: stuaire stáidiúil
staidéartha ab ea í, agus imní ionraic uirthi fá dtaobh
dá comhoibrí, rud a chuala sé go soiléir ar a glór. Bhí
dáimh aici leis. Mhothaigh Karl Johan an lasóg á
bhladhmadh arís ina chroí a chreid sé múchta go deo,
nuair a fuair a bhean chéile bás. "An chéad bhean
chéile s'agam" a chuaigh trína intinn, agus baineadh
stangadh as leis an smaoineamh seo.

Ba mhilis a mothaíodh gach focal séimh ó bhéal Phia
don fhear, agus ba ghéar a bhí a cuidiú is a cuideachta
d'fheidhm air. Is féidir fosta gur bhraith sé fonn beag
craicinn ag teacht air chomh maith, ach rinne sé a
dhícheall an diabhailín seo a fháscadh chun báis
chomh luath is a d'aithin sé é. In ainneoin gach uile rud
níorbh é an craiceann an rud ba mhó a theastaigh
uaidh, agus bhí eagla air go ruaigfeadh a ragús an
bhean óg dheas seo uaidh.

Seachas bheith ag streachailt leathair léi ba é an rud
ba mhó ab áil leis a dhéanamh ná a chloigeann a bhrú
go tiubh lena croíse ag éisteacht leis na buaillí.

Thainig corrdheoir faoina leathshúil agus na briong-
lóidí seo ag rith trína intinn, ach ansin chuir sé caol air
féin le hiad a dhíbirt. Labhair sé le Pia. "Is féidir go
bhfuil an ceart agat, a chuid," ar seisean. "Más dáiríre
atá tú, ba mhaith liom coinne a shocrú leat ar an séala
sin lá éigin de na laethanta seo. Cogar i leith, a dheir-
fiúirín: beidh ceolfhoireann an raidió ar cuairt anseo

an tseachtain seo chugainn le ceolchoirm mhór a thabhairt. An mbeifeá sásta dul ansin in éineacht liom? Seifteoidh mé ticéad duit agus beidh ceol is comhrá againn."

A thiarcais! a smaointigh Pia. Ní ceiliúr rómánsúil ná téaradh pósta a bhí mé le cur air, ní raibh mé ach ag síneadh lámh chúnta chuige... ach cibé rud a rith léi, ba é an toradh gur leath meangadh gealgháireach ar a béal, agus chuala sí a glór féin ag rá: "Ó, beidh sin go han-deas. Tiocfad agus fáilte!"

"Go deimhin?" a d'fhiosraigh seisean.

"An drae amhras," a chinntigh sí.

B'annamh a bhraith sé a leithéid de ríméad is de lúcháir air féin ar na saolta seo, i ndiaidh na tubaiste móire. Nuair a tharraing sé amach an doras mór ina dhiaidh ag gabháil isteach ina árasán dó níorbh é an síoruaigneas a thit anuas air a thuilleadh. Níor mhothaigh sé é féin dúnta i mbraighdeanas ní ba mhó. Nuair a d'ardaigh sé a shúile d'fhonn amharc a chuid iníonacha a theagmháil, agus iad ina ngrianghrafanna thuas ar an tseilf, ba é an chéad mhothúchán a bhuail é ná go raibh muinín ag na rudaí beaga as a n-athair go mbeadh sé in ann leasmháthair mhaith a roghnú dóibh. Ní raibh Karl Johan á mhilleánú féin in anbhás a mhná céile a thuilleadh. Ag dearcadh ar aghaidh uaidh chonaic sé todhchaí úr á hoscailt faoina choinne, in ionad an tsíordhuaircis a bhí ann roimhe seo.

"An bhfuair tú máthair úr faoinár gcoinne?" Sin é an sórt ceiste a shamhlódh sé leis an ngearrchaile ba sine acu. "Cad fáth arb éigean dúinn a bheith inár gcónaí tigh Aintín Laura?" a d'fhiafraigh sí dá hathair tráth.

16

"Cad chuige nach bhféadfaimis fanacht in aontíos leatsa?"

"Ní thiocfadh liom aire a thabhairt don bheirt agaibh mar is cóir, agus mise i m'aonar. Bheadh faitíos orm mé a bheith ag déanamh neamart ionaibh." Agus bheadh an dá áibhirseoir mná úd ag dul chun cearmansaíochta air, ach ní abródh sé sin os ard leis an gcailín bocht.

"Cad fáth nach bpósfá athuair," arsa an iníon ba sine ansin—Tanja ab ainm di, dála an scéil. D'fhág an cheist mhacánta pháistiúil ar fíorbheagán focal é. Rinne sé cúpla iarracht amscaí a mhíniú dá iníon nach raibh réiteach na faidhbe lán chomh simplí sin, nó chaithfeadh sé bean faoi leith a fháil, agus í fonnmhar fear beagnach meánaosta a phósadh a raibh muirear de chúram air. Thairis sin, bheadh sé deacair bean a fháil a thaithneodh le Tanja agus Pinja chomh maith leis féin. Ní raibh an cailín sásta a chuid scrupall a thuiscint, nó ba dóigh léi go raibh a hathair ar fear chomh maith agus a bhí le fáil sa tír go léir. Bhain an breithiúnas seo racht mhór gáire as Karl Johan. Thug sé croí isteach don ghirseach bheag agus thosaigh sé ag áitiú uirthi nach raibh sí, b'fhéidir, lánoibiachtúil ina barúil nuair a tháinig an crú ar an tairne. Ba bheag gar a bhí ann, nó ní athródh na seacht ríochta idir chlaíomh is each tuairim a iníne fá dtaobh dá fheabhas agus a bhí a hathair. Ní thiocfadh sí ar mhalairt intinne ach go mbainfeadh sí amach an aois cheart le sonrú a chur i neacha fireanna ar comhaois léi féin.

An ceart agat a chailín, cad fáth nach bpósfainn....

Chroith sé a chloigeann ag iarraidh ruaigeadh a chur ar gach smaoineamh den chineál seo, ach ní raibh gar ann. Nó ba sciobtha a d'fhillfeadh Pia ar a intinn: bean óg shéimh lách, agus é in ann í a fheiceáil ina steillbheatha os a chomhair dá ndúnfadh sé a shúile.

Ach scéal ar bith é, ní raibh aige ach mearaithne an chomhoibrí uirthi. Ní thitfidís i ngrá le chéile, agus dá dtitfidís, ba dócha go n-iompódh sí amach ina vóitín caolaigeanta éadulangach; nach raibh iomrá an reiligiúnachais uirthi? Nó níos measa fós, thiocfadh chun tsolais í a bheith ina nimhneachán neirbhíseach nach mbeadh sásta a chuid clainne-sean a ghiúmaráil.

Tháinig lá an chaighdeáin agus bhuail uair na coinne. Chuaigh siad chuig an gceolchoirm agus bhain siad sult as an gceol, gan trácht ar bith ar an gcuideachta agus ar an gcomhluadar maith. Ag filleadh abhaile dóibh tharraing siad scéilíní as saol na scoile chucu, agus Pia ag insint staróga dá cuid féin agus ag tabhairt cur síos do Kharl Johan ar na himeachtaí a thit amach sular tháinig seisean ag obair anseo. Maidir leis an bhfear, chonacthas do Phia go raibh biseach éigin ag teacht air i ndiaidh na holltubaiste a bhain dó, nó bhí sé in ann trácht stuama a dhéanamh ar an ábhar sin nuair a thagair sé don tsaol a bhí aige féin roimhe seo, ach ar ndóigh, d'aithin Pia an chorrdheoir ina shúile.

Nuair a bhí an bheirt acu os comhair theach Kharl Johan, bhí siad chomh sáite sa chomhrá agus nach rachadh acu éirí as. I ndiaidh deich nóiméad a chaitheamh amuigh ansin ag caint le chéile d'iarr seisean uirthi teacht isteach in éineacht leis.

"Nár mhaith leat braoinín caife nó tae a shnáthadh istigh san árasán s'agam? Tiocfaidh slaghdán orainn má fhanaimid tamall eile amuigh anseo. Níl a fhios agam thú féin, ach tá mise préachta conáilte."

"Tá an ceart agat. Tá sé fuar feannta. Isteach linn," a d'fhreagair Pia.

Chuaigh siad suas an staighre gur bhain siad amach árasán an fhir, agus chaith Karl Johan tamaillín ag tumadh a lámha ina chuid pócaí ar lorg na heochrach. Sa deireadh, fuair sé greim uirthi agus sháigh sé isteach sa ghlas í. Nuair a d'oscail sé an doras, ní raibh moill ar bith ar Phia léim isteach lena goradh a dhéanamh. San am chéanna, chaith sí súil ina timpeall.

Árasán cuibheasach beag a bhí ann, árasán den chineál a shamhlófá le fear diomhaoin nár phós riamh. Ní raibh ann go bunúsach ach seomra amháin agus nideog bheag a bhí ag déanamh ghnó na cistine. Bhí Karl Johan tar éis seadú maith a dhéanamh san áit cheana féin, nó bhí a phearsantacht le haithint ar fud an árasáin. D'amharc Pia uaithi go bhfuair sí radharc ar na grianghrafanna ar an leabhragán. Karl Johan a bhí ansin, agus a bhean chéile a bhí tar éis bháis anois: bean bheag dhóighiúil a bhí inti lá a saoil. Ag grinn-scrúdú a pictiúir di bhraith Pia ábhairín náire uirthi: tusa a fuair bás, agus mise ag mealladh d'fhir ionsorm anois! Ansin áfach chuir sí sonrú sa bheirt iníonacha de thaisme, agus murar chuir sin misneach ar a croí, níor lá go maidin é, nó bhain sí an-cheol as na coinnle a chonaic sí i súile na ngearrchailí beaga: bhí siad lách ach san am chéanna bhí siad cineál mioscaiseach, agus tháinig meangadh gáire ar Phia ina hainneoin nuair a d'fhéach sí orthu.

"Tá siad as pabhar deas, na páistí," ar sise le Karl Johan.

D'imigh gáire beag air, agus d'fhreagair sé: "Tá agus fáilte, ach is millteanach an mhagadóireacht a bhíonn

iontu uaireanta. Bíonn sceitimíní orm i gcónaí iad a
fheiceáil in athuair, ach i ndiaidh gach deireadh
seachtaine dá gcaithim leo mothaím mé féin mar a
bheinn tar éis maratón a chur díom."
   Rinne Pia sciotaíl. "A chréatúir! An mbeadh lámh
chuidithe de dhíth ort leo?"
   "Is minic a chronaím uaim a leithéid ceart go leor,
agus mé tógtha ó lár acu. Ba mhaith liom bheith in ann
freastal orthu níos fearr, nó tuigim go rómhaith gur
mór an éagóir nach mbím i mo cheann sách maith
dóibh agus mise róthuirseach róchantalach tar éis na
seachtaine fada oibre."
   "Cogar anois," ar sise, "ar mhaith leat mise ag cuidiú
leat anois agus arís agus iad ar cuairt agat? Is maith
liom páistí, agus taithí mór feighlíochta agam ag
amharc i ndiaidh chlann mo chara Marianne, le linn í
a bheith amuigh ag déanamh aeir lena fear céile."
   Tháinig iontas ar Kharl Johan agus d'fhan sé ina thost
go ceann tamaill. Nó bhí drogall áirithe air roimh lucht
an chrábhaidh, agus dá fheabhas a thaithin Pia leis, ní
raibh sé lánchinnte an chun leasa a rachadh comh-
luadar duine dhianreiligiúnda dá chuid iníonacha. Ba
chuimhneach leis an síorscaoll a chuireadh a shean-
aintín ann féin lena cuid scéalaíochta fá dtaobh d'uafáis
Ifrinn agus eisean ina ghearrstócach, agus má bhí sé
meáite ar aon rud amháin ar an domhan braonach seo
a chinntiú dá chlann féin, ba é an rud sin ná nach
ligfeadh sé d'aon duine choíche na gearrchailí a
chéasadh lena leithéid. Bhí na páistí i dteideal a
bpáistiúlachta fad is a mhairfidís ina bpáistí. Gheobh-
aidís amach faoi uafáis uile an tsaoil seo is an tsaoil eile
gan aon duine a bheith á bpointeáil amach dóibh ar

dhóigh ar leith. Agus nach ndúirt Íosa féin gur le leithéidí na bpáistí beaga A chuid flaitheas féin thar aon duine eile?

"Cad é a bhíonn ar obair agat leis na páistí agus tú ag tabhairt aire dóibh?" a d'fhiafraigh Karl Johan.

"Ó, bíonn sé éagsúil. Bímid ag léamh scéalta lachan de chuid Disney nó eachtraí de chuid Thintin, agus mise ag déanamh aisteoireachta le corthaí an scéil a chur in iúl dóibh. Bhíodh an-spéis agam i dTintin i mo chailín bheag dom, agus mo mháthair i gcónaí ag crosadh orm coimicí a léamh."

"A Phia," ar seisean i ndiaidh tamall maith tosta a chur de, agus é ag éirí dáiríre ina ghnúis, "an ndéarfá gur bhain tú taithneamh as a bheith i do pháiste?"

"Bhaineas agus fáilte," ar sise, agus í ag smaoineamh ar an gceist. "Ní dóigh liom ar aon nós gur mhill an creideamh orm é, más é sin atá i gceist agat. Ar ndóigh bhíodh eagla orm roimh Ifreann ó am go chéile. Ón taobh eile de, áfach, ba mhinic a d'fhaighinn sólás mór as an muinín a bhí agam as Dia, agus mise i gcruachás éigin."

"Cén sórt cruacháis atá tú a mhaíomh?"

"Gach uile shórt. Nuair a bhíodh rudaí á gcur i mo leith nach ndearna mé ar chor ar bith, ba mhór an sólás agam gurbh ag Dia ab fhearr a bhí a fhios."

"An minic a bhuail do thuismitheoirí thú?" a d'fhiafraigh Karl Johan. Chuir sé an-mhíchompord air go mbuailfeadh aon duine Pia, ina cailín beag nó ina bean fhásta di, agus is é an tuiscint a bhí aige riamh go raibh lucht an dianchreidimh an-chlaonta chun a gclann a bhualadh.

"Ó, ní minic.... Is cuimhneach liom áfach uair amháin is deacair liom a mhaitheamh do mo mháthair."

"Cad é a thug uirthi sin a dhéanamh?"

Chuir Pia meangadh searbh seitgháire uirthi féin agus í ag freagairt: "Cad eile ach mise a bheith ró-fhiosrach i dtaobh an Pheaca Uafásaigh féin."

"Cad é an rud é sin?"

"Ná bí chomh saonta sin, nach fear fásta atá ionat. Cúrsaí mo ghiniúna féin, ar ndóigh. Bhí a lán liodánachta cluinte agam faoi adhaltranas, faoi mhígheanmnaíocht agus rudaí den chineál sin, tá a fhios agat. Ach má bhí féin, ní raibh aon chiall agam dá leithéid, agus bhí mé breá sásta leis an aineolas sin. An rud nach eol duit, ní chuirfidh sé teaspach ort, mar a deir an Gearmánach. Ná bain don gheis agus ní bhainfidh an gheis duit, mar a deirimid féin. Ní raibh ionam ach puirtleog bheag girsí nuair a chuir mé ceist ar mo mháthair cad é an rud é an mhígheanmnaíocht sin a mbíonn an ministir i gcónaí ag trácht uirthi. Ní dúirt sí ansin ach gur cúrsaí do dhaoine fásta a bhí ann agus mise beag beann orthu i mo pháiste bheag dom. Agus ghabh mé leor leis an méid sin, nó ní raibh d'eolas agam ar na rudaí sin ach gur peaca tromchúiseach a bhí i gceist. Bhuel, áfach, ó ba rud é gur mhothaigh mé an seanmóirí ag moladh is ag móradh na máithreacha agus ag trácht ar an iompar clainne mar dhualgas naofa, ba nádúrtha an rud é go ndeachaigh mé ag cur ceisteanna ar mo mháthair fá dtaobh de sin. Chuaigh sí le buile agus thug buille dom, agus mhaslaigh sí mé le focail nár chuala mé riamh go dtí sin." Rinn sí sos fada ag smaoineamh sular labhair sí suas arís, agus an chuma uirthi gur léi féin ba mhó a bhí sí ag caint anois.

"Ghoill sé go trom orm, ach d'éirigh liom cian a thógáil díom trí mhachnamh a dhéanamh ar a ndúirt Íosa fá dtaobh de na páistí mar dhea-shampla le haithris." Bhain an méid seo cineál geit as Karl Johan, nach raibh ach go díreach tar éis an méid céanna a ligean trína intinn féin. "Le tréan páistiúlachta a chuir mé an cheist sin ar mo mháthair, agus chreid mé gur thuig Dia sin murar thuig mo mháthair."

"Cén dearcadh atá agat anois ar an gcreideamh mar chuid de thabhairt suas na bpáistí? An dtógfá do chlann le reiligiún?"

"Thógfainn, ach is casta crosta an scéal sin cad é is brí le *clann a thógáil le reiligiún*," arsa Pia. "Thógfainn le reiligiún iad ach dhéanfainn mo chroídhicheall gan iad a chéasadh as a meabhair le hIfreann. Bíonn páistí ag déanamh barraíocht marana ar a leithéid gan aon spreagadh a fháil ó dhaoine eile."

"Is mór an t-áthas orm an méid sin a chloisteáil uait," arsan fear, agus diabhal smid bréige a bhí ann, dáiríre. "Bhí aintín agam agus mise i mo smuilcín bheag de bhuachaill, agus í i dtólamh do mo chur ó chodladh na hoíche trí rabhadh a thabhairt dom fá dtaobh d'Ifreann."

Rinn Pia draothadh beag gáire. "Nach mór an díol trua a bhí ionatsa! An raibh páirt aici in aon ghluaiseacht athbheochana creidimh? Lucht an Chráifeachais, lucht an tSoiscéalachais, clann Lars Levi?"

"Níor chuala mé iomrá ar a leathbhreac riamh," arsa Karl Johan.

"An raibh sí ina ball d'eaglais éigin de chuid na n-easaontóirí? Na Meitidistigh, na Baistigh, cuir i gcás?"

"Ba bhall de Chlann Liútair í, mar is dual do mhuintir ár dtíre."

"An mbíodh sí ag déanamh comhluadar ar bith do lucht a comhchreidimh?"

"Ní bhíodh, ná geall leis. Is dócha nach réiteodh sí leo. Bhí fios an Chreidimh Chirt aici féin, seachas ag aon mhinistir nó seanmóirí, dar léi féin."

"Mar sin, ní raibh ann ach go raibh iomrá an chrábhaidh uirthi i ndiaidh an iomláin?"

"Sin go díreach."

Sméid Pia a ceann go heolach.

"Sin mar a síleadh dom. Is dócha liom nach duine reiligiúnda ar bith a bhí inti mar a thuigim féin an coincheap, ach gnáthchnáimhseálaí gangaideach de sheanbhean nach raibh ach ag cur craiceann na cráifeachta ar an díoltas a bhí á agairt aici ar an domhan braonach seo go léir ar son cibé éagóir a d'fhulaing sí féin tráth a bhí sí óg. B'fhéidir gur dhóigh léi go ndearna duine éigin praiseach dá saol nó go raibh a hóige chomh gann i spraoi agus i subhachas is go gcaithfeadh sí sásamh a brise a bhaint as an aos óg ina timpeall."

"An é an rud atá tú a mhaíomh nach vóitín tipiciúil mná a bhí inti?"

"Ní maith liom an focal sin *vóitín*, ach cibé locht a thig leat a fháil ar lucht an dianchreidimh féadaim a rá go deimhin dearfa nach daoine den tsórt sin sinn. Daoiní caidriúla sinn ó dhúchas, cibé cotadh a fhágann an reiligiún orainn roimh na daoine taobh amuigh dár gciorcail féin. Ná dearmad go bhfásaimid aníos inár sluaite síoraí de pháistí, ós rud é nach gceadaítear an fhrithghiniúint."

"Tuigim, ach más féidir locht a fháil oraibh cad é an locht é?"

"Bhuel, is é an locht is mó a chuireann as dom go pearsanta ná an meon frithintleachtúil. Agus déarfainn gur cuid é an meon seo de bhunmháchail ár ngluaiseachta, is é sin, blas Chumann na hOidhreachta."

"Cad é an rud an Cumann sin?"

"Níl sé ann ar chor ar bith ach amháin gur chum mé é," arsa Pia go greannmhar leathmhailíseach. "Is amhlaidh gur minic nach n-aithníonn daoine de lucht an dianchreidimh cad is Críostaíocht ann ina gcuid oidhreachta féin, nó bíonn an urraim is dual don chreideamh, bíonn an urraim sin go mion minic acu do chlaontachtaí agus chlaontuairimí paróistiúla nach bhfuil aon bhaint acu leis an gcreideamh. Cuir i gcás, bíonn siad iontach diúltach i leith deolchaire agus reachtaíocht fá dtaobh de dheolchaire agus cúrsaí an leasa shóisialta, agus iad den bharúil go gcaithfidh gach aon duine bheith in ann déanamh as dó féin. Ní raibh mé ach seacht mbliana d'aois nuair a thuig mé nach bhfuil an dá chuid ag teacht go rómhaith le chéile—an síorspalpadh fá dtaobh den charthanacht agus an t-uabhar peacúil sin i leith na mbochtán. Cheapfá nárbh iad na bochtáin chéanna iad sin a ndearna Íosa trácht orthu agus iad siúd atá ag maireachtáil inár measc féin. Agus an fhrithintleachtúlacht! Is dóigh le cuid acu nach bhfuil i léann ná i bhfoghlaim ar bith ach barr gach díomhaointis agus buaic na baoise. San am chéanna ní chuireann sé isteach orthu ar aon nós go mbeadh duine as a measc féin chomh doirte don mhaoin shaolta is go ndéanfadh sé dearmad den charthanas go huile is go hiomlán. Is fearr duit bheith i d'fhear gnó ag déanamh na múrtha airgid, siúd is go bhfuil a fhios ag madraí an bhaile gur airgead leathlochtach atá i gceist, ná léann a fhoghlaim agus eolas a charnadh le chéile."

Sciorr draothadh beag gáire ar Kharl Johan. "Níor samhlaíodh dom riamh gur duine den eite chlé thusa!"

"Ó, ná bí ag spochadh asam," arsa Pia go magúil. "Leis na Daonlathaigh Shóisialta is minicí a vótálaim, agus tá a fhios agat nach bhfuil siadsan ar an dream is radacaí amuigh ar na saolta seo, go díreach. Ach creid uaim go rachadh mo thuismitheoirí ar mire ar fad dá mbeadh a fhios acu é!"

Mhair siad ag caint le chéile píosa maith eile, ach ansin tháinig tuirse éigin orthu, nó bhí gach ábhar cainte dár rith leo ag an ócáid áirithe seo spíonta acu cheana féin. I ndeireadh an ama ní raibh idir lámhaibh acu ach lán a súl a bhaint as a chéile agus cineál meangadh beag ag croitheadh faoina liopaí. Bhí a fhios go sármhaith ag Pia gur chóir di anois buíochas a ghlacadh le Karl Johan ar son an scoth ama a bhí aici ina chuideachta. San am chéanna, tuigeadh don fhear gurbh é an rud a rabhthas ag súil leis uaidh anois ná scairt ghutháin a chur ar ionad na dtacsaithe le marcaíocht shábháilte abhaile a chinntiú don bhean óg. Ach ina dhiaidh sin féin ní dhearna aon duine acu bogadh ná corraí ar bith.

Mhothaigh Pia cathuithe aisteacha ag teacht uirthi. Ní raibh sí cinnte i ndáiríribh cad é a bhí i gceist, ach amháin nár mhian léi Karl Johan a fhágáil ina aonar anseo. Samhlaíodh di a háit uaigneach féin agus an chuma mharbh a bhí uirthi, nó ní raibh ansin go prionsabálta ach a cuid leabhar agus sráideog leapa le codladh aonaránach a chinntiú di. Anseo istigh, áfach, bhí sé go deas ar fad, agus fear séimh cairdiúil mar chomhluadar aici.

Níor chuimhin le Pia a thuilleadh an uair dheireanach go dtí seo a fuair sí barróg mhaith ó aon duine. Bhí gach blúirín dá craiceann ag stiúgadh le heaspa peataireachta, agus í ag aithint ar an toirt go raibh gléas a sásaithe ag an bhfear seo. Bhraith sí a cosa ag teip uirthi nuair a ghlac sí an dá choiscéim i dtreo Kharl Johan a bhí de dhíth le seasamh go dlúth in aice leisean.

Shín sí a leathlámh go cotúil chuig Karl Johan, agus í ag rá le baspairt ina glór: "A Kharl Johan, níl a fhios agam cad é mar a déarfainn leat é, ach is amhlaidh... is amhlaidh nár mhaith liom dul abhaile." Agus mura mbeadh na focail ag fanacht i bhfostú i gcaol a sceadamáin, chuirfeadh sí leis an méid sin go mbeadh sí sásta socrú síos anseo feasta.

Ach thuig Karl Johan a cás. Rinne an bheirt acu scotbhach gáire, agus chuir Karl Johan a lámh thart ar an mbean óg le fáiméad mór póige a thabhairt di. B'fhada a mhair sé á pógadh is á fháscadh chuige, agus nuair a d'éirigh sé as, d'fhan an bhean tamall maith ina tost agus meangadh beag ar a béal. Bhraith Karl Johan an luisne ag teacht ina cheannaithe: "Gabh mo leithscéal, a Phia. Níl a fhios agam go baileach cad é an cat mara a thug orm..."

"Ó, stad den tseafóid," arsa an ghirseach agus tocht ina glór. "Caithfidh sé gur maith leatsa mise."

"Is maith," ar seisean, agus é ag labhairt go furchaidh faichilleach mar a bheadh stadaire cúthail de bhuachaill óg ann. "Tá mé i ngrá leat, a Phia."

Bhí léaspáin ag teacht ar shúile Phia le teann iontais agus áthais, nó cibé argóint réasúnta a d'ullmhaigh sí roimh ré faoi choinne a leithéid seo de chás, bhí sí i ndiaidh dúdhearmad a dhéanamh di. Bhraith sí a colainn uile ar bís tuilleadh peataíochta a fháil ón bhfear deas seo. Agus de réir a chéile tuigeadh di go raibh éirí craicinn uirthi fosta. Bhí sí i mbarr lasrach le cíocras collaí ó bhearradh go diúra, agus níor náir léi é. Ba dóigh léi anois nach peaca ar bith a bheadh ann dá scarfadh sí a cosa in araicis an fhir seo—nó in araicis a bhoid.

Bhraith Pia lámha Kharl Johan ag scaoileadh chnaipí a cuid éadaí, agus níor bhog sí méar le cur ina éadan. Thit sí i ndiaidh a droma ar an tolg agus í ag cuimilt ghruaig an fhir go santach. D'fhreagair sí póga Kharl Johan go fiáin fonnmhar, agus sceitimíní uirthi roimh an sult mór a bhí i ndán di anois.

Phioc Karl Johan ceirt i ndiaidh ceirte de cholainn na mná, agus é ag déanamh iontais den ragús chraosach collaíochta a bhuail an cailín chomh tobann for-mhothaithe sin. Ar éigean a chreid sé féin gurbh ann dá leithéid de scothstuaire, mar Phia; má bhí a chroí ag greadadh mar a bheadh fear an oird ann ag bualadh tairne isteach sa bhalla, níorbh é an t-éirí craicinn an t-aon chúis amháin leis.

Chuir sé a bhéal thart timpeall ar leathdhide na mná, agus é ag corraí a theanga uirthi. San am chéanna bhí a chuid lámh ag léarscáiliú a droma agus a cliathán, agus méara a dheasóige ag dul thar a heasnacha mar a bheadh sé á gcuntas. Agus nuair a thosaigh sé ag druidim i dtreo a ball giniúna, lig sí béic bheag aisti inar aithin sé idir eagla agus dhúil, idir áthas agus náire.

I ndiaidh muineál is brollach, cíocha is bolg na mná óige a phógadh go craosach cíocrasach dó thosaigh Karl Johan ag cuimilt a ceathrún, agus é á ullmhú féin chun a theanga a chur ar liopaí agus breall a pise. Bhí Pia faoi dháir ar fad, agus í ar crith mar a bheadh sí á préachadh ag an bhfuacht. Bhí sé ag dul rite le Karl Johan í a choinneáil socair mar a raibh sí.

Nuair ba dóigh le Karl Johan gur mhithid dó a bhod a shá isteach inti, agus é ag crágáil an choiscín ar a bhod lena dheasóg le linn a chiotóg a bheith ag súgradh idir ceathrúna na mná, bhí meadhrán i gceann Phia cheana le teann ragúis, agus í ag sciotaíl gháire mar a bheadh glincín sa ghrágán aici. Nuair a chonaic sí bod an fhir, agus an colgsheasamh a bhí air, ní dhearna sí ach béic gháire a ligean aisti nuair a thuig sí go raibh an maide sin le dul isteach inti. Cibé rud a dúirt a máthair leis an gcailín beag faoi pheaca na mígheanmnaíochta, níor chuimhneach le Pia é a thuilleadh. Ghéill sí í féin go réidh ríméadach don bhall fhearga a tháinig suas a faighin. Bhí a súile leata leathan, agus í ag grinndearcadh ar an dóigh a raibh an bod crua ag obair ina pis.

Bhí sí chomh hailíosach agus gur éirigh léi buaic a suilt a bhaint amach roimh an bhfear, agus é i ndiaidh an oiread sin peataíochta a thabhairt di roimh ré. Níor choigil sí ar a guth nuair a lig sí a racht. Mhair sí ag éagaoint go dtí gur tháinig piachán ina glór, agus is dócha gur mhúscail sí na comharsana ar fad. Níor éirigh Karl Johan as an bpumpáil dheas a bhí ar siúl aige, agus bhí sé ag muirniú an chailín chomh mí-náireach is nach raibh neart aici air gur lig sí racht eile sula raibh seisean críochnaithe. An tonn aoibhnis a rith trína corp chuir sí iontas uirthi féin, nó ní raibh sí in ann a leithéid a mhothú go dtí seo, agus í ag iarraidh a corp a chuimilt ina haonar. Draoi ceart a bhí san fhear seo ar éirigh leis a leithéid sin de cheol a bhaint as bean!

Nuair a bhí seisean i ndiaidh a chuid síl a scaoileadh agus an coiscín úsáidte a bhaint de, tháinig sórt aiféaltais air. Cailín cráifeach cláraithe aige!

Ba mhór an t-aoibhneas é an babhta seo don dís acu, ar ndóigh, ach ba léir go dtiocfadh doilíos uirthi fosta. Ba léir go raibh sí i ngrá leis, ach ar leor é lena coinsias a chur ina thost? Scrúdaigh sé aghaidh na mná go mion le céadchomhartha aithreachais a aithint uirthi, ach dheamhan a bhfaca sé ach aoibh an áthais.

"A Phia," ar seisean.

Rinn Pia gnúsachtach shásta.

"Tá mé i ngrá leat."

An freagra céanna uaithi arís, agus an meangadh á leathadh.

"Ní thréigfidh mé go deo thú."

A seanghnúsachtach uaithi.

"An bpósfaidh tú mé?"

"Pósfaidh agus fáilte," ar sise gan a súile a oscailt, agus biorán suain le haithint ar a glór.

Chuir sé a chluas idir na cíocha agus é ag éisteacht lena croí ag bualadh. Sin e an rud ba ghéire a bhí de dhíth air. Is beo di, a smaoinigh sé. Míle buíochas le Dia. Nach iontach an mhiorúilt a macasamhail seo de bhean dheas ghrámhar a bheith beo beathach, agus í i ngrá liom!

Thit a chodladh sona sultmhar suaimhneach ar Kharl Johan, agus le linn a shuain taibhríodh dó Pia ag súgradh lena chlann agus ag léamh eachtraí de chuid Tintin dóibh. Bhí sé féin ag gléasadh tae di lena sceadamán-se a choinneáil fliuch agus í ag reic línte Tintin agus an Chaptaein go drámatúil do na rudaí beaga.

Nuair a mhúscail seisean, bhí Pia ina codladh go fóill, agus a seanmheangadh ar a béal, rud a thug an-mhisneach dó. Thug sé póg shéimh di, agus í ag monabhar faoi shuan. "Fan tusa anseo," ar seisean go ciúin grámhar. "Beidh bricfeasta againn in áit na mbonn."

Chuaigh sé go dtí an chistin agus é ag portaireacht go haigeanta. Chas sé gach amhrán grá dár rith leis, agus a ghuth ag teip air le teann tochta. Nuair a d'fhill sé, agus trádaire an bhricfeasta á iompar aige, chonaic sé láithreach bonn gur thosaigh a coinsias ag luí go trom ar Phia ó mhúscail sí go hiomlán. Bhí sí ag sileadh deora go ciúin, agus strainc na péine uirthi. D'fhág seisean an trádaire uaidh, agus ansin, shuigh sé síos ar cholbha na leapa in aice leis an gcailín le focal séimh sóláis a labhairt léi.

"Cad é atá ag dó na geirbe agat, a rún mo chroí?" ar seisean.

Bhí Pia ag gol go géar, ach ar a laghad, níor choisc sí an lámh a shín Karl Johan chuici. Dúirt sí rud éigin de mhonabhar fá dtaobh de "pheaca thromchúiseach", agus tháinig imní air.

"A rúnsearc," ar seisean go buartha, "tuigim do chás, ach más peaca féin é, dar leat, tá mé cinnte go bhféadfaidh muid féachaint chuige go dtiocfaidh maith as sa deireadh thiar thall."

Níor thug Pia focal freagra. Bhí an chuma uirthi nach dtógfadh a dhath cian di choíche. I ndiaidh tamaill fhada, labhair sí: "Níl ionam ach striapach shuarach, mar a dúirt mo mháthair."

"Ná bí do do mhaslú féin," arsa Karl Johan go prap. "Tá mise i ngrá leat, ná síl a mhalairt, agus diabhal an drae cúis náire dom é. Ní striapach thú ach bean dheas mhórchroíoch, agus is measa liom thú ná na súile i mo chloigeann. Ná bí ag caitheamh anuas ort féin, níl sé tuillte agat ar aon nós."

D'fhan Pia tamall ina tost. Mhair cuimhne na hoíche aréir ag goilleadh ar a coinsias, ach ar a laghad, bhí sé tuigthe aici anois nach raibh an fear seo ag brath ar í a thréigean.

"Bris do chéalacan anois," arsa Karl Johan. "Más fúmsa atá sé ní le hocras a gheobhaidh tú bás, pé scéal é."

D'éirigh léi anois aoibh bheag gáire a fháscadh ar a ceannaithe. Chuaigh Karl Johan ag óráidíocht fá dtaobh den ghrá mhór mhillteanach a bhí aige di. Dúirt sé nach gceadódh sé di choíche lámh a chur ina bás féin, nó dá ndéanfadh sí a leithéid, bheadh a phort féin seinnte chomh maith, chomh doirte is a bhí sé di.

"Féinmharú?" ar sise, agus iontas uirthi. "Mise? An bhfuil tú as do mheabhair?"

"Tá," ar seisean. "Tá mé glan as mo mheabhair i do dhiaidh, agus imní an domhain orm fútsa."

Chaith Pia tamall maith ag déanamh a marana ar na focail seo, agus a croí ag borradh le grá. "Má tá tú chomh buartha sin fúm," ar sise, agus coinnle an mhagaidh ag lasadh suas ina súile, "is féidir gurbh fhearr dom fanacht anseo go ceann tamaill eile." Dá rachadh sí abhaile anois—dar léi—chloífeadh an náire í ar an toirt. Anseo, agus an fear suallach suáilceach seo ina cuideachta, níorbh eagal di a dhath. Chuir sí a lámha thart air agus d'fháisc chuici é, agus nuair a bhraith sí a bhodsan ar a craiceann féin, rith imeachtaí na hoíche léi agus dhúisigh an cíocras inti athuair. Mhair sí i bhfad ag méaradradh i ngruaig an fhir go dtí gur imigh uirthi a rá: "Is mór an t-ionadh é chomh héasca agus atá sé."

"Cad é atá chomh héasca?"

"An rud a rinne mé leat aréir. An bualadh craicinn."

Rinne sí sciotaíl bheag. "Níor scoilt an spéir ná níor mhúch an ghrian. Nó déanta na fírinne, scoilt an spéir ceart go leor, ach ar bhealach eile seachas mar a shíl mé." Agus lig sí sciotaíl eile.

"B'fhéidir nach bhfuil sé chomh tromchúiseach sin mar pheaca, má tá tú i ngrá dáiríre, agus tú sásta freagracht a ghlacadh as?"

"Níl a fhios agam," ar sise. "Is eol dom gur chóir dom aithreachas a ghlacadh, ach má tá náire ar bith orm ní hé ár gcomhriachtain is cúis leis sin ach..."

"Cad é is cúis leis?"

"Ní thig liom aon chúis aithreachais a aithint. Ar bhealach tá bród orm, fiú. San am céanna tá náire orm faoin easpa náire sin. Nach aisteach mar scéal é?"

"Ní hea. Sílim go dtuigim do chás níos fearr ná mar a shamhlaítear duit féin."

Thug sí fáiméad póige dó agus d'fhan socair go ceann tamaill. Ansin rinne sí sciotaíl bheag dheas gáire.

"Ba mhaith liom," arsa Pia.

"Cad é ba mhaith leat?"

"Tuilleadh den earra atá agat i do sheanbhríste mór."

Thug an fear croí isteach di, agus níor thóg sé mórán ama ar an mbeirt acu cromadh ar bhabhta úr comh-riachtana.

Sciorrfhocail

D'imigh sin agus tháinig seo, faraor géar. Tar éis an Satharn go léir a chur di ag bualadh craicinn le Karl Johan agus ag baint suilt as an saol, b'éigean do Phia filleadh abhaile le ranganna an Luain a ullmhú. Ranganna an Luain. Lá an Luain. Lá an Bhreithiúnais. Na Críocha Déanacha, cuimhnigh ar na Críocha Déanacha. Thosaigh an náire ag luí uirthi i ndáiríre. Bhraith sí baspairt is critheagla ag teacht uirthi, agus nuair a chonaic sí aghaidh a máthar i ngrianghraf ar an drisiúr baineadh stangadh aisti. An peaca uafásach féin déanta aici—agus í ag baint sult an domhain as! Tháinig seile ina faighin ina hainneoin agus í ag cuimhneamh air. Striapach bhradach, bitseach mhillte gan mhaith....

Thit sí ar a glúnta le teann éadóchais is náire agus na deora ag titim anuas a leicneacha. Nuair a tháinig an chéad mhaolú ar phian a hanama, áfach, d'éirigh sí ina seasamh. Chaith Pia súil ina timpeall go bhfaca sí a sean-Bhíobla i measc na n-úrscéalta Gearmáinise agus na dtéacsleabhar teangeolaíochta. Shín sí lámh uaithi leis an Scrioptúr a tharraingt chuici. D'oscail sí amach é agus chrom sí ar é a léamh ar lorg sóláis. Agus fuair sí a dúil ceart go leor, nó ba iad seo na chéad fhocail a casadh ar a súil: "*Thug na scríobhaithe agus na Fairisínigh bean ar beireadh uirthi i gceann adhalt-ranais daoithi agus chuir siad ina seasamh i lár baill í agus d'ubhairt siad leis:—A mhaighistir, beireadh ar an mhnaoi seo i gcoir an adhaltranais féin. D'ordaigh Maos dúinn ins an dligheadh bás a imirt ar a leath-bhreac seo le clochaibh. Goidé a deir tú más eadh? D'ubhairt siad an chaint sin á phromhadh i gcruth is go mbeadh rud éigcinnteacht aca le cur síos dó. Ach chrom Íosa síos agus thoisigh sé a scríobh le n-a mhéar ar a'*

34

talamh. Ós rud é nach dteachaidh aon stad orthu acht dá cheistniughadh, d'éirigh sé suas agus d'ubhairt leobhtha:—An duine agaibh atá gan pheacadh, bíodh sé ar an chéad duine a' caitheamh cloiche léithi."

Nuair a bhí an méid seo léite aici, b'fhearr i bhfad a mhothaigh Pia í féin. Mhaithfí di. Thiocfadh dea-dheireadh ar an scéal. Thosaigh sí ag portaireacht iomann eaglasta faoi thrócaire dho-chloíte Dé agus chuaigh sí i gceann a cuid oibre faoi choinne an lae arna mhárach.

Ag an am seo bhí a choinsias ag goilliúint ar Kharl Johan, agus a chroí ag cur thar maoil le buairt is le brón faoi Phia. Ba chuimhneach leis cén dearcadh a bhíodh ag a bhaicle buachaillí féin ar na cailíní cráifeacha, agus iad ina ndéagóirí. Is follasach go mbíodh an-gháirsiúl-acht ar siúl acu go minic agus iad ag trácht ar na cailíní, ach san am céanna, ba léir dóibh nár chóir iarracht a dhéanamh bean de na girseacha diaganta a chlárú. Cé nach mbeadh sin chomh dodhéanta agus mar a shamhlófaí duit, ba léir don drong seo d'ógfhir aigeanta áilíosacha nach mbainfidís do na vóitíní, nó ní raibh acmhainn acu ar an iarmhairt. Anois, bhí Karl Johan tar éis an riail sin a bhriseadh, agus ba chuma cé chomh hionraic a bhí sé ag gealladh grá agus pósadh di, bhí meas na bitsí is an pheacaigh mhóir aici uirthi féin anois. B'annamh a ghuíodh sé Dia, nó ní duine ró-reiligiúnach a bhí ann, ach anois bhí sé ag impí ar Rí na nDúl an dís acu a thabhairt slán sábháilte a fhad le bainis a bpósta gan a ligean do Phia dochar a dhéan-amh di féin le teann náire nó crá coinsiasa.

Ina dhiaidh sin chaith sé tamall fada ag machnamh leis cad é mar a d'fhéadfadh sé Pia a chosaint uirthi féin. Tharraing sé amach drár deisce le peann agus páipéar a phiocadh as agus thosaigh sé ag breacadh síos litir chuig an gcailín. Thug sé mion-chur síos ar chomh hionraic agus a bhí sé i ngrá léi agus d'agair sé í gan a shíleadh go raibh sé ag glacadh buntáiste uirthi lena ragús féin amháin a shásamh. Mhionnaigh sé go mbeadh sé breá sásta fonnmhar í a phósadh dá n-éireodh leo le chéile.

Chuir sé an litir sa chlúdach agus chuaigh sé amach le hí a sheoladh. Ach má sheol féin, níor mhaolaigh ar íona a choinsiasa. Chaith sé an chuid eile den lá ag creimnigh is ag cnaí ar a chuid iongan, agus é ag déanamh a mharana ar an gcruachás ina raibh Pia. B'fhéidir go raibh sí in umar an éadóchais ar fad....

Ní raibh cuma leath chomh holc sin ar an scéal, áfach. Chuir Pia scairt gutháin ar a cara, Paula. Bhí an bheirt acu ar comhaois le chéile, agus Paula oirnithe ina ministir mná. An ghluaiseacht dhianchreidmheach a raibh taithí ag Pia uirthi, ní cheadódh sí do na mná bheith ina ministrí, rud a bhí ina chnámh spairne idir an tseict agus lárchúrsa na heaglaise. Chuaigh sé rite le Pia féin, ar dtús, toiliú leis an nós nua seo, ach i ndiaidh bhlianta na hollscoile, bhí sí compordach leis an smaoineamh, agus meas aici ar na ministrí ban ar son na hoibre maithe a bhí idir lámhaibh ag cuid mhór acu. Inniu, bhí Pia agus Paula an-mhór le chéile, ní nárbh ionadh, ó bhí na fadhbanna céanna ag an mbeirt acu mar mhná óga cráifeacha nach raibh pósta go fóill.

"A Phaula, ní thig leat a thomhas cad é a d'éirigh dom."

"Ní thig muise, ach an inseofá dom é?"

"Sílim go bhfuil mé i ngrá."

Rinne Paula tost fada ag an gceann eile den tsreang teileafóin, agus í ag smaoineamh léi. B'fhéidir gur rud maith a bhí ann. San am seo, áfach, shíl sé riamh go raibh Pia rómhacánta, cineál saonta nó fiú páistiúil, agus go raibh sé furasta ag fear míthrócaireach éigin a bhuntáiste féin a ghlacadh uirthi. Ón taobh eile de, cailín deas dathúil a bhí inti, mar Phia. Ní bheadh sé deacair teacht ar fhear a thabharfadh taithneamh agus teasghrá di, é féin.

"An bhfuil a fhios ag an bhfear é chomh maith?"

"Is dóigh liom go bhfuil," arsa Pia, agus í ag gáire. "Tá mé díreach i ndiaidh oíche a chaitheamh leis."

Mura ndearna an méid seo balbhán de Phaula, níor lá go maidin é. Nuair a tháinig sí chuici, ghlac sí sórt éad le Pia ar dtús. Bhí sé beagnach dodhéanta ag bean óg eaglasta a raibh léann aici fear a diongbhála a fháil in eangaigh, go háirithe más ministir mná a bhí ionat. Ní raibh ar tairiscint ach fanaicigh choimeádacha agus iad dianbharúlach nach raibh in oirniú na mban ach cleas de chuid an Áibhirseora féin. Má chuaigh tú ar thóir fir taobh amuigh den dream eaglasta níor casadh ort ach intleachtóirí leathmhagaidh a bhí ag déanamh aithrise ar mhanaí aindiacha na seascaidí, agus iad ag síleadh an dúrud díobh féin chomh réabhlóideach is a bhí siad. B'fhollasach nach raibh meas an mhadra acu ort má bhí tú ag obair don Eaglais. Bhíodh na liobrál-aigh bhréige seo ag cur an mhilleáin ort mar dhuine eaglasta as uafáis na Cúistiúnachta sa Spáinn, as comhoibriú an Phápa le Mussolini san Iodáil le linn an Dara Cogadh Domhanda agus as an scalladóireacht teanga a fuair siad féin ó bhean chéile an mhinistir nuair a bhí

siad ina mbuachaillí beaga ag iarraidh úllaí a ghoid
uaithi.

Ar ndóigh, ní raibh na hamadáin seo in ann cairdinéal
a aithint thar ayatollah ná Protastúnach a scaradh ó
Chaitliceach. Thar aon rud eile ní raibh siad ábalta ar
a thuiscint go dtiocfadh leat suim a chur i litríocht, in
ealaíon nó i gcultúr ar bith. Nó ba chóir duit, dar
leosan, gan ach peaca is pornagrafaíocht a fheiceáil ina
leithéid. Nuair a d'áiteofá ar na fir seo nach é sin go
díreach an chuma a bhí ar an scéal, ní chreidfidís a
dhath uait. Bhí a fhios acu cheana, dar leo féin, cén
cineál daoine a bhí á bhfostú ag an eaglais. Agus mura
raibh an réaltacht ag teacht leis an íomhá sin,
b'amhlaidh ba mheasa don réaltacht féin.

Chuaigh na duaircsmaointe seo uile trí intinn Phaula
nuair a chuala sí cén scéal a bhí ag Pia. San am chéanna
áfach tháinig imní uirthi faoina cara. An raibh banaí
neamhscrupallach éigin tar éis í a chlárú, agus an cailín
bocht i ngrá leis an scabhaitéir bradach anois?

"A Phia," ar sise faoi dheoidh, "an as do mheabhair a
chuaigh tú? Nach bhfuil náire ort?" B'fhéidir go raibh
an méid sin róghiorraisc, ach ní raibh neart ag Paula
ar na focail.

"Tá, cineál," a d'fhreagair Pia, "ach, cad eile a dhéan-
fainn? Tá mé chomh splanctha sin ina dhiaidh."

Lig Paula osna aisti. "A Phia, an bhfuil tú cinnte nach
ag baint suilt asat atá an fear gan rún do phósta ar chor
ar bith?"

"Tá mé réasúnta cinnte go bhfuil sé dáiríre."

"Tá go maith," arsa Paula, "ach bíodh a fhios agat
nach bhfuil an scéal seo ag taithneamh liom. Tuigim

do chás, ach ba chirte duit fanacht glan ar na cúrsaí seo go lá do phósta seachas dul le drúis mar a rinne tú."

Rinne Pia sciotaíl gháirí. "An é sin do thuairim féin, nó an é seasamh oifigiúil na hEaglaise é?"

Lig Paula osna aisti arís. "Ní cúis gáire é ar aon nós. Tá a fhios ag Dia nach mbíonn sé ró-éasca cloí le foirceadal na Críostaíochta i gcúrsaí collaíochta agus an saol mar atá sé. Ach ní gan chúis a hordaíodh dúinn caidreamh craicinn a sheachaint taobh amuigh den phósadh. Ní maith liom a bheith i mo sheargánach, ach tá a dheachú féin ar gach uile phléisiúr ar an domhan braonach seo, bí cinnte go bhfuil. Ní le teann mailíse a chrostar orainn bheith ag bualadh craicinn le cách, nó is é mo thuairim féin—creid uaim nach é seasamh oifigiúil na hEaglaise é—nach n-éilíonn Dia orainn ach an rud a dhéanamh atá níos fearr ná a mhalairt.

Is iomaí sin duine a bhíonn ag áitiú nach bhfuil i ndianmhoráltacht na heaglaise i gcúrsaí collaíochta ach iarracht shuarach gach rud deas a thoirmeasc, ach ná samhlaigh go bhfuil an ceart ná aon chuid de acu siúd. Is é ciall cheannaithe an chine dhaonna go dtiocfaidh an diomá sna sálaí ag an dáir."

"Ach tá mé i ngrá leis," arsa Pia.

"Cé mhéad cailíní a bhí i ngrá le fear nach raibh ach ar mhaithe lena bhod bradach féin," a d'fhreagair Paula go míshásta.

"Níl tú ach in éad liom," arsa Pia.

"Ó, dún do ghob," a d'imigh ar Phaula, agus chuir an méid sin deireadh deifnideach leis an agallamh beirte.

I ndiaidh an chomhrá seo, áfach, tháinig náire ar Phaula go luath. Í ag tabhairt ministir uirthi féin, agus féach nach raibh sí in ann ach locht a fháil ar an gcumann seo idir Pia agus an fear seo, pé hé féin. Ar ndóigh, ní raibh aon chur amach ag Pia ar chiniciúlacht ná ar dhrúisiúlacht na bhfear. Ón taobh eile de, má bhí fear ar bith in ann a garda a bhaint den ghirseach sin, ba léir gur fear as an ngnáth a bhí ann. Ach nuair a tháinig an crú ar an tairne ní raibh sa chailín chráifeach féin ach colainn chlaon, agus b'fhéidir go raibh a leithéidí somheallta go leor ag an mbanaí míthrócaireach a raibh na cleasanna go léir ar eolas aige. Tháinig imní agus oibriú intinne ar Phaula faoina cara.

Maidir le Pia féin, ní raibh sise róshásta léi féin agus í i ndiaidh an glacadán a chur uaithi. Bhí an ceart ag Paula tar éis an tsaoil nach raibh inti ach óinseach ag móradh Karl Johan gan a bheith in ann a rá cad chuige a raibh sí sa chiall is aigeantaí aige. Agus cén chúis a bhí aici le bheith chomh héadromchroíoch sin i dtaobh an fhir seo? B'fhéidir nach raibh de dhíth air ach céile leapa—agus feighlí páistí faoi choinne na n-iníonacha?

Ansin chuir Karl Johan glao fóin uirthi, agus d'aithin sí í féin go sona sásta arís.

Cúpla lá ina dhiaidh sin casadh scata d'áibhirseoirí óga de chuid na scoile ar Phia agus iad ag déanamh gaisciúlacht craicinn le chéile nuair a tháinig sise isteach doras mór an fhoirgnimh. Bhí siad ag múitseáil timpeall thíos i halla na scoile, agus iad mórmhionnach go maith ag trácht ar bhaill ghiniúna na mban go léir a bhí (mar dhea) cláraithe acu. Déanta na fírinne, bhí Pia go mór in amhras, an mbeadh a leithéid d'óinseach ann a bheadh sásta duine de na créatúirí bochta sin a ligean in aon ghaobhair di féin. "Heileo, a Phia! An bhfuil bod ag teastáil uait?" arsa fear de na malraigh. Ansin chaith Pia súil leis, súil nár chaith sí le haon duine riamh roimhe sin: súil an díspeagtha a raibh ábhar áirithe trua measctha tríd, súil an duine fhásta ag amharc anuas ar ghearrbhodach nach bhfuil fios an tsaoil aige: "Níl bod ar bith ag teastáil uaim, go raibh maith agat," ar sise, agus ba léir nach raibh, agus an ghnúis a bhí uirthi. "Ortsa atá ceann de dhíth, is dócha."

Phléasc lucht leanúna an ghaisceora amach ag gáire, agus tháinig luisne i leicneacha an bhuachalla a labhair.

"A bhitseach lofa!" a d'imigh ar an ógánach. Níor bhac Pia leis an masla, ach bhí duine eile ansin nach raibh sásta glacadh lena leithéid óna chuid scoláirí: an Príomh-Oide ina steillbheatha. Nuair a chuala sé an stócach ag tabhairt an ainm mhóir féin ar Phia, chuaigh sé ar an daoraí. Chuir sé a lámh ar ghualainn an stócaigh, agus nach as a baineadh an gheit nuair a thiontaigh sé thart ar a shála agus an Príomh-Oide ina cholgsheasamh os a chomhair.

"Cad é a dúirt tú leis an Máistreás Bobacka?"

D'fhan an buachaill ina thost, chomh scanraithe is a bhí sé.

"Bitseach, nach ea? Bhuel, bíodh a fhios agat nach é sin an t-ainm a thugann do leathbhreac féin de stócach sotalach ar mháistreás de chuid na scoile seo. Gearrfaidh mé pionós ort, ná bí in amhras faoi sin."

"Ise ba thúisce a thug masla," arsa an buachaill go cotúil. "Dúirt sí nach raibh bod ar bith agam."

"Dún do chlab, a dhailtín," arsa an Príomh-Oide. "Mura bhfuil cosaint níos fearr agat caithfidh tú fanacht anseo go ceann cúpla uair an chloig in éis na gceachtanna. Agus breacfaidh mé síos nóta faoi dhéin do thuismitheoirí." Lig an Príomh-Oide seitgháire as. "An mháistreás chráifeach nach ndéarfadh le haon duine gur cam a ghaosán, ise ag trácht ar bhod, a deir tú! Tá tú i ndiaidh barraíocht ama a chur amú i measc lucht na mionnaí móra, a bhuachaill, agus tú den tuairim nach bhfuil a mhalairt sin daoine ann a thuill-eadh, is dóigh liom. Tar amach as an leithreas agus tabhair aghaidh ar an réaltacht, a mhaistín an chacamais chainte."

D'fhan an "maistín" ina thost. An ag rámhailligh a bhí sé? Chaith sé leath-thoitín marachuain trí mhí ó shin in Amstardam—b'fhéidir go raibh sé ag oibriú go fóill? Gheall sé dó féin nach mblaisfeadh sé an raithneach choíche arís.

Bhí go maith agus ní raibh go holc, ach amháin go raibh an chéad teagmháil le hiníonacha Kharl Johan ag teacht, agus sórt aiféaltais ar Phia freisin ó d'éirigh idir ise agus Paula. Rinne sí cúpla iarracht glao gutháin a chur ar an ministir mná, ach ní raibh gar ann.

Ach ba ghéar a theastaigh comhairle a cara ó Phia, nó bhí sí ag buaireamh a cloiginn le clann a leannáin-se cheana féin. Tógadh le crábhadh í, agus ba í an bhean chlannach an t-idéal sa bhaile, agus nuair a cuireadh ag tabhairt aire do pháiste í, chruthaigh sí go seoigh i mbun an chineál seo oibre. Mar sin féin, bhí sé ag déanamh scime di, an raibh sé de dhíobháil uirthi tar éis an iomláin an chéad dosaen eile bhlianta a chaith-eamh ina feighlí ar bheirt iníonacha a chlannaigh a grá geal le bean eile. Bhuel, spré air sin mar bhuaireamh, ach bhí clocha eile ar a paidrín go fóill. Bhíodh Karl Johan ag trácht i dtólamh ar chomh crosta, chomh dána is a bhí na rudaí beaga. An mbeidís i bhfad ní ba dána ná clann Mharianne, mar sin?

Ansin gheal lá na cinniúna, agus Pia ag comóradh a leannáin go furchaidh faiteach faicheallach go dtí stáisiún na traenach. Maidir le Karl Johan féin, ní raibh lá imní airsean, a mhalairt ar fad. Bhí sé ag portaíocht leis féin, agus shílfeá go raibh sé tar éis dearmad a dhéanamh de Phia, chomh lúcháireach is a bhí sé ag fanacht leis na gearrchailí.

Nuair a nocht soilse tosaigh an innill a bhí ag tarraingt na gcarráistí i dtreo an stáisiúin, baineadh stangadh as Pia, nuair a thug sí faoi deara go raibh Karl Johan ar shiúl. Dhearc sí ina timpeall, ach ní raibh sé in aon áit eile ar an ardán. Tháinig tuilleadh imní uirthi. An raibh sé i ndiaidh titim ar na ráillí?

Bhí an traein ag cailleadh luais go tiubh, agus ansin, stad sí le criongán fada. Choinnigh Pia súil ghéar ar na daoine a bhí ag tuirlingt den traein. Roinnt gaisceoirí óga… seanbhean agus a fear céile… cailíní óga…. Ó! Ansin a bhí deirfiúr Kharl Johan, diabhal an drae dabht ann! Agus murarbh iad sin Tanja agus Pinja, níor lá go maidin é!

Chuaigh Pia caol díreach chuig an triúr úd, agus greadadh a croí ag baint macalla as a cluasa. Sméid sí a ceann go fáiltiúil do na rudaí beaga agus í ag cromadh ina leithsean beag beann ar an mbean a bhí á dtionlacan: "Dia dhaoibh, a chailíní! An sibhse Tanja agus Pinja?"

Bhí an bhean ab óige acu chomh cotúil is gurbh fhearr léi a súile a iompú ar shiúl ó Phia, ach má bhí féin, ní raibh moill ar bith ar an gcailín eile Pia a aithint. Agus i ndiaidh tamaill bhig tháinig Karl Johan chucu le croí isteach a thabhairt do na híníonacha.

Béarlóir Deireanach an Domhain

Ba iad tuismitheoirí mo mháthar a thóg mé, tharla gur buaileadh m'athair le meabhairghalar, agus mise fós i mbroinn mo mháthar ag fanacht go mífhoighdeach leis an gcéad radharc a fháil ar an domhan.

Níl a fhios agam go cruinn cén fáth a ndeachaigh m'athair ar mire. Pé scéal é, is dealraitheach go raibh an saol teipthe air an oiread uaireanta is nach raibh sé ábalta a rath a bhuanú nuair a d'éirigh leis sa deireadh. Fuair sé post ina thrádálaí taistil, post a cheadaigh dó a chuma féin a chur ar a raibh idir lámhaibh aige.

Lá éigin, agus é ag scagadh a chuid cuntas, bhain sé míchiall astu, nó shíl sé go raibh sé tar éis an iomarca airgid a chur i leataobh dó féin mar thuarastal. Dar leis, dá bhfaigheadh an gnólacht amach faoi sin, go sílfídís go raibh sé ag iarraidh airgead a chúigleáil, agus nach gcreidfidís gur trí dhearmad amháin a rinne sé é. Mar a d'iompaigh an scéal amach, chinn sé ar a chuid oibre a thréigean agus dul ar a sheachnadh. Ba é sin an chomhairle ba mheasa amuigh, nó dá mbeadh sé tar éis an iomarca a chur i leataobh dó féin, chiontódh an t-éalú sin é chomh cinnte agus atá an Cháisc ar an Domhnach. Ar an dea-uair, ba é a mhalairt ghlan é. Nó bhí sé i ndiaidh cuid dá thuarastal féin a fhágáil ag an ngnólacht, agus nuair a chuaigh siadsan i dteagmháil leis, is é an rud a bhí i gceist aige ná a cheart a thabhairt don fhear róchoinsiasach.

Pé scéal é, thit sé ar chrann mo mháthar dul ag saothrú a coda féin ansin. Chaithfeadh sí bia agus beatha a choinneáil lena clann gan chuidiú ar bith óna fear céile, nó faoin am sco, bhí sé ag búirfigh is ag rámhallaigh idir ballaí stuáilte a cheallóige i dteach na ngealt. Ní raibh de rogha ag Mam ach mise a fhágáil faoi chúram a tuismitheoirí féin.

Lánúin as an ngnáth a bhí iontu siúd. Thar aon rud eile bhí an Béarla ina ghnáthurlabhra acu rud nár mhinic san am sin féin gan trácht ar shaol an lae inniu. I ndiaidh dul ar pinsean dóibh ba bheag a chleachtaidís comhluadar aon duine ach a muintir féin. Dá réir sin b'annamh a chuala mé focal Gaeilge sa bhaile.

Ó bhí an Ghaeilge ag dul chun cinn go tiubh téirimeach ar fud Shasana le breis is céad bliain anuas ní raibh ach corrchainteoir Béarla fágtha inár gceantar féin. Nuair a bhí mé i mo bhrín óg, tháinig rialtas coimeádach Mhaighréide Mhac an Tuíodóra i gceann an stáit. Mar is eol do chách ar cás leis stair na tíre seo, níor bhuair an dream sin a gcloigne le teanga a sinsear ar aon nós. Chuir siad deireadh le Béarla éigeantach na scoileanna agus bhain siad na hallúntais stáit den League—is é sin, *The English Language Reanimation League*, nó Conradh an Bhéarla mar a deir Tadhg an

mhargaidh. Nuair a thosaigh mise ag dul ar scoil, bhí orm trí mhíle bealaigh a chur díom gach lá leis an t-aon scoil lán-Bhéarla amháin sa cheantar a bhaint amach.

Ar ndóigh bhí sé ag dul rite lenár gcuid múinteoirí Béarla ar bith a theagasc don chuid ba mhó de na daltaí. Ba leasc leis na páistí an teanga chráite chraiceáilte a fhoghlaim nuair nach raibh aon duine sásta í a labhairt taobh amuigh den scoil. Níor éirigh le haon duine acu ceachtar den dá TH sa Bhéarla a fhuaimniú mar ba chuí, nó dá n-éireodh, shílfeadh na páistí eile gur ag lútáil leis na múinteoirí a bhí sé, agus gheobhadh sé buillí agus bulaíocht uathu dá réir. Thabharfaí "bárún" agus "cunta" ar a leithéid, agus na scoláirí go léir den bharúil go raibh sé ag síleadh an dúrud de féin, ó nach raibh Gaeilge na cosmhuintire sách maith aige.

Ó tógadh leis an mBéarla mé, agus beirt seanchainteoirí dúchais á labhairt liom gach lá, cheap na páistí eile gur ag maíomh as mo líofacht a bhí mé, agus ghearr siad an-phionós orm as sin. Dhéanaidís aithris fhonóideach ar an mblas agus ar an dul Béarla a bhí ar mo chuid Gaeilge. Is cuimhin liom go rómhaith inniu féin an macalla a bhain an gáire as na ballaí nuair a chuir mé an t-"ag"-ghníomhaí leis an saorbhriathar.

Uair eile bhí muid sa rang Béarla agus ceann de na clasaicigh á phlé againn, is é sin, an gearrscéal úd "The Pit and the Pendulum" leis an Meiriceánach Edgar Allan Poe. Is dócha go n-aithníonn duine éigin agaibh an t-ainm sin, nó thiar sna seascaidí, d'fhoilsigh an scríbhneoir Meiriceánach Éamonn Brocslabhscaí díolaim d'aistriúcháin Ghaeilge ar sheanscríbhneoirí Béarla na Stát Aontaithe, leabhar ar chuir na stiúrthóirí scannán i gCoill Cuilinn féin suim inti. Sa scoil

s'againn, áfach, ní raibh spéis ar bith ag garbh-Ghaeil-
geoirí an chúlbhinse i bPoe. Nuair a chuala siad teideal
an ghearrscéil, phléasc a ngáire orthu, agus iad ag
spochadh le chéile fúmsa: "An bhfuil luascadán ar bith
aige siúd, meas tú?" nó "An bhfuil a fhios ag an amadán
sin céard is pit ann?" Agus bhí an ceart acu—is ar
éigean a bhí focail gháirsiúla na Gaeilge agam, chomh
páistiúil is a bhí mé.

Ar ndóigh, fágadh i m'aonarán is i mo ghruamachán
mé de réir a chéile, agus na daoine óga eile den bharúil
nach raibh ionam ach cancrán. Ní bhídís fáiltiúil
romham, agus mar sin, ní raibh de chaitheamh aimsire
agam ach na leabhair, is é sin, na seanleabhair Bhéarla
ar sheilfeanna na seanlánúna: Emily Bronte, Jane
Austen agus mar sin de, an seandream go léir. Nuair a
chuala na rógairí ar scoil trácht air sin, rinne siad ábhar
nua fonóide de. Leabhair na seanchailleach! Sin é an
port a bhíodh acu. Girseacha tura cnámhacha ag
iarraidh an coimeadar a chur ar phlúithidí d'fhir mhór-
uaisle! Má theastaigh uaim mo chuid ama a chur amú
ag léamh leabhar, cén fáth nach raibh mé ag plé le
litríocht an fhíorshaoil, cosúil le Dónall Mac Amhlaigh
mar shampla? Nó duine de na scríbhneoirí Sasanacha
a raibh Gaeilge á saothrú acu, cosúil le Seoirse
Óirbhéal, a scríobh "Seal sa Chatalóin", "Ceithre agus
Ceithre Scór", agus "Feirm na nAinmhithe"? Is beag
duine a bhacfadh le hÓirbhéal, muis, dá scríobhfadh
sé i dteanga na sinsear!

Ó, ar ndóigh, is beag suim a chuir na cúlbhinseoirí sa
chineál sin litríochta i gceachtar den dá theanga. Nuair
a bhí siad sách sean le suim a chur i gcúrsaí leathair,
thosaigh siad ag ceannach irisí gáirsiúla cosúil le

Craiceann, Buachaill Báire, Díonteach, agus *Fadbhodach.* Ní raibh ach Gaeilge le léamh iontu siúd. Uaireanta thaispeáin siad an cacamas seo dom, agus iad ag áitiú orm nach rachadh agam choíche mo chuid a fháil ó na cailíní ach teanga cheart na collaíochta—an Ghaeilge—a bheith agam go paiteanta.

Agus is dócha go raibh an ceart acu tar éis an tsaoil. Nuair a bhí spéirbhean i ndiaidh spéirmhná á leagan acu siúd, ní raibh de chuideachta agamsa ach leabhair na gcailleach, agus má chuir an chorrghirseach ceiliúr orm, ní raibh mé ábalta, le teann na critheagla, ach rois neirbhíseach Béarla a ligean asam. Ansin, thiocfadh meangadh scige ar an gcailín, agus mise in ann a hintinn a léamh ar a gnúis: Ní sa seomra ranga atáimid, a amadán, caith uait na carúil mhóra Béarla agus labhair Gaeilge ar nós gach uile dhuine. Agus ní chreidfeadh an cailín uaim gurbh é an Béarla mo theanga dhúchais, an chaint ba ghaire do mo chroí is do mo bhéal.

Mar sin, má bhí caidreamh ar bith agam le lucht mo chomhaoise riamh, chuaigh an beagán sin féin i léig in imeacht na mblianta. Ní raibh Béarla líofa ach ag an tseanlánúin agus ag na múinteoirí, má bhí. Nó ba mhinic a d'aithneofá an-lorg Gaeilge ar an gcineál Béarla a bhí á mhúineadh agus á chleachtadh ar an scoil. "He felt tiredness upon him," a deireadh na múinteoirí, nó "Are you all after eating your share?" Sin é an méid a d'imigh ar an bPríomh-Oide féin i bproinnseomra na scoile nuair a bhí na cigirí ó Chonradh an Bhéarla ar cuairt le monatóireacht a dhéanamh ar chleachtadh na seanteanga sa scoil. Ar ndóigh ba mise an scoláire a chaithfeadh comhrá a dhéanamh leis na cigirí, nó nuair a chuala siad an dá "*th*" á bhfuaimniú agam níor fhág siad fuíoll molta ar bith ar an bPríomh-Oide.

Ach má thabhaigh mo chuid Béarla moladh ó na múinteoirí, is beag a thaitin an gradam sin leis na scoláirí eile. Is é an tátal a bhain siad as an scéal ná gur seoinín a bhí ionam agus mé ag galamaisíocht leis na múinteoirí, na cunúis sin. Má bhí tuismitheoirí na ndaltaí eile do mo mholadh mar dhea-shampla dá gclann féin, ní dheachaigh sin chun leasa dom ach an oiread. A ghlanmhalairt ar fad. Is beag rud is lú ar an dalta tipiciúil scoile ar an saol seo ná an tiarálaí scoile atá á mholadh ag a thuismitheoirí, nó tá sé féin suite siúráilte go bhfuil an saol líonlán de rudaí is suimiúla ná léann agus leabhair. Clocha a chaitheamh le fuinneoga an tseanfhir chantalaigh sa chomharsain, mar shampla, nó balcaisí na gcailíní a chur i bhfolach agus iad féin amuigh ag snámh, nó toit a bhaint as na toitíní raithní a thug duine de na buachaillí leis ón gcathair mhór. Béarla a fhoghlaim? Ó, fág an tseafóid! Gaeilge amháin a labhraíonn na haisteoirí ar na scannáin Mheiriceánacha—an bhféadfadh aon duine Béarla a shamhlú le ceann de na pictiúir chlasaiceacha, *Síobtha ar Shiúl* cuir i gcás? (Le fírinne chuir duine de na seanúdair Béarla ar an úrscéal le Máiréad Ní Mhistéil a bhfuil an scannán bunaithe air, ach, ar an drochuair, is é an teideal a bhaist sé ar an leabhar ná *Gone with the Wind*, agus bhí malraigh mo ranga féin ag stiúgadh le gáire nuair a chuala siad sin: Cad é an Béarla ar *Síobtha ar Shiúl?*—*Imithe leis an nGaoth!* HAHAHAHA!) An féidir le haon duine focail Bhéarla a chur i mbéal Réamainn Uí Bhuitléir agus é ag rá: "I ndáiríre, a stór, is cuma liom sa diabhal!" Céard faoi Scarlóidín Ní Eadhra agus í ag súgradh leis na Tarlatúnaigh óga? Agus cén Béarla a bheadh agat ar "Minicíochtaí ceiliúir ar oscailt!" nó "Gasheol aníos mé, a Albanaigh!" ar an *Réalt-Aistear*?

De réir mar a d'aosaigh muid, thosaigh an chuid eile de na buachaillí ag spallaíocht leis na cailíní, agus sin as Gaeilge, ar ndóigh. Sa deireadh, phós siad, agus nuair a saolaíodh clann dóibh, ba léir ó thús báire gur le Gaeilge a thógfaí na páistí. Ar ndóigh, bheadh an chorrlánúin ina measc a chuirfeadh na gasúirí i scoil lán-Bhéarla mar shop éigin in áit na scuaibe ar son athbheochan na teanga.

Cad é a rinne mise, ansin?

Bhí sé de shiabhrán agam go mbeadh lucht líonmhar Béarla le fáil in áit éigin agus fáilte Uí Cheallaigh acu roimh mo leithéid, ó bhí mé i mo chainteoir dúchais agus mo chuid Béarla i bhfad níos fearr ná teanga na n-athbheochantóirí aithnidiúla féin. Thug mé aghaidh ar Áth na nDamh le léann an Bhéarla a fhoghlaim.

Nuair a chonaic mé geata na hollscoile an chéad uair, ní raibh a hainm le léamh ansin ach as Laidin agus as Béarla:

OXFORD UNIVERSITY
UNIVERSITAS OXONIENSIS

—an drae focal Gaeilge. Tháinig gliondar ar mo chroí, ach má tháinig, níor mhair sé i bhfad. Bheannaigh mé do gach uile dhuine as Béarla, ach ní bhfuair mé freagra ach as Gaeilge. Nuair a chuaigh mé go dtí oifig an fháilteora, ní raibh aige ach Gaeilge Reachlann.

Sciorrfhocail

Maidir le Cumann na nGall—is é sin, *The University English Club*—ní raibh ann ach cúpla seanollamh agus na seanchancráin chéanna a d'fheicfeá ag na himeachtaí Béarla go léir, agus iad ag spalpadh leo faoi thábhacht an Bhéarla gan an chúis a aithint thar an toradh: is é an dualgas atá orainn ná bheith inár mBéarlóirí dílse, ós Gaill sinn, agus ní féidir linn a bheith inár bhfíor-Ghaill ach sinn a dhul leis an mBéarla agus an urraim cheart a thabhairt dár nGalldachas... agus araile agus araile. Tá a fhios agaibh an cineál duine atá i gceist agam.

Chuaigh mé féin i gCumann na nGall, ach má chuaigh, ní raibh fáilte ná soicheall ann romham. Bhí siad in éad liom faoi mo chuid Béarla. Bhí dul ceart na teanga ar mo chuid cainte, mar ba dual don chainteoir dúchais, ach níor thaitin sin leis na seanollúna. Ba dóigh leosan nár chóir d'aon duine Béarla líofa a bheith aige ach scór blianta a chaitheamh i measc na mBéarlóirí oifigiúla agus freastal ar sheacht gcúrsa fichead ag foghlaim na teanga. Chun a ngradam féin a chur in iúl bhíodh na daoine seo i gcónaí ag lochtú mo chuid Béarla. Má d'imigh oiread is aon fhocal Gaeilge amháin orm, thug siad rúchladh an alpaire faoin bhfocal sin, ós cruthúnas a bhí ann nach raibh maith ar bith i mo chuid Béarla.

Ba bheag meas a bhí ag mic léinn eile na hollscoile orm, nó ar na Béarlóirí ar fad. Bhí iomrá na hómaighnéasach ar na Béarlóirí, agus nuair a fuair an saol mór amach go raibh mé i mo bhall den Chumann—agus is beag duine óg a bhí riamh—chuaigh an ráfla orm láithreach go raibh mé i mo leannán leapa ag duine de na seanfhondúirí. Bhuel, má bhí na cailíní sa dioscó agus na féileacáin i gCumann na nGall, cé a rachadh sa Chumann de rogha ar an dioscó? Tuigim gur tátal loighiciúil a bhí ann, ar bhealach. Ag dul siar bóthar na smaointí dom inniu, thig liom a admháil go raibh corr-sheanleaid ansin b'fhéidir a bhí ina dhuine den chineál sin i ndáiríre, ach ní hionann sin is a rá go raibh an ceart ag cailleacha an uafáis agus iad ag greamú an triantáin phinc de gach mac máthar againn.

Bhí sé greamaithe díom anois, áfach, ag cuid mhór de na mic léinn eile, agus mar sin níor tháinig liom choíche tús a chur le cumann grá le girseach ar bith. Is dócha gur chuir mo chuid droch-Ghaeilge leis an mí-ádh a bhíodh anuas orm sna cúrsaí sin. Ní raibh a fhios agam riamh cérbh iad na focail ab fhearr a d'fhóirfeadh don ócáid. An ainnir ar chuir mé spéis inti bhí sí as amharc go deo le stócach eile nuair a rith an Ghaeilge cheart liom.

Bhain mé amach an chéim ollscoile sa deireadh, chomh maith le duine, agus chuaigh mé le múinteoireacht. Bhí an Béarla ag leá in aghaidh an lae i scoileanna na tíre go léir, agus bhí mé buíoch beannachtach go bhfuair mé post ar bith. Mar sin, shocraigh mé síos sna cúlriasca, i gcathair bheag iargúlta nár tháinig slán ná sábháilte as ré Bhean Mhac an Tuíodóra. Bhí cuma na hainnise ar an bpobal, agus ní raibh mórán misnigh ná meanman ag roinnt leis na múinteoirí ach an oiread. An duine a chonaic an ghramaisc uafásach d'ógchiontóirí a bhí in ainm a bheith ag foghlaim léinn ar an scoil, thuig sé láithreach cén fáth a raibh na múinteoirí chomh patuar sin i dtaobh a gceirde.

Nó ba iad na hábhair spéise ba mhó a bhí ag na daltaí ná na toitíní draíochta, an bhiotáille agus an bruíon-achas. Corruair tharla duine ina measc a raibh de rún aige dul ag staidéar le slán a fhágáil ag na bólaí seo. Ní raibh gar ann, áfach, nó ní bhíodh na múinteoirí sásta cabhrú le scoláirí den chineál sin. A mhalairt ar fad, má léirigh dalta ar bith suim san ábhar a bhí á theagasc, is é an t-aon chiall a bhain an múinteoir as ná go raibh scéim shofaisticiúil mioscaise idir lámha ag an scoláire. Na cailíní a thoiligh oíche a chaitheamh leis na múinteoirí fir, áfach, bhí a gcuid leannán breá sásta tuairiscí maithe scoile a scríobh dóibh le go bhféad-faidís an áit shuarach seo a fhágáil ina ndiaidh agus dul ag staidéar sna cathracha móra. Má bhí bealach an léinn ar fáil do na daltaí mar éalú as an áit ar aon nós, rith an bealach sin trí leaba an mhúinteora.

Ní raibh ráchairt ar bith ar an mBéarla anseo, ní nárbh ionadh. De réir mar a tháinig mé isteach ar nósanna an tí, ní raibh iarsmaí an idéalachais i bhfad ag tréigean. Ba chuma liom anois faoi chúis uasal na Béarlóireachta agus na hathbheochana, rud ba dual dom i ndiaidh bhlianta fada seasca na hollscoile. Thosaigh na cathuithe craicinn ag luí orm fosta. Ó thaobh na gcúrsaí leathair de ní raibh ionam ach déagóir óg nó manach. Anois, bhí an nádúr ag éileamh a choda is a chirt. I mo mhúinteoir dom bhí mé timpeallaithe ag mná óga agus iad sásta a gcolainn-eacha a chur ar taispeántas go dúshlánach diúnasach. Bhí mé á santú agus b'fhuath liom iad san am céanna. Is léir go raibh comhábhair an bhanéigneora ionam.

Agus lá amháin, thairg cailín darbh ainm Cairistíona Nic Eoin, nó Chrissie Jones mar a thugainn uirthi i

rang an Bhéarla, oíche a chaitheamh liom ar na gnáth-
choinníollacha: gheobhadh sí pas i gcríochscrúdú an
Bhéarla agus scoláireacht an Chonartha cuma cé
chomh hainnis a chruthódh sí sa scrúdú. Sméid mo
bhod a cheann ar an tairiscint, ghlac mé go réidh leis
an margadh agus scar an ráitseach a cosa liom.

Is beag an t-ionadh gur theip orm go tubaisteach sa
leaba. Ar dtús ní raibh adharc ag teacht orm, agus
nuair a tháinig, spabhtáil mé mo chuid síl asam
láithreach bonn. Mar bharr ar an donas, rinne mé
cúpla iarracht chiotacha an cailín a mhuirniú agus a
phógadh. Dealraíonn sé áfach nár tháinig an t-éagumas
sin aniar aduaidh ar Chairistíona, nó fuair triúr
múinteoirí a gcuid uaithi romham féin, agus is dócha
nach raibh aon duine acu siúd ina ghaiscíoch leapa ach
an oiread. Ba é an Béarla a rinne mo chabhóg.

Cé go raibh mé tar éis an-Ghaeilge a thógáil in
imeacht na mblianta, luíonn sé le réasún go ndeach-
aigh mé i muinín an Bhéarla arís agus éirí craicinn
orm. Ábhar mór gáire a bhí ann do Chairistíona áfach:
féach an t-oide Béarla nach dtig leis an ráiméis teanga
s'aige a chaitheamh uaidh sa leaba féin! D'inis sí do na
cailíní é, mar scéilín magaidh, agus chuaigh an t-iomrá
ar fud na háite, ionas gur chuala tuismitheoirí na
ndaltaí féin é.

Ansin d'éirigh sé ina mhórscannal sa trí phobal:
samhlaigh duit, múinteoir fir ag bualadh leathair le
cailíní óga na scoile! Ar ndóigh, chuir na múinteoirí
eile le chéile i m'aghaidh, ar eagla go bhfaighfí amach
faoin oiread suilt a bhain siad féin as na ráitseacha óga.
Le fírinne ní thógaim orthu é. Tar éis an tsaoil ní raibh
cara ar bith agam ina measc. Ní raibh mé i m'fhear mór

cuideachtan riamh, agus an crampa seo ar mo theanga. Ní raibh ionam ach suarachán Béarlóra, duine ar imeall an tsaoil. B'fhurasta mé a íobairt lena chinntiú nach gcaithfí aon drochamhras ar an gcuid eile acu.

Chruinnigh iriseoirí láibe na tíre inár gcathair bheag le halbam iomlán grianghraf a thógáil den mháineach craicinn a bhí tar éis girseach bhocht a mhealladh chun leapa leis. Briseadh as mo phost mé láithreach bonn, agus tuigeadh dom go mbeadh fuar agam dá rachainn ar lorg jab nua mar mhúinteoir. Caithfidh mé a admháil, áfach, nach raibh Cairistíona sásta an ról a dhéanamh a cheap na hiriseoirí di. Nuair a bhí sí faoi agallamh acu, d'áitigh sí orthu nach raibh mise i mo bhithiúnach mór ar aon nós, agus go raibh "na fíorchiontóirí ina suí go seascair". Ó nach raibh deis a labhartha aici, ní raibh sí in ann a mhíniú céard a bhí i gceist aici i ndáiríre.

Dúnadh doirse na fostaíochta romham i ngluaiseacht an Bhéarla freisin, agus má chuir mé isteach ar phost ollscoile, diabhal an drae freagra a tháinig. Is léir nach bhfuil an dara suí sa bhuaile agam ach slán a fhágáil ag gleann seo na ndeor go huile is go hiomlán. Tá mé ag ullmhú m'aistir dheireanaigh cheana féin. Tháinig mé trasna ar sheanbhád beag bídeach nach bhfuil acmhainn na seanfharraige inti. Sin í an soitheach a roghnaigh mé le haghaidh iomramh mo bháis.

Lá amháin, i gceann cúpla mí, suífidh mé síos sa bhád le rámhaíocht amach. Nuair a bheidh mo sháith achair idir mise agus an cladach, caithfidh mé na maidí rámha uaim agus ligfidh mé do shruth na farraige greim a fháil ar an mbád agus mé a iompar a rogha bealach. Beidh mo dhóthain biotáille agam sa bhád, agus faoin

am seo beidh mé ar deargmheisce, ionas nach n-aithneoidh mé a dhath dá mbeidh ar siúl i mo mhór-thimpeall. Sa deireadh, tiocfaidh an doineann agus na tonnta folcánta falcánta le mo bhád a chur thar a corp. Báfar mé i nganfhios dom féin.

Clúdóidh an fharraige uaigh fhuar fhliuch an Bhéarlóra dheireanaigh, agus múchfar a theanga go deo deo na ndeor.

Craiceann

*B*hí mé i ndiaidh an geimhreadh duairc dúlaí go léir a chur isteach ag foghlaim léinn i gcathair mhór ó theas i bhfad i gcéin ó mo sheanfhóid. Nuair a bhí na scrúduithe deireanacha thart, ba dóigh liom go raibh scíth mhaith ag dul dom, agus mar sin ba é an chomhairle ba nádúrtha ná aghaidh a thabhairt ar an seandúchas leis na laethanta saoire a chaitheamh ansin tigh mo thuismitheoirí. Chinn mé ar an seal go léir a chur díom faoi shonas is faoi shuaimhneas: ní thabharfainn ach droim láimhe le cóisireacht is le cailíní. Nó faoin am sin bhínn lánghnóthach ag iarraidh iad a leagan, ach má bhínn, ba amhlaidh ba mheasa a bhíodh sé ag éirí liom. Mar sin, b'fhollasach gurbh fholláine dom dul ag fámaireacht thart le m'aird a thabhairt ar áilleacht an nádúir seachas scéimhiúlacht na ngirseach. Cibé aithne a bhí agam ar na bólaí seo ó bhínn ag súgradh anseo i mo pháiste bheag, bhí mí-fhoighne orm a fháil amach fá dtaobh de na hathruithe a tháinig orthu i nganfhios dom agus mise amuigh ag staidéar. Nó bhí borradh mór faoin gcathair agus í ag dul i bhfairsingeacht i ngach treo: an mbeadh an seandúlra glan ainrianta úd fágtha beo i gcónaí?

Nuair a thuirling mé den traein ar an stáisiún, bhí mé rófhalsa le siúl cos a dhéanamh. Ina áit sin, chuaigh mé ar lorg tacsaí, ach b'aithríoch liom é a thúisce is a mhothaigh mé an chéad fhocal beannachta ón tiománaí. Nó ba sheanchomrádaí scoile de mo chuid é, má thig *comrádaí* a thabhairt ar aon duine den dream dhamanta sin. Ní raibh ina mbunús siúd riamh ach traigheamán de bhithiúnaigh chruthanta a chaith-eadh leath a gcuid ama ag milleadh mo shaoil orm le maistíneacht is le bulaíocht, le clipireacht is le cleith-mhagadh de gach aon chineál dá rithfeadh le hábhar beag Mengele ar an gcampa géibhinn sin de scoil. Ar ndóigh, bhí an leathamadán seo ag iarraidh goice an tseanchairdis a chur air féin liom, an rud ba mhó a chuir fearg orm. Nár chóir don drong bhradach sin leor a ghabháil leis an bhfírinne agus a admháil nach raibh muid mór le chéile riamh is nach mbeimis choíche?

Thairis sin, chuaigh sé ag fiafraí díom cad é mar a bhí ag éirí liom leis na cailíní, agus é ag spalpadh seafóide faoi shaol ainrianta grá na mac léinn, rud nach ndearna ach géarú ar an snamh a bhí agam dó. Nach raibh sé féin ar duine acu siúd a d'fhéach chuige nach mbeadh seans ar bith agam ar ghirseach ar bith choíche? Ba mhian liom paltóg de bhuille doirn a thabhairt dó idir an dá shúil bhréagmhagúla, ach ní raibh aiméar a dhéanta agam cibé, buíochas le Dia: ansin díreach a bhain muid amach teach mo mhuintire, agus amach go deo liom le mo chuid málaí taistil. Nuair a d'íoc mé as an tsíob, dhrann mé an cár ba doicheallaí leis an diabhal rógaire sin agus d'fhág mé slán aige go grusach. Níor lig sé air gur aithin sé an drogall orm. B'fhéidir go raibh sé dáiríre chomh dearmadach sin i dtaobh na fírinne seirbhe. Nó b'fhéidir nach raibh ann ach cleachtas ceirde an ghiománaigh: chaithfeadh sé bheith ina cheann mhaith don chustaiméir ba chantalaí amuigh.

Chuaigh mé isteach, agus fáilte mhór á fearadh ag mo thuismitheoirí romham. A thúisce is a tháinig mé thar an tairseach, chuir mo mháthair an t-uisce ar gail le haghaidh caife. Bhain an bheirt acu asam gach a raibh le hinsint fá dtaobh de chúrsaí na hollscoile. Na scéalta a chuala mé féin uathusan, áfach, níor bhain mé mórán taithnimh astu. D'éirigh go gleoite leis an mbithiúnach seo nó siúd agus é ag staidéar le bheith ina dhochtúir, agus bhí seandiabhal eile i ndiaidh girseach den chéad scoth a fháil in eangaigh. D'aithin mé mé féin i m'fhágálach nuair a bhí mé ag éisteacht leis na scéalta sin. Níor éirigh liom leath chomh maith ar an ollscoil agus mar a bhí mé ag súil leis, nó b'éigean dom malairt ábhar staidéir a tharraingt chugam cúpla uair sula raibh mé cinnte go raibh mé ar bhealach mo leasa. Agus sna cúrsaí banaíochta, ní raibh mórán maithe ionam riamh, de dheasca na neirbhíseachta a chuaigh go smior ionam i mblianta uaigneacha na scoile.

An dara lá sa bhaile dom, agus mise i ndiaidh mé féin a shoipriú i dteach mo mhuintire aríst, thosaigh mé ar mé a ullmhú don turas fánaíochta a thabharfainn ar na coillte timpeall na cathrach. Bhí uaigneas sollúnta na foraoise dorcha doimhne go géar de dhíth orm. I bhfad ar shiúl ó chomhluadar dhaonna dom, mar ba nós liom riamh agus mar is cleachtas do mo mhuintir, a dhéanfainn dearmad ar chruatan an tsaoil agus ar mhargadh bhriosc na gcleamhnas. Mar a thug an seachtar deartháracha droim láimhe leis an tsibhialtacht in úrscéal náisiúnta mo thíre—mar a thug siad droim láimhe leis an sráidbhaile le scíth a fháil ó shíorbhrú an tsaoil agus le teacht i gcrann as a stuaim féin, thabharfainnse aghaidh ar uaigneas na foraoise le mo chuid smaointe a chóiriú agus le marana éigin a dhéanamh ar an saol agus ar m'áit féin sa saol.

Ar dtús chuaigh mé go dtí an siopa faoi dhéin aráin agus ime agus ábhar eile ceapairí lena chinntiú go mbeadh scamhard agus solamar i mo mhála droma amuigh sna coillte. Chuardaigh mé leath an tí ó urlár go síleáil go dtí gur aimsigh mé i gcupard mo sheanseomra féin an mapa agus an compás a bhíodh liom agus mé ag siúl na gcoillte i mo dhéagóir dom.

Lá álainn soineanta a bhí ann nuair a d'imigh mé liom, lá a chuirfeadh áthas agus gliondar ar chroí is ar intinn ar bith: an ghrian ag taitneamh go cothrom ar an saol uile fúithi idir shaibhir agus dhaibhir; agus má bhí séideadh fann gaoithe le brath ar d'éadan, ní dhearna se ach an nimh agus an brothall a bhaint de theas an lae. Bun ar an aimsir, mar a déarfadh na seanfhondúirí.

D'fhág mé slán ag mo mhuintir agus chuaigh liom bealach na gcoillte sprúis. Nó b'ansin ba chuimhneach liom loch beag bídeach insnáfa faoi choim na gcraobh glas i gcroílár duairc diamhair na coille. Rosc na Coille a thugtaí ar an loch, má bhí aon ainm ar leith ag na daoine air. Dar liom gurbh annamh a thaobhaíodh duine ná deoraí leis, siúd is go raibh sé de nós ag na gasóga áitiúla a bpicnic ráithiúil—nó cibé turas taiscéalaíochta a thugaidís air—a chóiriú chois a chladaigh. An chuid ba mhó den bhliain—agus den tsamhradh féin—bhíodh an loch tréigthe ag bunadh na cathrach, amach ó lucht an mhála droma cosúil liom féin.

Dá bharr seo, cibé lá a mbínn in ísle meanman, cibé uair a dtagadh giúmar cumhúil tromintinneach dúnéaltach lionndubhach orm, thugainn aghaidh ar an loch sin chun seal snámha a bhaint as a uisce shéimh nó—mura gceadódh an séasúr aon tumadh ann—trom-mheabhrú a dhéanamh ar mhícheart agus ar mhíchothrom agus ar éagóir an tsaoil i ngleann seo na ndeor searbh ina bhfágtaí ar an tráigh fholamh ariamh mise gan an coimeadar a chur ar an ngirseach ar shantaigh mo chroí chráite is mo bhod diomhaoin í. B'iomaí ainnir álainn ar mhúscail a colainn is a comhluadar ionam an tnúth is géire, is éadóchasaí ar domhan, agus mé go fóill i mo scoláire meánscoile. Níor cheadaigh an beaguchtach dom riamh tús ná bun a chur le suirí ná le cumann. Áilleacht an tsaoil taobh amuigh den chollaíocht chúng a dhruideann súile na ndaoine óga ar na nithe deasa eile sa domhan—seo é an rud a d'athaimsínn agus mé i mo shuí cois an locha i gceann mo chuid smaointeoireachta dom. Agus, leis an bhfírinne a dhéanamh, níor tháinig aon duine eile ansin riamh. Shílfeá gur liom féin amháin an loch sin, blianta m'óige.

Nuair a tháinig mé chomh fada leis an nGrág Mhór—
an rian deireanach i ndiaidh na Giúise Móire ar leag
foireann an chomhlachta páipéir í in ainneoin na
n-agóidí a rinne bunadh na cathrach agus mise aon
bhliain déag d'aois—chinn mé ar tamall a chaitheamh
ansin ag reastóireacht sula leanfainn orm leis an
aistear. Shuigh mé síos ar an ngrág agus bhain mé an
tsreang de mo mhála lóin. Nuair a bhí a bhéal ar oscailt
go leathan thum mé leathlámh isteach ann gur thóg
mé amach an ceapaire ba raimhre dá ndearna mé, agus
gach uile shórt idir an dá shlisín aráin: feoil agus
cúcamar, cáis agus tráta, gan dearmad a dhéanamh de
pheirsil. Bhí an t-arán tais bogtha fliuch ag an
gcúcamar cheana féin, agus nuair a bhain mé greim
den cheapaire thit grabhróga ar an talamh leis na
seangáin a chothú.

Agus mé ag mungailt mo choda go socair suaimh-
neach ar mo sháimhín suilt, thug mé cluas éisteachta
do cheol na n-éan agus do dhord na mbumbóg a bhí ag
eiteallaigh thart in mo mhórthimpeall. Nuair a chonac-
thas dom go raibh an lúth sna cosa arís, d'ardaigh mé
mo thóin den ghrág, agus ar aghaidh bealach an locha
liom. Tharraing mé seanlán mo chinn d'aer ghlan na
coille agus bhraith mé cumhracht an tsamhraidh, idir
mhilis agus shearbh.

De réir mar a theann mé leis an loch, chuaigh an
choill chun dlúis, agus mura mbeadh seaneolas agus
aithne agam ar an gceantar seo thart, b'ar éigean a
chreidfinn go raibh loch ar bith ann taobh thiar de na
crainn. Bhí na craobhacha fada achrannacha ag gránú
mo cheannaithe lena gcuid spíonlaigh, agus nuair a
bhain mé cladach an locha amach, bhí mé chomh

tuirseach is gur thit mé i mo spréiteachán ar mo bholg le scíth a fháil arís.

Ansin mhothaigh mé nach i m'aonar a bhí mé!

D'ardaigh mé mo chloigeann go ciúin cúramach gur amharc mé bealach an locha, agus ceart go leor bhí cailín ag snámh ar fhairsingeach na dtonn. Ag portaireacht a bhí sí. Buíochas leis an uisce a iompraíonn gach foghar is gach fuaim chuala mé a binnghuth go soiléir a fhad sin uaithi. Guth glan a bhí ann nár shalaigh tobac ná biotáille ariamh é, agus an gliondar is an t-áthas a d'aithneofá air chuirfeadh sé lúcháir ar chroí ar bith. Shílfeá nach girseach shaolta a bhí ann ar chor ar bith ach síóg de chineál éigin.

Ansin chonaic mé a cuid éadaí is giúirléidí eile ina gcarn beag i lúbainn idir dhá ulán cloiche chois cladaigh. Mála droma a bhí aici chomh maith liom féin, culaith traenála is bróga sléibhteoireachta de réir dealraimh; ach sílim nach tógtha orm é má admhaím gurbh iad a cuid fo-éadaí ba mhó a tharraing mo shúil: d'aithin mé ar an gcíochbheart gur cíocha cruinne deasa a bhí aici, agus croí beag bídeach fuaite ar a nicirí áit a raibh a grabhaid. Go tobann bhraith mé mo bhod ag éirí ina sheasamh agus tharraing mé mo cheann ar ais taobh thiar de na craobhacha flúirseacha.

Faoi cheann cúpla bomaite tháinig an cailín ar ais go dtí an cladach, agus mise ag amharc uirthi i nganfhios di. Fornocht a bhí sí gan oiread snáithe uirthi, agus is annamh más riamh a fuair mé radharc ar a sárú de spéirbhean óg tráth mo shaoil.

Bhí dreach lách ar an mbruinneall seo, agus aoibh aislingeachta ar crith ar a béal. Choinnigh sí a súile leath dúnta, agus b'fhollasach é gur minic a chuireadh

Sciorrfhocail

66

meangadh gáire le cruinne a gruanna. Bhí a cuid gruaige dubh dorcha, agus í bearrtha chomh gearr sin agus nár shroich sí anuas ach a fhad lena dealrachán.

Nuair a d'ísligh mé mo shúile, agus mé ag grinn-scrúdú gach aon bhall dá colainn a bhí le feiceáil, tháinig borradh i mo bhod nár mhothaigh mé a leath-bhreac ansin ariamh. Bhraith mé na hartairí ag bogadh óna gceartáiteanna faoi chraiceann an bhaill fhearga, agus le linn tamaillín bhig bhí fíoreagla orm roimhe go n-éireodh mo thóin aníos ón talamh chomh hard sin agus a bheith le feiceáil ag an ainnir.

Bhí a cíocha go cruinn deas álainn gan a bheith rómhór ná róbheag: ní raibh sí tar éis a macnas a mhilleadh le haistí bia mar a dhéanann na mná óga go rómhinic ar na saolta seo. Dar fia, tá muid níos saibhre ná riamh, ach mar sin féin d'fheicfeá cnámharlaigh de chailíní ag dul timpeall mar a bheadh gorta mór ag scrúdadh na tíre. Ag breathnú uirthi dom chonaic mé solas an lae a bhí á scagadh trí chraobhacha na gcrann ag péinteáil a chuid pictiúr ar a craiceann mín deas bog. Nach géar a theastaigh uaim an craiceann sin a chuimilt is a phógadh, nach millteanach an éagóir nach raibh áiméar a dhéanta agam!

Ní raibh an deireadh ráite go fóill. Shuigh sí síos sa lúbainn, áit a raibh a cuid ciútraimintí, lig sí osnaíl aisti, agus… agus thosaigh sí ag tabhairt faoiseamh a láimhe di féin.

Ar dtús chuir sí didí a cíoch ag gobadh go crua agus shuaith sí a bolg féin. Thosaigh a lámha ag teannadh leis an bpis gur shroich siad í. Rinne sí na liopaí thíos a útamáil agus mhéaraigh sí an bhreall bheag dheas gur tháinig luisne ina colainn go léir. D'fháisc sí lándruidim ar a súile agus chonaic mé go raibh gach aon mhatán ina corp ag dul chun teannais...

... go dtí gur bhain sí amach an bhuaic. Chuala mé an éagaoint ag teacht in ionad na hosnaíola, agus tháinig lúbarnach fhiáin tríthi le teann aoibhnis. Chuaigh sí in arraingeacha agus lig sí búirscréach chaointe aisti a tharraingeodh idir phóilín agus dochtúir ionsuirthi dá mbeadh áitreabh daonna ar bith i gcóngar dúinn.

Ansin thit a codladh ar an ngirseach go tobann. Luigh sí síos ina gillire agus d'fhan sí ansin gan cor a chur di, rud a chuir imní orm: arbh amhlaidh go bhfuair sí bás in éineacht leis an sásamh gnéis? Chuir mé cluais ghéar orm go dtí gur mhothaigh mé ag análú í, rud a thug sólás mór dom. Bhí an ghaoth ag dul chun géaradais, agus mé ag smaoineamh ar chóir dom a tuáille nó a cuid éadaí a shoipriú uirthi lena cosaint ar an bhfuacht, ach thit an drioll ar an dreall agam, agus chloígh mé an tallann. Chaith mé corrshúil ar a haghaidh, agus ba dhóbair dom mo ghol a bhriseadh orm, chomh sona is a bhí an créatúr! Ghuigh mé go ciúin go soirbheodh Dia di, agus as go brách liom bealach na cathrach.

Chuaigh sé rite liom an tslí a choinneáil, agus na deora do mo dhalladh. Nuair a d'fhéach mé le labhairt, bhí tocht i mo sceadamán a d'fhág i mo bhalbhán mé. Ar shroicheadh na Gráige Móire dom in athuair stad mé i mo sheasamh i lár an mhachaire bháin fhairsing fholaimh a d'fhág lucht leagtha na gcrann ina ndiaidh deich mbliana ó shin—ansin tharraing mé lán mo scamhóg d'aer gur thosaigh mé ag scairtigh i seanard mo ghutha. Mhair mé ag búirfigh go dtí gur thréig mo ghlór mé agus an deoir dheireanach ag titim le mo leiceann.

Is ar éigean is cuimhneach liom an chuid eile den bhealach ar ais. Nuair a tháinig mé abhaile, bhí mo chuid éadaí roiste réabtha, agus an radharc a bhí ionam bhain sé scanradh as mo thuistí. Ní dheachaigh agam mórán freagra a thabhairt agus iad do mo cheistiú cad é a d'fhág an anchuma sin orm, agus ba é an tátal a bhain siad as an scéal ná gur éirigh taisme de chineál éigin dom amuigh sna coillte, sin nó go ndeachaigh mé ar strae agus go bhfuair mé deacair teacht slán as an bhfóidín mearaí. Bhí mé féin sásta gan an tuairim seo a cheartú: is í an bhréag a d'inis mé dóibh ná gur shleamhnaigh mé síos i bpoll nár thug mé faoi deara sular sciorr na cosa uaim ar a bhruach. Dúirt mo mháthair liom gur chóir dom dom súil ní ba ghéire a choinneáil romham, agus go bhféadfainn mé féin a ghortú go dona ina leithéid de dhrochthe áit—b'fhearr dom an guthán póca a iompar liom le glaoch ar an ngarchabhair, dá dtiocfadh timpiste orm a d'fhágfadh gan siúl mo chos mé.

Níor ith mé greim den tsuipéar, agus chaith mé oíche chorrach ag smaoineamh ar an ngirseach álainn bhocht agus ag doirteadh deora. Admhaím go réidh gur chaith mé cuid mhór den am ag bleán mo bhoid agus scáil an chailín ag rince trasna m'intinne. Rinne mé tréaniarracht an bhruinneall a ligean chun dearmaid, ach má rinne féin, ní raibh gar ann. Nuair a tháinig an ball bán ar an lá, ní raibh ionam ach pictiúr an neamhchodlata, agus fuair mé tormas ar gach sórt bia a chuirfeadh mo mháthair os mo choinne.

"A mhic ó," ar sise, "cén fáth nach bhfuil tú ag ithe? Nach dtaithníonn do chuid leat? Monuar mura dtaithníonn ach cibé scéal é is duine fásta tú agus a thuiscint sin agat nach dtig liom bia ar leith a ghiollacht do gach aon duine againn…"

"Gabh mo leithscéal," a d'fhreagair mise. "Sílim gur tholg mé ulpóg éigin. Níor chodail mé aon néal aréir, agus ní thig liom ithe ach oiread."

"An sampla bocht!" arsa mo mháthair. "B'fhéidir gur le slaghdán a buaileadh thú amuigh sa choill."

"Is féidir, tá an ceart agat," a d'fhréagair mé. "Ach tá an dá bh'fhéidir ann. Tá sé an-mheirbh sa teach seo. D'fhéadfá a shíleadh gurb é an t-aer istigh is mó a ghoilleann orm. Tá sé ró-the anseo agus an ghrian ag taithneamh. Sílim go ndéanfaidh mé seal spaisteoireachta."

"Déan sin más é do thoil é," ar sise. "Ach má thig tinneas ort fill abhaile láithreach bonn."

Ansin, d'imigh mé liom, agus ba í an ghirseach an t-aon rud amháin a bhí ar m'intinn. D'fhéachfainn le teacht trasna uirthi sa chathair. Chaithfeadh sé nach raibh aon stócach ag cúirtéireacht léi go fóill! Leisean a rachadh sí ag snámh dá mbeadh! Ní bheadh sí i dtuilleamaí a cuid lámh féin le haghaidh faoiseamh craicinn! Ghabh mé gach aon tsráid ó cheann go ceann agus radharc a fháil ar aghaidh gach ógmhná dár casadh orm, ach ní raibh gar ann: ní raibh bruinneall an chladaigh ina meascsan.

Thosaigh mé ag caitheamh lá i ndiaidh lae ag gabháil thart sa chathair ar lorg na hainnire. D'amharcainn ar na cailíní a bhí ag díol uachtar reoite de chois doras mór na leabharlainne. D'fhanainn taobh amuigh den chlós cluichíochta nuair a chríochnaíodh báirí Chraobh na nÓgbhan san eitpheil, tharla go raibh a leithéid ar cois sa chathair agus scata Éireann de spéirmhná óga ag glacadh páirte. Chuaigh mé chomh géar sin in éadóchas agus gur chaith mé corrshúil ar na ráitseacha a ghnáthaíodh an teach ósta "An Bhiotáille Bhorb". Ní raibh aon mhaith ann go léir, ar ndóigh: dá bhfeicfinn an stuaire a casadh orm chois an chladaigh, ní bheadh moill ar bith orm í a aithint—ach dheamhan a bhfaca!

Ghlac mo mháthair imní i ndáiríre, agus an anchuma a bhí ag teacht orm.

"Feicim ort nach go rómhaith atá tú," ar sise. "Caithfidh sé go bhfuil rud éigin ag luí ort go dona. An ea go bhfuil uaigneas ort anseo, in éagmhais chaidreamh do chomhaoiseanna?"

"Is féidir go bhfuil."

"Cogar i leith anois a mhic," a dúirt sí. "Tiocfaidh mo sheanchara, cailín a bhí sa rang céanna liom ar scoil fadó fadó, tiocfaidh sí ar cuairt chugainn arú amárach, agus a hiníon i dteannta léi. Tá mé suite siúráilte go n-éireoidh leis an ngirseach s'aici cian a thógáil díot. Casadh orm cúpla uair í agus tig liom a rá gur meabhróg mhaith girsí atá inti, idir mhúinte, chliste, agus lách. Sílim go bhfaighidh tú biseach nuair a chasfar ar a chéile sibh."

Thug mé freagra aonsiollach éigin nach cuimhin liom féin a thuilleadh. Bhí mé cinnte gurbh ar éigean a bheinn in ann giodróg éigin a fhulaingt a bhí á moladh mar sin ag mo mháthair.

"Tá an cailín ocht mblian déag d'aois," arsa mo mháthair, "agus í ag brath ar staidéar a dhéanamh ar shíceolaíocht nuair a bheidh an tArdteastas bainte amach aici."

Ní bhfuair sí d'fhreagra uaim ach gnúsachtach ghrusach.

"Nuair a thrácht mé ort léi, dúirt sí go raibh ballaíocht aithne aici ort."

"Is iomaí óinseach óg sa chathair seo a bhfuil a fhios aici cé mise." Tháinig gráin fhuafar orm agus mé ag smaoineamh gur sean-chomhscoláire de shórt éigin a bhí i gceist, siúd is go raibh níos mó ná cúpla bliain agam uirthi de réir dealraimh. B'fhearr liom dearmad dubh a dhéanamh de na blianta a chaith mé ag streachailt le saol an déagóra sa chathair seo, agus leithéidí an chailín sin ag caitheamh anuas orm lá i ndiaidh lae, bliain i ndiaidh bliana.

Gheal lá an chaighdeáin agus mé i mo phusachán, agus is ar éigean a bhí fáilte ionam roimh aon duine. D'fhéach mé lena bheag a dhéanamh den chuairt a bhí le teacht. Bhí mé i mo shuí in ainm a bheith ar mo shuaimhneas. Nuair a bhí an tráthnóna ag teannadh linn, mothaíodh cling an chloig ón doras, agus chuaigh mo mháthair go deifreach in araicis na gcuairteoirí.

Chuala mé ag beannú dóibh í, agus d'éirigh mé féin i mo sheasamh le híosmhéid na dea-bhéasaíochta a chomhlíonadh. Tháinig seanchara mo mháthar ionsorm agus í ag síneadh a deasóige roimpi le go mbainfinn croitheadh aisti. Rug mé greim éadrom ar an lámh agus mé ag monabhar an chupla focal a d'fhóir don ócáid. Ansin d'ardaigh mé mo shúile le radharc a fháil ar an iníon.... Agus bhraith mé cnapán mór tochta ag brú ar mo chroí: na ceannaithe séimhe scéimhiúla a d'aithin mé, agus an aoibh ghrámhar ghnaíúil, agus an cholainn chumtha chomair. Ba í ainnir an locha ina steillbheatha í!

Chonaic mé go raibh an ghirseach ábhairín cotúil: theastaigh uaithi cuideachta a dhéanamh dom, ach amháin nár tháinig na focail léi. Ghlac mé trua agus comhbhá léi láithreach. Rinne mé mo sheacht gcroídhicheall le meangadh gáire cairdiúil a thaispeáint di, agus labhair mé léi go magúil.

"Cogar, a dheirfiúirín," arsa mise, "ná bí ag déanamh coimhthís liom. Má bhí muid ar aon scoil le chéile, tá a fhios agat gur mise an fear mór cúthaileachta. Fág a cheird ag an saineolaí, ós amaitéarach thú féin."

Ní raibh mórán maithe ann mar mhagadh, ach ar a laghad, chuir mé a leithéid de gheáitsíocht orm is gur thosaigh sí ag sciotaíl gháire ina hainneoin. Thosaigh muid ag comhrá go cineálta caidreamhach, agus fuair mé amach gur cailín cliste ab ea í agus an-chuideachta inti. Chuir mé sonrú ann fosta gurbh iad na rudaí céanna a bhaineadh gáire asainn, rud a thug éirí croí agus ardú meanman dom. Bhí sí fiosrach i dtaobh na hollscoile agus na hollscolaíochta, agus nuair a bhí muid ag plé shaol na mac léinn, rinne mé tagairt neamhurchóideach do chúrsaí an chleamhnais: is é sin, thrácht mé ar chomh deacair agus a bheadh sé cumann a choinneáil le do ghrá geal nuair nach mbeadh cónaí ar an mbeirt agaibh san áit chéanna, agus luaigh mé lánúin de lucht m'aitheantais leis an bpointe a léiriú. Ansin, d'admhaigh sí ar nós cuma liom nach mbeadh an fhadhb sin ag déanamh scime di, ó nach raibh buachaill ar bith aici. Ansin, stiúir mé an comhrá i malairt treo i ndiaidh dom cúpla focal molta a rá léi, ag déanamh m'iontais de nach mbeadh buachaill ag cailín chomh deas, agus ag tabhairt le fios go magúil go gcaithfeadh sé go raibh sí ag déanamh an iomarca roghnachais.

"Gabhaim pardún agat," ar sise go tobann, "ach feictear dom nach róchuma atá ort. An bhfuil tinneas éigin ort?"

"Tá, nó bhí," a d'fhreagair mise, agus faitíos an domhain orm roimh luisne a theacht i mo leicne. "Dealraíonn sé gur thóg mé cineál breoiteachta agus mé ag dul sna coillte taobh amuigh den chathair seachtain éigin ó shin, nuair a bhí mé díreach tar éis teacht abhaile ón ollscoil."

"An ea go mbíonn tusa ag siúl na gcoillte chomh maith!" ar sise go gliondrach. "Cén bealach a chuaigh tú?"

"Bhuel… sea… bhí sé ar intinn agam Rosc na Coille a thabhairt orm." Baineadh stangadh as an ngirseach, agus dheifrigh mé a rá: "Ach tháinig seachrán orm ionas nach bhfuair mé é a bhaint amach… b'fhéidir nach bhfuil mé chomh heolach ar an áit is a bhínn… agus ansin, baineadh tuisle asam."

"Cad é a bhí de dhíobháil ort ansin?" a d'fhiafraigh sí iontach foghach.

"Faic na ngrást ní raibh," a d'fhreagair mé, "ach amháin gurb áit álainn aonaránach shuaimhneach atá ann. Ba mhinic a thaobhaínn leis an loch sin agus cónaí orm anseo go fóill. Nuair a thagadh lionn dubh orm ghabhainn liom agus aghaidh a thabhairt ar an loch sin le bheith i mo shuí chois a chladaigh beag beann ar an saol mór."

Chomh luath is a bhí an méid seo ráite agam, tharraing mé cúrsaí éigin eile chugam, ach ba léir go raibh mo chailín sásta leis an míniú seo. Le fírinne, thuig sí mo chás go maith, cé go raibh sé soiléir nár mhaith léi aon duine a bheith in aon chóngar dá háit phríobháideach féin. Mar sin féin, thosaigh muid ag trácht ar an loch agus ar an dúlra máguaird arís, ó bhí an grá céanna ag an mbeirt againn don áit. Nuair a tháinig cuma imeachta ar na cuairteoirí, chonacthas dom gurbh fhiú dom m'áiméar a thástáil.

"Cogar, a dheirfiúirín," a dúirt mé léi, "nár mhéanar picnic a chóiriú ag an loch sin? Cuirimis lón aistir le chéile agus as go brách linn go dtí Rosc na Coille! Cad é mar a thaitníonn sin leat?"

"Níl a fhios agam," ar sise. "Áit an-phríobháideach atá ann. Ní dheachaigh mise ansin riamh i gcuideachta aon duine eile."

"Ná mise, ach ba mhaith liomsa dul ansin ó am go ham uaireanta. Ní liomsa an áit ach oiread leat féin, áfach, agus b'fhearr dúinn cuairt a thabhairt ansin in éineacht seachas ruaig a chur ar a chéile ón loch. Téimis ansin in éindí, agus má theastaíonn uaitse tamall a chaitheamh ansin i d'aonar, is féidir liom tú a fhágáil i mo dhiaidh ansin, nó a mhalairt más gá. Nach dóigh leat féin gur conradh ceart cothrom é sin?"

Thost sí gur chlaon sí a ceann. "Bíodh ina mhargadh."

Lá arna mhárach ghread muid linn bealach an locha. Bhí a chuid bia ag ceachtar againn, agus mise ag iompar teirmis liom. Ansin a bhí ár gcuid tae a raibh braoinín maith de shú oráiste measctha tríd. Bhíomar ag mionchaint go súgrach aerach le chéile, agus má bhí faitíos nó cúthaileacht uirthi go fóill romham, bhí sí ní ba dána anois ná roimhe sin. Roinn muid le chéile gach ráfla de chuid na cathrach, agus sinn ag sciotaíl go gealgháireach faoi gheáitsí an duine seo nó siúd, agus ó am go chéile bhuail racht gáire an bheirt againn chomh láidir agus gurbh éigean dúinn taca a bhaint as a chéile.

Nuair a shroich muid an Ghrág Mhór, leath sí blaincéad beag ar an talamh agus shuigh muid síos air. Thosaigh muid ag ithe ár gcoda agus tae milis deas á shnáthadh againn leis an mbia. Thost muid go ceann nóiméid le sult a bhaint as ceol binn an tsamhraidh.

Go tobann bhraith mé mo shearc álainn á ligean féin orm. Thit a ceann le mo bhrollach agus í ag gnús-achtaigh go sona sásta, agus las mo chroí suas le grá. Chuir mé mo lámh chlé thart uirthi, agus thug mé fáiméad póige di láithreach bonn!

"Nach gnaíúil dathúil deas iontach tú, a stóirín," arsa mise, "a stóirín, a stuairín, an stuaire is fearr dár shiúil an domhan ariamh!" D'fholaigh mé m'aghaidh i measc a cuid gruaige agus mé ag cuimilt mo ghrua lena héadan.

"Ba mhaith liom fanacht mar seo go deo deo!" a d'fhreagair sí agus tocht codlata nó brionglóidí ar a glór. Bhí mo chroí ag greadadh le háthas mar a bheadh druma mór ann, agus mise ag muirniú agus ag diúrnú a colainne boige teo. Ghéill sí dom go dtí gur tháinig mo lámh taobh istigh dá ceathrú: ansin chuaigh stangadh tríthi agus réab sí í féin uaim.

"Lig dom!" a scairt sí go scanrúil. "Níl an fonn sin orm."

Bhí mo bhod ina sheasamh cheana féin, agus ghoill an diomá seo go mór orm. "Nach maith leat mise?" a phléasc mé uirthi.

"Ní hé sin atá i gceist," arsa an bhruinneall. "Níl mé cinnte…. Faitíos atá orm…. Fan tamall fós…"

Nuair a chuala mé a glór á thachtadh ag an ngol, agus na deora ag teacht lena súile, tháinig náire orm. Idir dhá chomhairle a bhí sí, á stróiceadh is á streachailt an dá bhealach. Thuig mé gurbh fhearr dom gan an iomarca brú a chur uirthi.

"Bíodh agat," a dúirt mé agus mo ghuth féin ar tí teip orm. "Ach tuigeann tú, is iomaí mealladh a baineadh asamsa roimhe seo, agus eagla m'anama orm go gclisfidh tú orm." Thit mé ar mo ghlúnta agus chuir mé mo lámha thart ar a cosa. "Níl mé ródhearfa faoi sin, ach uaireanta feictear dom gur bhuail galar an ghrá go tromchúiseach mé an iarracht seo." Bhí an croí ar tí réabadh ionam agus b'ar éigean a tháinig na focail liom.

"Mura gclisfidh tú orm, ní chlisfidh mé féin ortsa!" a d'fhreagair sí i gcogar, agus í ag cuimilt mo chuid gruaige. Chuir mé cluas lena croí lena chinntiú gur ag bualadh go beo beathach a bhí sé.

Mhair muid tamall fada dár snaidhmeadh ina chéile, agus gach duine againn ag sileadh na ndobhar de dheora. Nuair a bhí muid tar éis an racht go léir a ligean dár gcroíthe, b'fhearr i bhfad a mhothaigh muid sinn, agus b'fhusa a chuaigh againn iarsmaí ár lóin a ghlanadh inár ndiaidh. Ansin thug muid aghaidh ar an loch athuair, agus thosaigh muid ag canadh amhrán de réir mar a tháinig siúl maith fúinn.

Faoi dheireadh bhain muid amach an ceann scríbe. Bhí na tonnta ag glioscarnaigh is ag splancarnaigh le solas lonrach na gréine, agus na faoileáin cheanndubha ar foluain anseo is ansiúd os cionn an locha. Bhí an lá chomh hálainn deas te agus ab fhéidir dó a bheith, agus ba leis an mbeirt againn an slisín milis seo uile d'áilleacht shamhrata an nádúir.

Shuigh muid síos agus bhain dínn na bróga lenár gcosa a fhothragan, agus sinn ag ól na mbraonta deireanacha a bhí fágtha sa chrúiscín miotail. Choinnigh muid séis chomhrá le chéile faoi seo agus siúd, ach ba doiligh deacair aird a choinneáil ar a raibh á rá agat agus an fairsingeach folcánta falcánta os do choinne do do mhealladh chun snámha.

Agus deireadh an tae ólta againn stad muid den chomhrá agus mhair an lántost go dtí gur tháinig liom na focail seo leanas a fháscadh thar mo bhéal: "Ba mhaith liom snámh. Nach meallacach an chuma atá ar an loch?"

"Tá," ar sise, "ach níl culaith snámha agam."

Rinne mé miongháire drúisiúil, ag cuimhneamh dom ar an lá a bhfaca mé an chéad uair í, agus í gan a ceann a bhuaireamh leis an gculaith snámha an tráth sin.

"Ní fheicfidh duine nó deoraí anseo sinn cibé scéal é."

"Feicfidh tusa mé," ar sise.

Thug mé in amhail a rá go raibh mé tar éis í a fheiceáil fornocht le fada, ach choinnigh mé siar é.

"Ní dhéanfaidh mo shúile dochar ar bith duit," a d'fhreagair mé. Chuir sin ag gáire í.

"Dáiríríbh?" ar sise. Ansin thosaigh sí ag caitheamh a cuid balcaisí di. Agus anois, chonaic mé arís an meangadh brionglóideach céanna ar a béal a raibh aithne chomh maith sin agam air.

Ba mise ba túisce a chuaigh ag snámh, áfach, agus nuair a tháinig sí amach san uisce ag lapadáil léi go faiteach faichilleach i dtreo na doimhneachta, níor éirigh liom na cathuithe a chloí braoiníní a stealladh ar a craiceann deas nocht.

"Stad de sin!" a scairt sí de scréachaigh.

"Gabh amach san uisce, agus stadfaidh mé," a d'fhreagair mé go haerach. "Tum san uisce anois!"

Rinne sí a tumadh, siúd is go raibh eagla uirthi roimh an uisce fuar. Ansin rinne muid seal maith snámha, agus nuair a tháinig tuirse orainn thug muid aghaidh ar an gcladach arís.

Bhí scíth mhaith go géar de dhíobháil orainn nuair a theann muid chomh cóngarach sin leis an gcladach agus gur shroich ár gcosa an grinneall. B'iomaí uair a bhain muid taca as a chéile le bheith gan tuisle, agus nuair a bhí gach duine den bheirt againn i ndiaidh a thuáille féin a thógáil as an mála agus a chasadh thart air féin, thit muid inár gcarn de chosa is lámha ar an mblaincéad s'aici. Mar sin a d'fhan muid go ceann cúpla nóiméad déag, a shúile dúnta druidte ag gach duine againn. Ní raibh le cluinstin ach ceol na dtonn agus scréachach an chúpla faoileán timpeall an locha.

Chuir sí a ceann ar mo bhrollach agus lig a colainn deas te orm. Mhothaigh mé ag osnaíl le háthas í. Mo ghrá geal go deo deo na ndeor, arsa mise i m'intinn féin, ní mhairfidh mé leathlá feasta gan tú i m'fhochair. Rug mé barróg uirthi agus mé á pógadh is á cuimilt, agus mhothaigh mé gur tháinig na deora liom arís le teann tocht.

D'éirigh mo bhod ina cholgsheasamh chrua agus é ag sciorradh is ag sleamhnú in éadan leathcheathrú na girsí. D'imigh coipeadh gáire uirthi, agus í ag baint go cúthail cúramach don chrann clis.

"Cén seort cipín é seo?" ar sise go gealgháireach.

"Sin é an sás a chuirfidh áthas ar an ainnir is ansa liom dár casadh orm riamh!" a d'fhreagair mé, agus fuair mo ghrá geal póg i ndiaidh póige uaim.

"Cuir... ort... an... cochall," a dúirt sí, agus diúgaireacht thruacánta thruamhéileach á meascadh le sceitimíní gliondracha ina glór. "Más mise do ghrá."

D'amharc mé idir an dá shúil uirthi. B'annamh go nuige seo a chonaic mé a leithéid de dhreach ar aon chailín. "Ná clis orm, tá mé i ngrá leat"—seo é an méid a bhí le léamh ar a ceannaithe. Bhraith mé an coinsias do mo phriocadh, an croí ag greadadh, agus tháinig léaspáin ar mo shúile.

"Is tusa," a d'fhreagair mé, agus mo chroí á réabadh is á roiseadh le corraí.

Chuir mé an clúidín ar mo bhod, agus ansin thosaigh mé ag suaitheadh breall bheag dheas a pise, ag méaradradh is ag súgradh léi, agus barr mo theanga ag léarscáiliú gach aon chnoc is gach aon ghleann ar an gcolainn bhog scéimhiúil, agus rinne sise a croídhicheall mé a chuimilt lena lámha creathnaitheacha, ach dáiríribh ba bheag an gar a bhí ann. Bhraith mé teas agus deise a colainne feadh mo chraicinn féin, agus nuair a thum mé mo bhod isteach a faighin, tháinig crith an áthais tríd an dís againn. Ansin thosaigh muid a bhogadh faoi chéile, ár liopaí ag pusaíl ar a chéile, ár gcuid deora á meascadh le chéile, agus má tháinig oiread is leathfhocal asainn, ní raibh ann ach sinn ag mionnú ár ngrá dá chéile.

Ní dhearna mé deifir léi. Ghlac mé m'am. Mhair mé ag útamáil is ag méaraíocht lena baill ghiniúna, agus nuair a mhothaigh mé an taom ag teacht orm, tharraing mé siar agus dhá mhéar a chur timpeall ar cheann mo bhoid lena chinntiú nach sroichfinn an bhuaic go róghasta. Ansin chrom mé ar ais ar mo chailín a ghiúmaráil, agus í ag tosú is ag creathnú go mífhoighneach cheana féin.

Faoi dheoidh bhain muid amach buaic ár gcomhaoibhnis. Mhothaigh mé an chéad tritheamh taobh thiar de mo mhagairlí, agus an ainnir ag únfairt fúm mar a bheadh talamhchrith ann. Thosaigh muid ag búirfigh agus ag caoineadh, agus bhí sé ag dul rite liom ár gcoirp a aithint thar a chéile: ba liomsa a háthas is a pian, ba léi gach aon mhothú dár tháinig tríomsa.

I ndiaidh an bhuailte d'fhan muid inár luí go fóill beag. Ar dtús bhí sí ina codladh, nó bordáil leis, agus an aoibh chéanna ar a haghaidh a chuir an gliondar orm an chéad uair dá bhfaca mé í. A bhruinneall bheag dheas iontach, ní chlisfidh mé ort go deo!

Ansin tháinig lúth inti, agus imní uirthi.

"Má aithníonn mo mháthair orm go bhfuil muid tar éis an rud seo a dhéanamh?"

Rinne mé iarracht a faitíos a mhaolú.

"Má aithníonn féin, cén dochar? An dóigh leat go ndíbreoidh sí as baile thú? Cailín fásta thú, agus beidh tú ag staidéar i bhfad ón áit seo cibé, i gceann bliana."

"Ní dhíbreoidh," a d'fhreagair sí, "ach tá eagla orm roimh na heascainí. Thig léi bheith ina diabhal déanta

cruthanta agus an giúmar sin uirthi. Tá faitíos orm i ndáiríre."

"Má labhraimse mé féin léi?"

"Cad é a déarfá?" ar sise, agus an chuma uirthi nach raibh rómhuinín aici as mo chuid dioplómaitiúlachta.

"Fág fúm é," a d'fhreagair mise.

Rinne mé í a chomóradh abhaile, agus nuair a d'fhéach sí le slán a fhágáil, ní raibh mé sásta í a thréigean: chuaigh mé isteach in éineacht léi. Bhí a máthair ag déanamh suipéir agus sinn ag druidim an dorais ar ár lorg.

Ba léir gur aithin sí ar ghnúis a hiníne láithreach bonn cad é a bhí déanta againn, ach ba leasc léi an drochtheanga a tharraingt chuici agus mise ina haice.

"Dia duit," arsa mise go cairdiúil.

"Dia is Muire duit," a d'fhreagair sí.

"Tá iníon den chéad scoth agat," a dúirt mé, "agus mise i ngrá léi. Bí i do cheann mhaith di."

Tachtaimis an Grá Sin

An chéad chaibidil

An Teagmháil sa Leabharlann

Bhí Samuli Paannevuoma, nó Somhairle, mar is fearr linn a thabhairt air as Gaeilge, ar a bhealach abhaile i ndiaidh lae scoile. Ba bheag idir an lá seo agus an chéad lá a chaith sé ar scoil riamh. Bhí sé ina ula mhagaidh inniu, mar a bhí le deich mbliana anuas. Bhí eagla air roimh na maistíní móra inniu, mar a bhí riamh. Agus cé go raibh sé sé bliana déag d'aois anois, bhí sé díreach chomh cúthail inniu agus deich mbliana ó shin, dar leis féin. Na daoine a bhí á chéasadh i dtosach báire, bhí siad ar shiúl le fada. Ach má bhí, tháinig dream úr ina n-áit. Nuair a thréig an dream sin an scoil, ansin, bhí an chéad ghlúin eile ar bís ag fanacht lena seal féin. Bhí gach uile rud ag forbairt is ag dul ar aghaidh, gach aon duine ag fás is ag aosú, amach ó Shomhairle féin. Sin mar a chonacthas dó féin, ar a laghad.

Lig sé osna agus é ag caitheamh súile ina thimpeall. Bhí sé ag teannadh le Plás Tollomäki anois, áit nach raibh rófhada ó bhaile a thuilleadh. Bhí Leabharlann an Bhardais á mhealladh chuici ina léaró solais i lár an dúgheimhridh. Chinn sé ar thamall a chaitheamh i dteach na leabhar, mar ba mhinic dó.

Ní raibh fáilte i ndán dó in aon áit eile cibé scéal é. Dá rachadh sé go dtí an dioscó, ní bhfaigheadh sé roimhe ansin ach na stócaigh chéanna a bhí anuas air i ngach áit. Ní raibh aige ach beatha an ghiorria ar a theitheadh ón dream sin, agus iadsan ag féachaint chuige nach mbeadh choíche.

Bhí daoine ann, cosúil le hAintín Aino, a chuir an milleán ar Shomhairle féin. Bhí siad barúlach nach raibh sé ach ag tarraingt na seantithe anuas air féin, chomh seachantach is a bhí sé ar chuideachta a chomhaoiseanna. Cén fáth a bhfuil tú i do chadhan aonair le do chuid leabhar? Creidfidh na daoine eile go bhfuil dímheas agat orthu.

Sin é an fonn a chuala Somhairle go minic. Ach má bhí an ceart féin ag lucht a sheinnte, ní raibh neart ag mo dhuine air. I ndiaidh na mblianta fada a chaith sé faoi chois ag lucht na bulaíochta, bhí neirbhís agus míchompord air roimh gach duine nach raibh aithne aige air. Roimh dhaoine óga ach go háirithe. Ní raibh a fhios aige cad é a déarfadh sé leo. Mar sin, b'fhearr leis cuideachta na leabhar. Agus bhí sé slán sábháilte sa leabharlann. Thagadh corrdhuine de na maistíní anseo uaireanta, ar ndóigh. D'éisteadh sé le ceirnín nó le CD i rannóg an cheoil, nó chaitheadh sé seal ag an ríomaire poiblí. Agus mura mbeadh sé á iompar go béasach, gheobhadh sé é féin caite sa sneachta amuigh in aice leis an doras mór. Mar sin, dá gcasfaí Somhairle air istigh anseo, bheannódh sé dó go múinte, agus Somhairle á fhreagairt chomh múinte céanna.

Níos fearr fós go raibh caifitéire ann. Ní raibh a leithéid sa tseanleabharlann, ach cúpla bliain ó shin, tógadh an foirgneamh nua seo, agus áit ansin le haghaidh caifitéire. Ba mhór an t-adhnua é do mhuintir na háite i dtosach. Bhí an tseanleabharlann ag obair i mbloc árasán in aice le sráid na siopaí, agus í chomh lán leabhair is nach dtarraingeofá anáil ina measc ach ar éigean. Iontas na n-iontas nach raibh an fhoireann tachta le deannach le fada. Na laethanta sin, ní rithfeadh le haon duine go bhféadfá caifitéire a chur faoi aon díon le leabharlann. D'imigh sin agus tháinig seo, áfach, agus chuaigh an saol i bhfeabhas. Nó ba é an caifitéire an t-aon dídean a bhí ag leithéid Shomhairle. Ní raibh cead isteach aige sa dioscó, ná i mórán áiteanna aeraíochta eile, agus lucht a bhulaíochta á rialú le lámh láidir. Anseo a bhí ríocht bheag aige féin, áfach.

Chroith Somhairle an sneachta dá chuid éadaí amuigh ag an doras mór sula ndeachaigh sé isteach. Ansin, chuaigh sé ag brobhsáil na seilfeanna ar lorg lón léitheoireachta. Ní raibh fonn air inniu aon rud róthrom a roghnú. Dhéanfadh ficsean eolaíochta a ghnó. D'fhéadfadh sé spléachadh a chaitheamh ar cheann de na clasaicigh a bhí léite aige na mílte uair cheana féin—"Fundúireacht" Asimov, cuir i gcás, nó "An Fear a Dhíol an Ghealach" le Heinlein. Ansin, áfach, roghnaigh sé "Na Cleamhnais idir Crioslach a Trí, a Ceathair is a Cúig" le Doris Lessing, cé go raibh a fhios aige roimh ré nach mbeadh an ceann sin díreach éadrom, mar leabhar. Mar sin féin, sciob sé an leabhar leis, agus ansin, chuaigh sé trasna an urláir go dtí an caifitéire.

Ní raibh mórán daoine eile ina suí ansin roimhe. Bhí cúpla seanfhear ag cardáil laethanta an chogaidh, nó ba é sin an uair dheireanach a tharla a dhath ar bith as an ngnáth sa tír leadránach seo. Ó am go ham, d'fheicfeá buachaill nó dhó de dhream na gcloigne maola ina gcuideachta, ach ní thagaidís go dtí an leabharlann nuair a bhí ina dhúgheimhreadh.

Fuair Somhairle a chupán caife is a thaoschnó ó bhean an tí. Cailleach fhuarchúiseach a bhí inti, agus canúint gharbh aici. Ní raibh mórán measa aici ar Shomhairle ná ar na scoláirí meánscoile eile. Seanfhaltanas a bhí ann, an fuath ba dual do shean-lucht oibre na monarchan. Bhí col acu go léir leis na "coláisteánaigh" agus lena gclann siúd. Ar bhealach, thuig Somhairle cás na caillí. Nó bhí a fhios ag Somhairle comhscoláirí dá chuidsean nach raibh a mhalairt d'fháilte tuillte acu. Clann na ndochtúirí, mar shampla, mar a thugtaí orthu. Teaghlaigh an lia, an tréidlia agus an fhiaclóra ab ea "clann na ndochtúirí," agus iad ag síleadh an dúrud díobh féin. Chluinfeá duine acu siúd ag spalpadh leis i d'éisteacht féin faoin dímheas a bhí aige ort. Sin é an cineál múineadh a bhí orthu. Ní raibh lá measa acu ar Shomhairle ach an oiread, nó bhí sé ag déanamh níos fearr sa scoil ná iadsan, cé nach raibh ann ach mac múinteora. Ní mhaithfidís a leithéid duit.

Shocraigh Somhairle síos ag ceann de na táblaí agus shnáith sé braon maith caife leis an gcéad ghoblach. San am céanna, chrom sé ar an leabhar a léamh. Anois, bhí sé ina sháimhín só ar fad. Ach ansin, i ndiaidh tamall a chaitheamh ag léitheoireacht, d'ardaigh sé a shúile den leabhar agus chonaic sé an ghirseach a bhí ina seasamh ag doras an chaifitéire. M'anam 'on diucs murar baineadh geit as.

Girseach a bhí ann nach minic a d'fheicfeá a leithéid san iargúltacht seo. Is dócha go raibh sí go hálainn, ach is deacair teacht ar chailín sé bliana déag nach mbeadh dathúil i súile an bhuachalla sé bliana déag nach bhfuair oiread is aon phóg amháin ó ghirseach ar bith riamh. Níorbh í a háilleacht an chéad rud a tharraing-eodh do shúil ina treo. Nó ní raibh sí cosúil le giodróga na háite seo ná geall leis. Is é sin, bhí gruaig fhada fhlúirseach aici, grágán a bhí chomh dubh le ciaróg, agus ní raibh an cailín féin mórán ní ba ghile. Gormach óg mná a bhí ann, ó Chúba nó ó Haítí, cá bhfios do Shomhairle?

Cibé cérbh as di, bhí sí go deas, dar le Somhairle. Ghlac sé taitneamh léi ar an toirt, agus d'fhéach sé le ceiliúr a chur uirthi as Béarla.

"*Heileo*," ar seisean go ciotach. Níor rith aon rud ní b'fhearr leis an mbuachaill bocht. B'fhéidir nach raibh an Béarla chomh líofa aige is a shíl sé go dtí seo. Ach, dháiríre, is dócha nach raibh Béarla aicise ach an oiread. B'fhéidir go raibh Spáinnis nó Fraincis ag a leithéid. Bhí breacaireacht mhaith Sualainnise agus Gearmáinise foghlamtha ag Somhairle ar scoil freisin, ach ní raibh focal sa dá theanga eile sin ina phluc.

Tháinig gnúis cineál cráite ar an ngirseach, agus lig sí osna. "Ó, caith uait an raiméis sin. Níl aon ghanntar léi." Bhí canúint an chósta thiar theas ó dhúchas aici. Ní chluinfeá blas iasachta ar bith aici.

"An bhfuil Fionlainnis agat?" arsa Somhairle, agus iontas air.

"Ná cloiseann tú go bhfuil," a d'fhreagair sí go mí-fhoighneach. "An gcaithfead scéal mo bheatha a insint duit ó thús deiridh, a amadán? Ceart go leor más ea: nuair a bhí Maim agus Daid i mbun misinéireachta sa Bhrasaíl, thánadar trasna orm, agus is é an rud a dhein-eadar ná mé a uchtú. Ní rabhas ach i mo lámhacánaí linbh ag an am, agus níor tháinig cuimhne cheart agam ach i bhfad ina dhiaidh sin."

"Ó, tá sé ceart go leor," arsa Somhairle. Le fírinne, bhí sé an-sásta a chluinstin go raibh teanga chomh sothuigthe sin aicise. "Níor casadh orm thú riamh roimhe seo. An bhfuil cónaí ort anseo i Narkkaus?"

"Tá," arsa an cailín, "le seachtain anuas. Fuair Daid jab anso mar mhinistir don aos óg. Metsänkankare is sloinne dúinn."

"Metsänkankare," a d'aithris Somhairle. "Bhuel, chuala mé trácht éigin air." B'fhíor dó é, chuala sé go raibh ministir úr ag teacht le dul i gcomharbas ar an bhfear mire a bhí ann roimhe seo, agus é ag bagairt tine agus sulfar Ifrinn ar an aos óg le bliain go leith anuas. B'fhollasach beagnach ón tús nach bhfanfadh sé i bhfad i gceann na hoibre sin, nó níorbh é sin an modh oibre ab fhóirsteanaí don áit seo. Anois, bhí iníon an mhinistir nua aige anseo, agus ó bhí cuma réasúnta faiseanta ar a cuid éadaí, ba léir nach raibh an tUrram-ach ar duine den dream ba chúngaigeanta amuigh. "Is mise Somhairle Paannevuoma. Tá mé sa chéad leabhar i Meánscoil Paiholansaari."

"Sa chéad leabhar? Ó, sa chéad rang. Ceart go leor," arsa an ghirseach. "Is mise Maria Graça Metsänkan-kare, ach is féidir leat Máire a thabhairt orm. Táimse sa chéad rang sa mheánscoil leis, ach is í an mheánscoil eile atá i gceist agam."

"Meánscoil Kuppakangas?"

"Go díreach."

"Bhí mé féin ag dul ar scoil Kuppakangas nuair a bhí ardranganna na scoile cuimsithí á ndéanamh agam, ach ansin, roghnaigh mé Paiholansaari mar mheánscoil, cé go bhfuil cónaí orm beagnach in aice le scoil Kuppakangas. Níor thaitin an áit liom. Bhí an bhulaíocht go dona."

"Abair é," arsa Máire. "Cheapfá ná facadar duine gorm san áit sin riamh."

"Ó, tóg go bog é," arsa Somhairle. "Bí cinnte go rithfeadh siocair éigin eile leo mura mbeadh an ceann sin acu. An chanúint atá agat, cuir i gcás, nó an scoil a bheith ag éirí go rómhaith leat. Mé féin, ba í an bhriotaireacht a chaill mé, nó an chanúint mhícheart."

"Ní chloisim ceachtar," arsa Máire. "Is í an chanúint chéanna atá agat agus atá ag cách sna bólaí seo, dar liom. Níleann tú ag briotaíl ach an oiread."

"Go raibh míle maith agat. Is dócha gur fhoghlaim mé an diabhal laidine sin i ndiaidh an iomláin," arsa Somhairle. Ar dtús, shíl sé nach raibh an cailín ach ag iarraidh gotha na cairdiúlachta a chur uirthi féin. I ndiaidh tamaill, agus an comhrá ag dul ar aghaidh go líofa nádúrtha eatarthu, tuigeadh dó go raibh sí i ndáiríre. Ba léir gur duine cneasta ionraic a bhí inti, agus í ag labhairt amach an rud a bhí ar a croí gan a mhalairt a ligean uirthi. Chaith sí a saol go nuige seo in áit ba sibhialta ná Narkkaus, agus ní raibh súil aici leis an bhfáilte fhuar a bhí roimpi sa chathair seo. Bhí cuideachta chairdiúil ag teastáil uaithi go géar, agus thapaigh sí an deis nuair a casadh a leithéid uirthi.

Bhí Somhairle ina stócach cúthail ar bheagán misnigh ar na saolta seo, agus ní shamhlófá a leithéid le haon duine óg i ndiaidh deich mbliana síorbhulaíochta agus fonóide. Ní raibh an cotadh ina dhúchas, áfach. Ba chuimhin le Somhairle i gcónaí a athair mór a fuair bás le tolgán niúmóine nuair a bhí an stócach díreach ag tosú ar an meánscoil. Ina thachrán beag bídeach dó, leanadh Somhairle an seanfhear gach áit dá dtagadh sé, agus é ag déanamh spaisteoireachta timpeall na cathrach le lúth éigin a choinneáil ina ghéaga sa tseanaois féin. Fear a bhí ann a raibh aithne aige ar uasal agus ar íseal, agus nuair a bhí an bheirt acu ar a gcamchuairt, ba mhinic a stad siad le dreas comhrá a dhéanamh le duine de lucht aitheantais an tseanfhir. Is iomaí craiceann a chuir Daideó de lá a shaoil. Bhí sé ina mháistir scoile, ina Fheisire sa Pharlaimint agus ina pholaiteoir áitiúil lena lá, agus tháinig cairde agus aitheantais úra le gach post nua. Nuair a bhí sé ina mhúinteoir, d'fhoghlaim gach aon dara duine de bhunadh na chathrach an aibítir uaidh. Thairis sin, bhí sé ar duine acu siúd a bhunaigh cumann an chluiche chorr Fhionlannaigh sa chathair, agus aithne ar imreoirí mór le rá na cathrach aige. Shílfeá go n-iompódh Somhairle ina chaidreamhach maith agus a leithéid d'fhear mar rólchuspa aige, ach go bé gur chaith maistíní na scoile na blianta fada ag marú na muiníne a bhí ag an mbuachaill as féin. Anois, áfach, bhí dúchas a athar mhóir ag briseadh trí shúile an chait an chéad uair riamh, agus ba í an ghirseach seo a mheall chun solais é.

"Tá a fhios agat," ar sise, "nílim i dtaithí an tsaghas so spochadóireachta. Nuair a thánag anso an chéad uair, ní raibh súil ar bith agam léi. Níor tharla a leithéid dom riamh roimhe seo. Bhí sé chomh hamaideach, chomh páistiúil. Nuair a d'insíos do Dhaid céard a tharla dom ar scoil, fuair sé deacair mé a chreistiúint. Dúirt sé go samhlódh sé a leithéid le páistí na mbunranganna, ach ní bheadh coinne aige féin leis an gcineál san bulaíochta i meánscoil. An bhfuil sé puinn níos fearr i bPaiholansaari?"

"An chuid is mó den am fágann siad i d'aonar thú, in áit a bheith anuas ort. Caithfidh tú a bheith buíoch beannachtach ar a shon sin féin."

"Tuigim," arsa Máire Gráinne go searbhasach. "Ná bímis ag caint air. Cén leabhar é sin agat?"

"Níl ann ach úrscéal le Doris Lessing," ar seisean. "Sórt ficsean eolaíochta atá ann, ach más ea féin, níl oiread is aon spásbhád amháin ann. Tugann sé sórt cur síos ar an chultúr atá acu ar an phláinéad seo..."

"An bhfuil sé cosúil le hUrsula Le Guin? Ar léis aon rud le hUrsula Le Guin riamh?"

"Léigh, ar ndóigh. Bhuel, níl mé cinnte an bhfuil sé cosúil le hUrsula Le Guin, ach tá an pláinéad seo ann agus é roinnte ina chrioslaigh éagsúla. Tá sórt cumhacht ann, cumhacht ón spás a thugann orduithe do na daoine seo ó am go ham, ach ní fhaigheann siad na neacha cumhachtacha seo le feiceáil, tá sé chomh maith acu glacadh leo mar shórt déithe. Tá bean ann agus í ina banríon ar cheann de na crioslaigh, agus caithfidh sí rí an chéad chrioslach eile a phósadh. Bhuel, is gnách le muintir an chrioslaigh sin cogaí

móra a chur, ach is áit shíochánta é an crioslach atá á
rialú ag an bhean seo."

"Cad is ainmneacha dóibh?" arsa an cailín. Bhí sí ag
éisteacht go cúramach. An chéad chailín a thug aird ar
bith riamh ar mo chuid focal, a shíl Somhairle.

"Al Ith atá ar an bhean, agus Ben Ata ar an fhear."

"Cén saghas daoine iad? Cé acu is fearr a thaitníonn
leat?"

"Bhuel," arsa Somhairle, "is doiligh a rá, i ndáiríre. Le
fírinne, níl mé ródhoirte d'aon duine acu. An cineál
saol a bhíonn acu i gCrioslach a Trí, bhuel, bíonn siad
ag tógáil drugaí agus ag... bhuel, tá a fhios agat..."
Anois, tháinig luisne in aghaidh Shomhairle. B'fhearr
leis gan trácht ar chúrsaí craicinn le hiníon an
mhinistir. "Agus tugann siad grá agus síocháin air sin.
Ben Ata, arís, ní bhíonn idir lámhaibh aige ach cogadh
agus marú. Tá an bheirt acu sórt mínádúrtha. Níl in Al
Ith ach bean, agus is fear go smior é Ben Ata. Níl aon
duine acu ina dhuine dhaonna. Sin é an fhadhb atá
agam leo."

"Bhuel, is dócha gur mar sin a cheap an scríbhneoir
é. Is é sin, bean agus fear ag iarraidh an falla a thógáil
anuas atá eatarthu, le cumarsáid éigin a bheith acu le
chéile..."

"Níl a fhios agam," arsa Somhairle. "Ní aithním mé
féin i mBen Ata. Ní bheadh an saol sin de dhíth orm. Is
é sin, is é an tuiscint atá ag Lessing ar an fhocal sin 'fear'
ná nach bhfuil ann ach saighdiúir agus é ag beartú a
chlaímh agus ag marú roimhe. Sórt scigphictiúr é. Agus
Al Ith, tá sí chomh séimh suáilceach is nach gcreidim
inti mar dhuine ach an oiread." Rith le Somhairle a rá:
"An bhfuil tú féin i ndiaidh an leabhar a léamh?"

"Nílim, ach fuaireas moladh ó mhúinteoir na litríochta sa bhaile... is é sin, sa bhaile mar a raibh cónaí orainn roimhe seo... an leabhar san a léamh."

"An mbíodh do mhúinteoir ag moladh leabhar duit go pearsanta?" Bhí iontas ar Shomhairle, agus an dá oiread iontas ar Mháire Gráinne go bhféadfadh sé iontas a dhéanamh de rud chomh nádúrtha.

"Bhuel, ní raibh ann ach gur maith liom léitheoireacht, agus bhí sí den tuairim go dtaitneodh an ceann san liom, ós í Le Guin an scríbhneoir is ansa liom."

"Ceart go leor," arsa Somhairle. "Níl mé féin cinnte, áfach, an maith liom Lessing. Is é sin, léigh mé an chéad úrscéal léi sa tsraith chéanna, mar atá, *Siceasta*. Chuaigh sé go mór i bhfeidhm orm, ach tá mé idir eatarthu i gcónaí, ar thaitin sé liom i ndáiríre."

"Bhuel, más ea, caithfidh sé go bhfuil sé go maith," arsa an cailín.

"Tá sé cineál ródhuairc agam," a dúirt Somhairle. "Agus níl mé chomh tugtha sin do leabhair dhuairce. Tá an saol i bhfad ródhuairc ann féin. Is fearr liom leabhair a bhfuil idéanna spéisiúla iontu, cosúil le Le Guin mar shampla, *Lámh Chlé an Dorchadais*, thaitin an ceann sin go mór liom, ó bhí smaointí spéisiúla ann. Ní raibh caill ar bith ar an phlota ach oiread, tá a fhios agat, an scéiméireacht, an dóigh ar caitheadh i dtóin phríosúin é, agus a chara ag teacht chun fortachta dó."

"Céard a shílis de ná beidís ina mná agus ina bhfir ach seal in aghaidh na míosa? Agus ná raibh a fhios acu roimh ré cé acu cineál a bheadh iontu?"

"Bhuel, is spéisiúil an smaoineamh a bhí ann ach ba iad na mionsonraí go léir a chuir faoi dhraíocht mé, an cultúr a bhí acu. An mhainistir mar shampla a bhí ag lucht an reiligiúin sin sna sléibhte."

"Cosúil le Tolkien," a rith le Máire Gráinne a rá. "Na nósanna, na teangacha, gach rud."

"Ó díreach cosúil le Tolkien," arsa Somhairle. "Sin é an rud ba mhaith liom féin a dhéanamh. Domhan beag de mo dhéantús féin a dhearadh ó thús deiridh, idir theangacha agus thíreolaíocht agus nósanna."

"Cad ina thaobh ná déanfá é, mar sin," a d'fhiafraigh an cailín. Thaitin an smaoineamh léi, agus déanta na fírinne thosaigh an buachaill féin ag taitneamh léi.

"Dáiríribh, cad fáth nach ndéanfainn," a d'fhreagair Somhairle.

Bhí comhrá fada acu, agus an bheirt acu ag baint suilt agus subhachais as. Sa deireadh, b'éigean dóibh slán a fhágáil ag a chéile in aghaidh a dtola, ach ba í an cailín ba túisce a d'iarr ar Shomhairle a sheoladh agus a uimhir ghutháin a thabhairt uaidh.

"Cá bhfuil cónaí ort, a Shomhairle?"

"Teach uimhir fiche, árasán a naoi, Bóthar Loskajoki. Tá sloinne eile ar an doras, nó is le Mamó an t-árasán. Hakala is sloinne di féin."

"Loskajoki? Abhainn an Chlábair?"

"Abhainn í Loskajoki agus í ag sní thart leis an chathair faoi chúpla ciliméadar de na bruachbhailte is cóngaraí di. Tá an Teach Giúise suite chois Loskajoki— teach scíthe do lucht na scíála é, agus caifé ag obair ansin. B'íomaí aistear scíála bealach an tí sin a chuir mé díom agus mé ag dul ar scoil Kuppakangas go fóill. Is dócha go bhfeicfidh tú féin an áit nuair a thoiseochas an séasúr i ndáiríre."

Bhí sé ina dhúgheimhreadh go fóill, agus ba bheag múinteoir corpoiliúna a raibh de dhánacht ann faoin taca seo den bhliain a chuid daltaí a chur ag scíáil. Ní ghealfadh lá na scíonna ach faoi lár na Feabhra, nó ní ba deireanaí fós.

Scrábáil an ghirseach a seoladh féin ar lipéad a scoith sí dá leabhrán nótaí: MÁIRE GRÁINNE METSÄNKANKARE, TEACH A hAON DÉAG, AN DARA hURLÁR, ÁRASÁN A SÉ, SRÁID RISTO RYTI. Bhí Sráid Risto Ryti suite ní b'fhaide amach ó scoil Kuppakangas ná an teach ina raibh cónaí ar Shomhairle.

Ag seachadadh an bhlúirín páipéir seo uaithi d'éirigh an ghirseach ina seasamh le slán a fhágáil aige, agus nuair a chuir Somhairle an lipéad beag i dtaisce, chrom an cailín ar... ar... ar é a phógadh! Ní raibh ann ach póg deirféar dáiríribh, agus a béalsa ag tadhall go héadrom lena éadan, ach ba leor sin le geit a bhaint as Somhairle. Níor chuimhin leis a leithéid eile de ríméad ar a chroí riamh, agus tháinig sclimpíní ar a shúile le teann áthais. Nuair a tháinig Somhairle chuige féin athuair, bhí an cailín ar shiúl cheana. B'éigean dó a lámh a thumadh isteach sa phóca agus an lipéad le seoladh Mháire a tharraingt amach le bheith cinnte nach ag brionglóidigh a bhí sé.

Ag filleadh abhaile dó thosaigh Somhairle ag portaíocht os íseal, agus an oiread sin lúcháire air. Ar an drochuair áfach casadh gasúr éigin de lucht a chéasta ag rothaíocht thart, agus thit sé glan as a chrann cumhachta nuair a mhothaigh sé an ceol gealgháireach ag Somhairle. Ríméad ar an gceanrachán suarach úd? Brathladh is foirteagal de dhíth air, leoga!

"Cén seort feadalaí é sin, a Shíle, a chábúnach, a chunús na leabhar," a scairt sé go brúidiúil. "Nach tusa an phiteog lofa bhradach, scread na maidine ort, a chac!"

Ba bheag duine acu nach rithfeadh leis hómaighnéasachas a chur síos do Shomhairle. Ní raibh mórán cur amach ag aon duine de na damantóirí seo cad é ba bhrí leis an bhfocal mór léannta úd, "hómaighnéasachas", ná leis na mionnaí móra a bhí ar comhchiall leis, agus ba chuma le Somhairle faoi chiall cheart an fhocail: dó féin ab fhearr ab eol gurb i gcailíní amháin a bhí spéis chraicinn aige. An tseachbhrí ba mhó a ghoill air, an fhíorbhrí a bhí ag na háibhirseoirí leis an bhfocal. Nó ba é an rud a mhaígh siad nach raibh aon mhaith ann faoi choinne girseach ar bith, nach raibh comhábhair an fhir ann. Anois áfach ní fhaca sé sa líomhain shean-smolchaite sin ach ábhar gáire. Thosaigh an sciotaíl ag coipeadh go ciúin deas i nduibheagáin a chuid putóg. Rinne sé a dhícheall le hí a choinneáil siar, ach theip air go hiomlán. Dhreap an gáire aníos a sceadamán gur shroich sé a bhéal, agus ansin, faoi dheoidh, phléasc an scotbhach air mar a bheadh taom galair ann, agus é sna trithí ar an toirt.

Ní raibh súil ag stócach an rothair leis an aisfhreagra seo. Níor fágadh de ghléas cogaidh aige ach a mhéar fhada a bhagairt go ciotach ar Shomhairle. Nuair a d'imigh an buachaill as radharc ar a ghearrán iarainn, bhí Somhairle ag miongháire go ciúin leis féin i gcónaí. Piteog a thug tú orm, a amadán bocht! Níl lá feasa agat....

Nuair a tharraing Máire Gráinne an doras amach ina diaidh, agus í ag cur an chóta mhóir di, ba é an chéad rud a mhothaigh sí ná na potaí ag bualadh faoina chéile sa chisteanach. Tharraing sí anáil fhada suas a gaosán agus bhraith sí dea-bholadh an bhia ar an tsornóg. A hathair a bhí ag cócaireacht, agus é ag bogchanadh iomainn eaglasta leis féin. Tháinig aoibh bheag ar a béalsa agus í ag éisteacht. Lá deas a bhí ann i ndiaidh an iomláin, dar léi: fuair sí aithne ar chara nua—an chéad chara aici sa chathair seo—agus b'annamh a bhí a leithéid de dhea-ghiúmar ar a hathair ach an oiread ó tháinig siad a chónaí anseo.

"Heileo, a Dheaidí. Mise atá anso."

D'ardaigh an tOirmhinneach Olavi (Amhlaoibh) Metsänkankare a chuid súl óna chuid oibre agus meangadh séimh air lena iníon altrama. "Heileo, a dhalta. Aon scéal?"

Ar chóir di trácht ar an mbuachaill a casadh uirthi? An ndéanfadh a hathair fonóid fúithi? Bhí sí ar bís cúpla focal a labhairt le duine ar bith faoi Shomhairle agus an lúcháir seo ar a croí. Bhuel, ligfeadh sí féin amach ar ghreann é ó thús báire.

"Bhuel, bhuaileas le stócach ana-dheas sa leabharlann. Is dócha gurb ina theanntasan a éalód as an gcathair seo."

"An amhlaidh?" a d'fhreagair a hathair go haerach. "An mbeidh seisean sásta a bhaile mór dúchais a thréigint mar sin?"

Chrom sé ar ais ar na gairleoga a bhí á mionghearradh aige.

"Níl mórán measa aige féin uirthi mar chathair, sid é an rud is mó a thaitníonn liom faoi. Cár imigh Maime?"

"Sciurd sí anonn chun an tsiopa ar lorg caife agus bainne. Fillfidh sí pé neomat anois."

"An bhfuil cabhair uait?" ar sise ag tagairt don obair a bhí idir lámhaibh aige.

"Bhuel, is dócha ná fuil a thuilleadh. Níl ann ach an solamar so a chur isteach san oigheann." Bhobáil sé súil léi go magúil. "Nach maith an tráth ar thánais abhaile, agus mise beagnach ullamh cheana. Céard fé d'obair thinteáin ón scoil?"

"Gach a raibh ann dheineas sa leabharlann é."

"Ar dheinis? Ná dúrais gur ag suirí leis an mbuachaill a bhís?"

"Dhera a Dheaidí, ná bí ar an dtéad san. Bhíos díreach tar éis mo chuid obair scoile a chríochnú nuair a fuaireas an chéad radharc air."

"Bhuel, a iníon-ó," ar seisean trína chuid gáire, "ní fé dhrochphláinéad a saolaíodh thusa, agus gach comhtharlúint ag fabhrú duit mar san."

"Cé thá ag caint fé phláinéid anso anois? Nach é an Ministir féin é? Asarlaíocht mhínáireach! Cá bhfuil uimhir theileafóin an Ard-Easpaig?"

"Ó, ná sceith orm leis an Ard-Easpag," arsan tOirmhinneach go magúil. "Má thugann an tArd-Easpag bata is bóthar dhom caillfead mo thuarastal, agus beidh ort féin dul ag tuilleamh do choda féin... nó 'a ghabháil a shaothramh do chodach féin' mar a deirtear sa taobh so tíre."

"Ná habair liom anois go bhfuileann tú féin tosnaithe ar an gcanúint sin a labhairt! Is tapaidh a phriocais uathu í," a sciorr ar Mháire a rá.

"Bhuel, a iníon, dá mbeadh níos mó fairtheoireachta déanta agat ar scoil le linn an Teagaisc Chríostaí, bheadh a fhios agat gur cuid d'obair an mhinistir is ea, dar le Máirtín Liútar féin, teanga a lucht éisteachta a fhoghlaim go líofa le bheith in ann soiscéal Dé a chraobhscaoileadh go cumasach." Chuir sé geáitsí áibhéalacha seanmóiríochta air féin agus an méid seo á rá aige, i gcruth is nach raibh aon neart ag Máire ar an ngáire a phléasc uirthi.

"Ní raghad ag argóint leis an ministir fé chúrsaí an chreidimh," arsa Máire, "ach nílim cinnte gurb iad muintir na Sabhóine agus a gcanúintsean a bhí ar a intinn ag sean-Mháirtín nuair a thug sé an chomhairle sin."

Phóg an ghirseach éadan a hathar sula ndeachaigh sí go dtína seomra féin. Chuir sí ceol ciúin suaimhneach ar an seinnteoir dlúthdhioscaí agus shuigh síos ar a leaba. Bhí fuacht uirthi sa seomra, agus a máthair i ndiaidh aerú a dhéanamh ansin go gairid sular thug sí an siopa uirthi féin. Shoiprigh Máire an blaincéad go dlúth thart timpeall uirthi agus í ag baint suilt as teacht chroíúil an radaitheora. Nach méanar don té ar féidir leis a scíth a ligean i dteach teolaí seascair i ndiaidh aistear fada coisíochta i sioc an dúgheimhridh!

Níorbh ionann sin agus an tráthnóna céanna mar a chaith Somhairle é. Bhí cónaí air in aontíos lena mháthair mhór, agus b'annamh a fuair sé aon chéile comhrá eile ach an chailleach. Ní thagadh ach a mháthair abhaile gach deireadh seachtaine, agus í ina múinteoir Bearla is Sualainnise i mbunscoil bheag shuarach faoin tuath.

Ag dul sa dara leanbaíocht a bhí an tseanbhean bhocht, rud nach raibh sí ábalta a admháil léi féin ná le haon duine eile. Ba bheag an t-ionadh sin i ndiaidh an iomláin. Pearsa láidir a bhí inti ó thús, agus í ina crann taca ag a muintir go léir go dtí go bhfuair a fear céile bás. Niúmóine a mharaigh an seanfhear. Thóg sé an galar nuair a chuaigh sé go Heilsincí le breithlá na parlaiminte a cheiliúradh, nó chaith sé a théarma féin sna feisirí cúpla scór bliain ó shin. Ba trom an buille é a bhás tobann dá mhuintir uile, ach más amhlaidh féin, ghoill sé a oiread eile orthu a fheiceáil nach raibh a bhean chéile le biseach a fháil choíche ó mhéala an bháis seo. Thosaigh sí ag cailleadh a meabhraíochta go tiubh téirimeach, agus ní raibh a haird ar an saol ina timpeall ní ba mhó. Roimhe sin ní raibh a sárú i measc sheanmhná na cathrach le trácht eolach a dhéanamh ar imeachtaí reatha an domhain, chomh hoilte léannta is a bhí sí, cé nach rabh uirthi go hoifigiúil ach oiliúint an bhunmhúinteora. Anois áfach, bhí sí cinnte dearfa siúráilte go raibh an Cumannachas ag crá Oirthear na hEorpa go fóill, agus nuair a tharla iomrá ar an iar-Iúgslaiv, thosaigh sí ag spalpadh léi faoi chomh tábhachtach agus a bheadh sé gan taise ná trua a thaispeáint do na Muslamaigh, "agus na hArabaigh mhallaithe ag géarleanúint na nGiúdach in Iosrael chomh gránna cruálach sin..."

"Cé hé a tháinig isteach?" a scairt sí. Chuala sí an doras á oscailt agus á dhúnadh arís.

"Mise, Somhairle," ar seisean go tuirseach.

"Cá háit a raibh tú? Chronaigh mé uaim thú," ar sise de mhairgnigh.

"Ní dhearna mé, leoga, ach sciordadh chun na leabharlainne i ndiaidh na scoile. An raibh sé ceadaithe dom?"

"Bhí, bhí, a rún-ó! Ach tháinig imní orm gan tú sa bhaile." D'éirigh a glór milis bladartha, ach bhí Somhairle bréan breoite den bhéal bhán sin aici le fada an lá. Níor mhian leis aon fhreagra a thabhairt uaidh, agus maidir leis an dea-ghiúmar a d'fhág an teagmháil le Máire air, bhí sé ar shiúl arís. An seanphort céanna á sheinm ag an gcailleach cuma cé acu ann nó as do Mháire. Agus arbh ann di dáiríre? Thabharfadh sí aird air fad is nach bhfaigheadh sí cairde eile ar an mbaile seo. Nuair a gheobhadh, d'éireodh sí seachantach leis go dtí go gcuirfeadh sí deireadh le comhluadar cothrom ar bith eatarthu. Nó b'fhollasach go míneodh a cuid cairde úra di cén chéim síos a bheadh ann di dá bhfeicfí i gcuideachta Shomhairle í. Nach raibh sé ina staicín aiféise ag aos óg na cathrach go léir.

Rud eile ar fad, áfach, gur maith an scian a bhí inti, mar Mháire Gráinne, le croí na seanmháthar a roiseadh: "Cailín a chuir cúl orm sa leabharlann."

Ba é sean-nath na caillí nach raibh "cailín ar bith ag mo rún ach mise." Anois, agus Somhairle ag cur amhrais san fhírinne bunaidh seo, nach as an tsean-bhean a baineadh an stangadh! Thosaigh sí ag stánadh air díreach mar a bheadh sé á scoilteadh féin ina dhá leath agus arrachtach spáis ag léim as. Mhéadaigh sé ar an tubaiste go fóill: "Casadh girseach ródheas orm ansin."

Bhraith sé na cathuithe air féin an aidiacht amscaí úd de chuid na n-irisí caidéise, "gnéasmheallacach", a úsáid, ach ba róbhománta an mhaise dó a chur i gcéill don tseanbhean féin go dtiocfadh leis meallacacht na mná a aithint agus idir chóta mór is geansaí trom olla uirthi.

"Gormach mná a bhí inti," a mhínigh sé fós.

"Gormach mná!" a d'aithris an tseanbhean. "Salach cáidheach!"

Bhris a gháire ar Shomhairle, ach má bhris féin, tháinig sórt feirge air fosta. Ba chuimhin leis aoibh shéimh chairdiúil na girsí agus na focail thuisceanacha thaitneamhacha óna béal. Féach an tseanbhean ag tabhairt masla do chailín chomh deas sin, agus ní raibh a fhios aici faic na ngrást ach amháin gur girseach ghorm a bhí ann.

"Agus phóg sí mé!"

"Phóg sí thú?!" Lig Mamó fonn caointe uirthi. "M'anam nach gcreidfinn riamh go bhféachfadh Afracánach mná le rún mo chroí a bhréagadh uaim!"

"Cé a dúirt leat gur mise rún do chroí féin?" arsa Somhairle, agus fíor-chorraí le mothú ar a ghlór anois. "Is féidir gur léise mé cheana!"

Bhuail smaoineamh eile an tseanbhean.

"Agus mise go díreach i ndiaidh a léamh ar an iris go bhfuil na Gormaigh ag scaipeadh aicíd nua mharfach inár measc.... Nach millteanach uafásach an tubaiste é gur tháinig bean choiteann dá gcuidsean anseo d'aon ogham le mo chumann beag bídeach bocht a thruailliú leis an ghalar sin..."

Ní raibh lá nirt ag Somhairle ar an taom mór gáire a tháinig air anois. A cumann beag bídeach bocht? Bhí Somhairle beagnach dhá mhéadar, nó corradh is sé troithe go leith, ar airde: scafaire mór fir a bhí ann i ndáiríre. Chuaigh an tseanbhean glan thar fóir, agus ba léir nach raibh sí ach ag aicteáil ar Shomhairle. Ba mhinic a chuireadh Somhairle an cheist air féin cé acu a bhí sí dáiríre ag éirí leanbaí in athuair nó an ea nach raibh in aois seo a hóige ach geáitsí is cur i gcéill ó thús deiridh. Sna laethanta a bhí ba ghnách léi riamh a bheith ag bobaireacht ar dhaoine ar bhealaí éagsúla, agus shamhlódh Somhairle léi lá ar bith a leithéid de dhallamullóg a chur ar a muintir go léir.

Cibé scéal é ba dócha nach raibh an seachrán aoise leath chomh trom uirthi inniu agus a bhíodh. Bhí sí in inmhe fiú cuimhneamh cad é an rud ba SEIF ann, de réir dealraimh.

Ansin a mhothaigh Somhairle an guthán ag clingireacht, agus thóg sé léim an halla chun an glacadán a thapú roimh an seanchailín.

"Heileó, seo 'dó-'dó-'hocht-'ceathair-'cúig."

"Hóra, a Shomhairle. Seo Juho (Eoin) ag labhairt."

"Ó, an tusa atá ann," a d'fhreagair Somhairle de mhonabhar mhíshásta. B'ar éigean a chuaigh aige an mealladh a choinneáil siar. Bhí cuid na súile aige le Máire Gráinne seachas Eoin Rosas.

"Cé eile? Aon scéal? An sean-drochscéal, nach ea? Diabhal tiomanta athrach abhus ach an oiread. Cogar i leith, a dhearthhair. Tá agam... 'bhfuil a fhios cén seort?"

"Tá," arsa Somhairle, agus bhraith sé sceitimíní beaga ag trácht air.

"Socraimis go dtiocfaidh tú anall amárach thart fána seacht a' chlog tráthnóna. An bhfóirfidh sin duit?"

"Fóirfidh."

An dara caibidil

I gCrúbaí na Pornagrafaíochta

Chuaigh Máire Gráinne faoin scáthlán báistí i gcearn dhorcha de chlós na scoile. Chaithfeadh sí an sos ansin ag trom-mheabhrú ar a cás. Bhí rang na Fionlainnise thart. An chéad aiste a scríobh Máire Gráinne ar scoil Khuppakangas, léigh múinteoir na Fionlainnise don chuid eile de na daltaí í, ós sárobair a bhí ann. Ach más moladh féin a bhí ann, níor chuidigh sin le Máire ar aon nós cairde úra a fháil i measc na scoláirí eile. A ghlanmhalairt ar fad. A leithéid d'aonaránacht níor chleacht sí riamh roimhe seo. Bhí cúpla cailín ann agus iad sásta corrfhocal comhrá a dhéanamh léi ó am go ham, ach an chuid ba mhó acu d'fhanaidís glan ar shiúl uaithi. Ní ag maistíneacht ná ag bulaíocht a bhídís, áfach, mar chailíní. Ar an drochuair ní thiocfadh an méid céanna a rá faoi na buachaillí.

An iarracht seo ach go háirithe. Nó ní raibh ach cúpla nóiméad den tsos caite, agus nuair a d'ardaigh sí a súile den talamh, cé a d'fheicfeadh sí chuici ach Raimo Litmanen. Lima-Litmanen a thugadh na girseacha ar an stócach seo, nó Reamann an Ramallae. Ar ndóigh, ba mhífholláin an mhaise d'aon duine an leasainm a thabhairt air ina éisteacht. Pánaí d'fhear óg a bhí ann agus é ag dul le corpfhorbróireacht mar a aonchaitheamh aimsire. Bhí sé amuigh air go slogadh sé piollaí smuigleáilte hormóin mar a bheadh milsínteacht ann. An drochbhraon a bhí ann, a sheanracht feirge a bhuaileadh gan fios fátha nó siocair é, bhí sé ag cur leis an iomrá seo go hiomlán. Nárbh é sin an cineál iompar ba dual don té a dhéanfadh craosaireacht ar na stéaróidigh anabólacha?

Níor mhaith le Máire an stiúir a bhí faoin Ramallae inniu. Tuar tubaiste a bhí ann, idir an draothadh gáire is na súile drúisiúla. Nuair a bhí an dá dhrochchomhartha seo pósta le chéile ní lách an lánúin a bhí iontu. Chinn sí ar an scáthlán a fhágáil ina diaidh lena bealach a dhéanamh a fhad le fuinneoga na múinteoirí. Bhí an oiread sin mórtais agus saighdiúireachta inti agus nach raibh sí sásta ach siúl mall maorga stáidiúil a bheith fúithi agus í ag éalú ón Ramallae, gan ruchladh nó ruathar. Ní aithneoidís an eagla a bhí uirthi, ar a laghad.

Ach ba bhotún é gan an t-aiméar a thapú a fhad is a bhí sé aici. Nuair a thug sí an chéad choiscéim i dtreo fhoirgneamh na scoile, rugadh uirthi gan mhoill. Triúr stócach de chuid an Ramallae agus iad i bhfolach ar an taobh eile den scáthlán, phreab siad as a chúl ag teacht glan formhothaithe uirthi, agus sular bhuail a gcuid cos an talamh arís, bhí sí ina cime acu. Chuaigh Réamann a fhad léi agus é ag cur forráin uirthi.

"Bhuel bhuel, a Ghormóg," ar seisean, mar a bheadh cigire péas ann agus coirpeach gafa aige, "ba mhaith le mo chara rud spéisiúil a thaispeáint duit."

Má bhí fearg ar Mháire, bhí an eagla ag luí uirthi ní ba troime fós. Rinne sí iarracht breith ar a cuid misnigh agus í ag stánadh idir an dá shúil ar Réamann. Ní raibh gar ann, áfach. Bhí Réamann ag breathnú ar ais, agus an chuma air go raibh sé iontach teann as féin.

Agus ar ndóigh, bhí "mo chara", duine de na cúlaistíní, ag coinneáil rud éigin i gcúl a dhroma, agus na leaid-eanna eile ag seitgháire go ciúin. Rinne Máire a seacht ndicheall an faitíos is an chritheagla a dhíbirt, ach bhí fuar aici. Bhí sí ar tí titim as a seasamh. Mar mhullach ar an uirísliú—nár tháinig deoir dhamanta amháin lena leathleiceann!

Ní bhfuair Máire í féin a fhuascailt. Nuair a tháinig an crú ar an tairne níorbh ise banphrionsa úd na laochra a mhairfeadh gan ghránú trí eachtra ar bith ar an teilifís.

Sméid Réamann a dheasóg dá chara, agus an rud spéisiúil úd a bhí ar iompar aige tháinig sé chun solais anois: iris ildaite de shórt éigin a bhí ann, agus teideal Béarla ar a chlúdach: *Nigger Lovers*. Pictiúr girsí goirme a bhí ann, agus beirt fhear ag bualadh craicinn léi. Baineadh croitheadh faitís as Máire. Ba dóigh léi go raibh cailín an phictiúir ní b'óige ná í féin.

"Sin é an cleas is ceart a imirt ar chailíní gorma!" arsa Réamann ag stealladh seile le teann ragúis. Tháinig samhnas is déistin ar an ngirseach agus boladh bréan an tseantobac as béal an bhligeaird ag scuabadh a haghaidhese. Thosaigh sé ag brabhsáil na leathanach, agus é ag iarraidh súil Mháire a tharraingt ar gach mhionrud ba suim leis féin sna pictiúir. Agus mura raibh sí ag amharc an bealach ceart, dar leis an Ramallae, tháinig tallann feirge air agus é ag breith go brúidiúil ar ghrágán a gruaige le radharc a súl a thiontú i dtreo na bpictiúr arís. Bhí seile ag teacht le liopaí an stócaigh agus é ag pointeáil a mhéire ar bhaill ghiniúna na mná óige sna pictiúir, nó ar bhod an fhir á shá isteach. Bhí fantaisíocht an stocaigh ag rith damhsa agus é ag amharc ar an iris seo. Is dócha go raibh Máire dall ag a cuid deor cheana agus na leathanaigh dheireanacha á dtaispeáint ag Réamonn, ach ba leor a bhfaca sí le scaoll a beatha a chur inti.

Nuair a bhí an iris críochnaithe aige thosaigh sé ag crúbáil cíocha an chailín. Ní raibh mórán lúith ina lámha. Shílfeá gur fear ón gcathair a bhí ann agus é ag iarraidh bó a bhleán, agus mura mbeadh triúr buachaillí á coinneáil socair ní bheadh aon mhoill ar Mháire speach a thabhairt don damantóir úd, speach a sheasfadh clú na bó féin. Muise, chiceálfadh sí sna magairlí é go dtitfeadh an diabhal as a sheasamh!

Mura raibh lámha ródheasa aige ní raibh mórán céille ina chuid cainte, agus é ag glagaireacht go neirbhíseach faoin bhfonn mór craicinn a bhí ag luí air. Bhí sé ag áitiú ar Mháire nach raibh a shásamh ach i gcailín gorm ragúsach na hAfraice. Ar ndóighe, ní raibh sé in ann an Bhrasaíl a aithint thar an Afraic. Cibé scéal é, bhí sé i ndiaidh a léamh ar liarlóga pornagrafaíochta eile—ar na cinn sin a bhí á bhfoilsiú ina theanga dhúchais féin, is dócha—cé chomh teasaí a bhíodh na girseacha sna tíortha teo, agus iad i bhfad níos boige faoina gcuid ná cailleacha fuara gránna na Fionlainne.

Cá fhad a mhairfeadh an t-uirísliú seo? Cúig nóiméad déag a bhí i ngach sos idir dhá rang scoile. An dtiocfadh múinteoir ar bith chun tarrthála di?—Beag

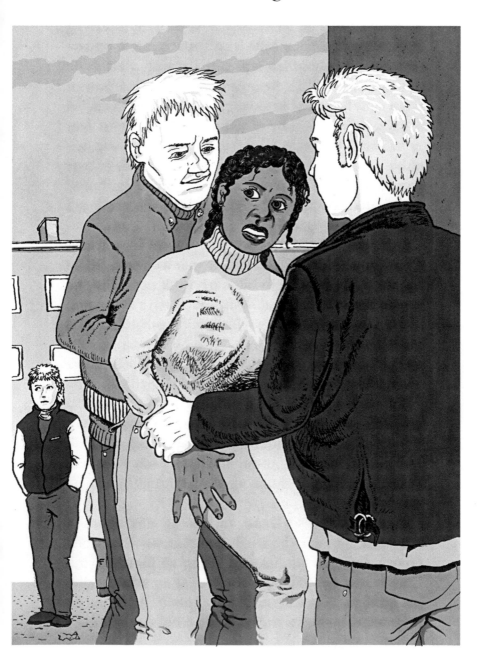

an baol! Ní bhíodh na máistrí is na máistreása ach ag síor-shlogadh a gcuid caife is ag ársaí téamaí le linn na sosanna—an chuid sin acu san áireamh a raibh de dhualgas orthu súil a choinneáil ar an aos óg le linn an tsosa agus lucht an bhruíonachais a anacal ar a chéile. Agus déanta na fírinne ní raibh an t-aos teagaisc féin ní ba saoire ó pheaca na sinsear ná an chuid eile den chine dhaonna. Bhí col ag cuid acu féin le Máire mar gheall ar ghné a craicinn, agus má bhí sí ag iompú amach ina scoláire maith éirimiúil ní dhearna sin ach méadú ar an drogall.

Scairt clog na scoile ar na scoláirí teacht isteach arís. Chuaigh sé i bhfeidhm ar Mháire mar a bheadh Dia ag bagairt A láimhe ar na bithiúnaigh a bhí á crá. Thug na ropairí droim léi láithreach lena mbealach a dhéanamh i dtreo an fhoirgnimh scoile, nó chomh túisce is a tháinig tost ar an gclog fuair sí í féin ina haonar i gcearn an chlóis, agus na cosa ag leath-theip uirthi le teann na coscartha intinne a thug an drong dhiabhalta di.

Bhí na hamadáin sin i ndiaidh a cíochbheart a sciobadh leo mar a bheadh creach cogaidh ann. Bhraith sí tadhall na lámh brúidiúil ar a cíocha go fóill. Bhí mothú aisteach iontu. Cheapfá nach é an ball éadaigh amháin a ghoid na stócaigh uaithi ach na cíocha féin.

Bhraith Máire Gráinne an bia ag éirí anuas a scornach, agus ní raibh sí ach thar thairseach na scoile nuair a fuair an samhnas an ceann ab fhearr uirthi. Chrom sí ar aghaidh agus theilg sí ar an urlár a raibh ina putóga. Agus ar ndóigh, chonaic bean de na múinteoirí é—an tseanchailleach a bhí ag múineadh reiligiúin di!

"A thiarcais!" arsa an seanchailín de racht. "Nach í an ghirseach ghorm atá ar meisce! Ar na cannaí dubha, agus sin le linn na scoile! Agus í"—tháinig blas tarcaisne ar a glór—"in ainm a bheith ina hiníon altrama ag an mhinistir úr!"

In ainm a bheith—a rith trí chloigeann Mháire. In ainm a bheith! Nár chóir duit do bhéal a éisteacht, a vóitín shuarach bréige!

Nuair a mhaolaigh ar an samhnas, d'ardaigh Máire a ceann athuair—agus nach bhfaca an chailleach go raibh leathchíoch léi nocht i gcónaí! Bhí sí an oiread sin faoi sceimhle agus nach raibh de mheabhraíocht aici caoi a chur ar a cuid éadaí arís.

"Go dtí an oifig leat, a striapach!," a d'ordaigh an sean-mhúinteoir mná. Lean sí an cailín go tiubh sna sálaí lena chinntiú go rachfadh sí go dtí oifig an Phríomh-Oide sa dara hurlár. Tháinig na deora le Máire arís nuair a chuala sí an focal sin "striapach".

Níor samhlaíodh aon chuid den scéal ghruama ghránna seo do Shomhairle agus é ag tabhairt aghaidh ar an mbloc trí urlár ar mhullach Chnoc an Túr Uisce, i scáth an túir féin. Ní raibh éalú ó radharc an túir sin i Narkkaus. Le fírinne, is beag eile a bhí le feiceáil i bhfuinneoga an árasáin ina raibh Somhairle agus a mháthair mhór ina gcónaí. Bhí cónaí ar Eoin Rosas sa bhloc sin. Scúille scothramhar d'fhear óg a bhí in Eoin agus cúpla bliain aoise aige ar Shomhairle. Mar sin, bhí sé i ndiaidh an Ardteistiméireacht a sheasamh cheana, agus é le dul sna saighdiúirí an chéad fhómhar eile, mar is dual do gach fear óg san Fhionlainn.

Ní raibh Somhairle agus Eoin róchosúil le chéile, mar dhaoine. Bhí ardmheas ag Eoin ar Shomhairle ar son a chuid éachtaí foghlama, siúd is (nó cionn is, b'fhéidir) nár chruthaigh sé féin go rómhaith ar scoil riamh. Fuair sé an Ardteistiméireacht ceart go leor, ach má fuair féin, ní raibh na torthaí thar mholadh beirte. Ba chuma faoi sin, áfach. Nuair a bhí Somhairle ar cuairt, mhothaigh Eoin go raibh an bheirt acu ar aon ghradam le chéile. Ní rachadh Somhairle ag magadh faoi, agus thugadh sé, fiú, cluas ghéar éisteachta dá chara.

Bhíodh Eoin ar duine de lucht géarleanúna Shomhairle tráth dá shaol, ach nuair a tháinig aithreachas air chuaigh sé ag déanamh a leithscéil, agus de réir a chéile d'fhás cineáltas eatarthu. Faoin am céanna bhí an ghaoth ag claochlú ó chóir chun olcais i saol Eoin, agus na ráflaí a bhí ag dul timpeall faoi. Mar is dual don mhuintir óga, mhúscail spéis a chomhaoiseanna i gcúrsaí leathair nuair a d'iompaigh siad ina ndéagóirí. Ansin, rith leo an scéal a chuala siad faoi Eoin agus faoina rún náireach (nach raibh rún ann a thuilleadh), roinnt bhlianta roimhe sin. Agus ba é an scéal sin a chaill Eoin.

Thosaigh an scéal nuair a bhí Eoin ina spagadán beag páiste beag beann ar bhuarthaí an domhain bhraonaigh seo. Lá samhraidh amháin, chonaic a athair mór é agus é ina chraiceann dearg, mar is dual don leanbh neamhurchóideach. Shíl an seanfhear go raibh máchail éigin ar philibín an pháiste, agus thrácht sé air le tuismitheoirí Eoin. Chuaigh siad ar buile ar fad. Thug siad a mac ó shaineolaí go saineolaí, ó chlinic péidiatraice go clinic péidiatraice. Chaith Eoin bocht leath a chéad óige ina spréiteachán ar a dhroim, agus duine de na dochtúirí ag méaraíocht ar a chadairne, mar a bheadh sé ag brath ar spliúchán tobac a dhéanamh de. Ní raibh a dhath ar bith mícheart le magairlí an bhuachalla, ach mura raibh féin, is mall ar fad a tháinig an tuiscint sin ag na tuismitheoirí. Nuair a fuair siad an cur ó dhoras ón speisialtóir deireanach nár bhain lán a shúl as baill ghiniúna Eoin go fóill, d'éirigh siad as an amaidí sa deireadh. Ar mhí-ámharaí an tsaoil, chuala an chathair go léir iomrá ar an n*grand tour* seo, agus chaill an t-iomrá sin Eoin nuair a bhain sé amach aois an déagóra.

Is amhlaidh gur ráflálaí ráscánta a bhí i máthair Eoin, agus í ag plé an scéil seo os cionn an chupán caife le mná a haitheantais. Bhí clann ar comhaois le hEoin ag an gcuid ba mhó acu siúd. Níor taibhsíodh don óinseach sin riamh an todhchaí dhubh dhuairc a bhí sí a ullmhú dá mac leis an mbéalscaoilteacht sin. I dtús báire, ar ndóigh, níor tháinig a dhath as, nó níor thuig na páistí beaga soineanta cén spéis a bhí ag na cailleacha i magairlí an bhuachalla bhoicht. I gceann aimsire, áfach, bhain siad an chiall as an scéal, nó as an mearchuimhne a mhair acu air. Tháinig sé isteach áisiúil ag malraigh na cathrach go bhféadfaidís caitheamh anuas ar Eoin agus ar a "mhagairlí uisce", nuair a bhí siad féin mímhuiníneach faoina bhfeargacht, cosúil le gach óganach agus é díreach ag teacht in inmhe fir. Mar sin, rinneadh ula mhagaidh d'Eoin, agus é anois ar aon stádas le Somhairle—ní raibh meas an mhadra ag aon duine d'aos óg na cathrach air.

Chuaigh Somhairle suas an staighre go dtí an ceathrú hurlár, agus nuair a hosclaíodh an doras ina araicis bhí scata d'fhir óga cruinn ansin cheana. Rud follasach é gur daoine de lucht a chéasta a bhí ansin fosta, ach bhí cineál sos cogaidh i bhfeidhm fad is a d'fhanfaidís anseo i gcuideachta a chéile. Is cuid é sin de shaol na cathrach bige: ní thiocfadh leat éalú ó do chuid namhad gan slán a fhágáil ag comhluadar an chine dhaonna go léir, nó chasfaí duine acu ort ag an ócáid ba phríobháidí is ba suaraí, ar nós airneán na bhfíseán craicinn tigh Rosas.

Bhí tuismitheoirí Eoin ar shiúl, agus iad ag fanacht thar oíche ar cuairt tigh a ngaolta in Verivirta, ceann de na ceantair thuaithe timpeall Narkkaus. Agus nuair atá an cat ar shiúl bíonn na lucha ag rince. A thúisce is a chuala sé an chéad trácht i gcomhrá a thuismitheoirí ar an turas go Verivirta, rug Eoin ar lámh an ghutháin le hullmhúcháin an chéad airneán pornagrafaíochta eile a chur ar obair. Na stócaigh seo a dtitfeadh an drioll ar an dreall ag cuid mhór acu dá gcuirfeadh fíorchailín focal forráin orthu, d'éirigh siad cosúil le trúpa treallchogaithe ag troid ar son cúis uasal i sléibhte Mheiriceá Theas. Cuma cén dímheas a bhíodh ag duine acu ar dhuine eile taobh amuigh de sheomra suí Eoin, rinne siad dearmad ar a gcuid faltanas agus chuir siad le chéile go dílis.

Chuala Kalle go raibh físeán úr craicinn ag Jalle, agus é smuigleáilte ón Danmhairg ag a chol ceathrair nó cúigir nó mórsheisir nuair a bhí seisean ag cosaint chlú an bhaile i gcomórtas éigin sacair nó haca oighir ar an gcoigríoch. Ní raibh Kalle in ann an scannán a choinneáil i dtaisce sa bhaile aige féin, áfach, fiosrach is uile mar a bhí a mháthair. Bhí folachán maith ag Nalle, ach má bhí féin, ní raibh sé ag réiteach go rómhaith le Kalle ná Jalle. Ach cén dochar—b'éasca a fuarthas fear eadrána i measc na mbuachaillí leis na sean-naimhde a thabhairt chun síochána go ceann tamaill. Bhí comhchainteanna ar cois agus sosanna cogaidh á socrú, díreach mar a bheadh fíor-thaidh-leoireacht ann. Sa deireadh, ghlac Nalle an físeán go sollúnta ó Khalle, siúd is nach raibh ach seachtain amháin caite ó thug Kalle is a bhaicle buachaillí a leithéid de ghreadadh do Nalle agus gurbh éigean dó filleadh abhaile ar na ceithre boinn.

Mar sin, bhi idir Chonall is Eoghan ann roimh Shomhairle, gan aon trácht a dhéanamh ar Khalle, Jalle, Nalle agus Ralle ar bith dá dtiocfadh leat a shamhlú le caitheamh aimsire den tsórt seo. Bhí gach mac máthar acu ar cipíní ag fanacht leis an bhfíseán a tháinig siad a fheiceáil. Bhraithfeadh an duine dall is an bodach bodhar go raibh an t-atmaisféar lán leic-treachais. Drúthlann dhéanta, a rith le Somhairle—ach amháin nach raibh aon bhean bheo ansin—agus dá mbeadh, thiocfadh scaipeadh na mionéan ar an gcomhthionól seo le teann scanraidh. Ní raibh cead isteach anseo ach ag girseacha páipéir—nó bhí na cuairteoirí tar éis irisí gáirsiúla Eoin a bhaint as an tarraiceán, agus iad ag scrúdú gach pictiúr is ag cur na gcailíní i gcomparáid le chéile. Tháinig abairt trí intinn Shomhairle a léigh sé ar ghreannán éigin, rud a dúirt bundúchasach primitíbheach (mar dhea) le fear Eorpach a raibh grá éagmhaise aige do ghrianghraf a leannáin: "Má tá tú i ngrá le bean pháipéir, níl ionat féin ach fear páipéir". Fear páipéir a bhí i Somhairle féin, nó súgán fístéipe gan chasadh, agus níor thaise don chuid eile é.

Jarmo Koskinen mar shampla, nó an "Coiscín" mar a thugadh na stócaigh air. Bhíodh sé ag iompar coiscíní áit ar bith, agus má casadh cailín air, ní raibh aon

mhoill air ach ag rá léi: "Tá an-bhod agam, a stór, bímis ag bualadh craicinn!" Bhuel, sin é an rud a déarfadh sé go teoiriciúil, nó fear mór teoiriceoireachta a bhí ann. Go praiticiúil, áfach, bhí sé i bhfad róchúthail le hoiread is "Dia dhuit" a rá le girseach ar bith, mura raibh sé i bhfad ró-óltach le focal intuigthe a rá le bean ná fear. Bhíodh an Coiscín ag maíomh ó am go chéile as an spéirbhean seacht mbliana déag nár scar a gabhal in araicis fear ar bith riamh sular casadh gaiscíoch mór an chraicinn uirthi—Jarmo Koskinen ina steillbheatha. Nó ba é sin an leagan oifigiúil a d'insíodh an Coiscín do na stócaigh i gcoitinne. Oíche amháin, áfach, bhuail Jarmo isteach tigh Eoin nuair nach raibh ansin ach fear an tí agus Somhairle, agus é traidhfilín ar meisce mura raibh an phóit díreach ag breith air. Cibé scéal é, sceitheann fíon fírinne, agus d'admhaigh Jarmo ansin go raibh an cailín seacht mbliana is dhá scór d'aois, seachas seacht mbliana déag, agus í ar an drabhlás go dona. Bhí sí ag dul le druncaireacht is le striapachas, agus cheannaigh sé ciseán iomlán buidéil bheorach di le go ndéanfadh sí freastal air. Nuair a tháinig an scéal go cnámh na huillinne, bhí Jarmo bocht chomh neirbhíseach is nach raibh sé in ann an coiscín a chur air féin lena mhéara creathánacha. Mar sin, bhí eagla ar an mbuachaill bocht anois go raibh sé i ndiaidh galar gnéis éigin a thógáil ón mbean—gónairith, ar a laghad, nó bolgach Fhrancach b'fhéidir, gan aon trácht a dhéanamh ar an SEIF, ar ndóigh.

Idir an dá linn, áfach, chuaigh an Coiscín faoi shúil an dochtúra, agus míle buíochas le Dia ní raibh galar gnéis ar bith air. Ní féidir a rá, áfach, go mbeadh ceacht ar bith foghlamtha ag mo dhuine ón scéal seo, nó bhíodh an tseanseafóid aige i gcónaí faoin gcailín seacht mbliana déag, agus é ag déanamh tuilleadh dathadóireachta ar an scéal gach uair dá n-insíodh sé é. Iontas na n-iontas bhí buachaillí ann i gcónaí a bhí sásta creidiúint a thabhairt don raiméis sin.

Bhí seanaithne ag Somhairle ar an gCoiscín, ach i gcúinne an tseomra chonaic sé cúpla spruicearlach óga nár casadh air riamh roimhe seo, má ba bhuan a chuimhne, agus iad ag scotbhach seitgháire. Ach murar casadh, ba léir go raibh réamhbhreithiúnas daingean acu i leith Shomhairle, nó chaith siad súil nimhe ina threo sular chrom siad ar ais ar a gcuid seanchais. Cuairteoirí aon oíche a bhí iontu dar le Somhairle—is é sin, daoine den mhórán nach dtiocfadh an dara huair ar na hairneáin seo. Ní raibh uathu ach triail a bhaint as le fáil amach cén cineál scoraíochta a bhí ann, ach nuair a thuigfidís nach raibh siad féin i gcall a leithéide seo, agus iad in ann fíorchuideachta leapa a mhealladh chucu, thabharfaidís droim láimhe le comhluadar na bhfear páipéir feasta.

Go tobann chuala Somhairle sliocht abairte a chuir ar a fhaichill é.

"... an cailín gorm a tháinig leis an mhinistir úr..."

Ghéaraigh sé ar a chluais. Cén bhaint a bhí ag an mbaicle shuarach úd le Máire Gráinne?

"... thaispeáin muid di an iris sin le mná gorma a thug Réamann leis ó Stócólm..."

"... sciob muid a cíochbheart di..."

"... agus nuair a theilg sí ar an urlár shíl seanóinseach na diagantachta gur ar meisce a bhí sí..."

Tháinig fearg agus náire ar Shomhairle. Fearg nár ghlac sé a leithéid riamh le haon duine roimhe seo.

Fearg an treallchogaí éadóchasaigh a bhfuil a chlann is a mhuintir maraithe ag lucht forghabhála na tíre, agus é in inmhe gach saighdiúir de chuid na namhad a chéasadh chun báis gan scrupaill coinsiasa ar bith. D'fhan sé tamall fada ag stánadh go fíochmhar ar an diolúnach damanta a bhí ag maíomh as an ionsaí a rinneadh ar Mháire Gráinne, go dtí gur thug an bodach faoi deara é.

"Cén stánadh atá ortsa, a chunús, a phiteachán," ar seisean le Somhairle go dúshlánach. "Ar mhaith leat an dorn seo a fháil i do phus!" D'éirigh Somhairle as an starógacht, agus bhuail racht eile scolgháire na buachaillí anaithnide. "Níl lá saighdiúireachta ann," a d'áitigh siad ar a chéile, "níl de dhíth ach bagairt amháin agus cacfaidh an cladhaire lán a bhríste ar an toirt."

Má bhí Somhairle araiciseach féin chun girseacha óga a fheiceáil á náiriú ar an scáileán, thréig an fonn sin é láithreach bonn anois, agus é i ndiaidh a chloisteáil chomh taismeach agus a d'éirigh do Mháire. Bhí aiféaltas air. Eisean ag amharc ar fhíseán craicinn anseo in éineacht le lucht céasta an chailín ba deise dár casadh air riamh!

Ní raibh lá foinn air bheith ina fhear páipéir a thuilleadh. Bhuail an tallann é dul i bhfianaise Mháire chomh géar gasta is a thiocfadh leis le fáil amach cad é mar a bhí sí.

Chuaigh sé ar lorg Eoin le leithscéal éigin a dhéanamh faoi nach bhfanfadh sé leis an scannán a fheiceáil.

"Tá go maith," arsa Eoin. "Ach cogar i leith áfach beagáinín. Chonaic mé i ruball mo shúl go raibh an triúr udaí ag cur cáir orthu féin leat. Mura bhfuil siad in ann iad féin a iompar go sibhialta caithfidh mé ar an tsráid láithreach iad. Má tá siad ag cur isteach ort..."

"Bhuel, ní hí an ghnúis is mó caradas a bhí orthu liom, ach ní hiad is ciontaí le seo. Is amhlaidh go bhfuil mé i ndiaidh barraíocht caife a ól, agus mo chuid putóg fríd chéile ar fad."

Ní raibh an méid sin i bhfad ón bhfírinne, nó an sórt caife a bhíodh Eoin a ghiollacht dá chuid cuairteoirí bhíodh sé chomh dubh agus go gcuirfeadh sé buainneach ar eilifint. Ní raibh sé ag teacht le goile Shomhairle go rómhaith inniu, ar aon nós.

"An bhfuil sé ag luí go holc ort?" a d'fhiafraigh Eoin.

"Tá," arsa Somhairle, agus ní raibh sé ródheacair aige gnúis chráite a ligean air féin. "Is eagal liom go ndéanfaidh mé cac orm cibé soicind. Caithfidh mé pilleadh 'na bhaile."

"Bhuel, tá leithreas againn anseo fosta, ar eagla go gcaillfeá an físeán..."

"Sílim nach mbeidh ionam an físeán a fheiceáil agus leath mo chuid cruógaí cactha amach agam," a d'fhreagair Somhairle go searbh.

"Ó, tá an ceart agat is dócha. Bhuel, slán leat."

"Slán agat."

Ag dul abhaile dó bhí Somhairle ag smaoineamh cad é ba chóir a dhéanamh nuair a chasfaí Máire air. An inseodh sé an fhírinne di faoin áit ar chuala sé trácht ar an ionsaí a rinneadh uirthi? Dá n-inseodh, chaithfeadh sé dearmad a dhéanamh de gach suirí rómánsúil le Máire. Ní bheadh sí sásta choíche grá a thabhairt dó agus é chomh tugtha sin do gháirsiúlacht. Ach b'fhéidir go mbeadh an oiread sin measa aici ar a ionraiceas agus go mbeadh sí toilteanach glacadh leis mar ghnáthchara?

◊

"Bhuel, a Mháire," arsa an tUrramach Amhlaoibh go mífhoighneach lena iníon altrama, "fuaireas litir ó Phríomhoide do scoile, agus é ag cur i do leith gur thánais ar scoil ar na stárthaí dubha, ionas gur sceithis carn urlacain ar an urlár. Deir sé, leis, gur dhiúltais do chuid sceitheanna a ghlanadh i do dhiaidh, agus mar bharr ar an ndonas so is dóigh le mo dhuine gur mhaslaís bean des na múinteoirí a bhí i láthair."

Rinne an Ministir tost beag le héirim a chuid focal a chur i gcion sular lean sé leis.

"Is ar éigean a chreidfinn na síscéalta amaideacha so uaidh dá mbeifeá féin sásta malairt cur síos a thabhairt ar pé rud a thit amach ansan, ach níl gíog ná míog asat, a chailín. Ní dual dhuit a leithéid seo ar aon nós, má tá aithne agam ort, agus is é mo thuairim mhacánta féin go bhfuil. Mura bhfuil aon chosaint agat, ní bheidh an tarna rogha agam ach glacadh leis na líomhaintí seo mar fhírinne, cuma cé chomh deacair atá sé. Inis dhom do scéal féin anois, le do thoil."

D'amharc Máire Gráinne go dáigh idir an dá shúil ar a hathair gan leathfhocal a scaoileadh thar a béal.

"Labhair amach anois, a dhalta," a d'impigh an Ministir. "An bhfuil ní ar bith le ceartú agat sna scéalta so, nó an fíor iad? Bheadh áthas an domhain orm dá gcruthófá ná fuil iontu ach aithiseoireacht!"

Mura gceilfeadh dath donn dorcha a craicinn é, d'aithneodh an Ministir ar áit na mbonn lasair na feirge i leicne na girsí. Bhí sí glan as a crann cumhachta, agus an t-aer féin ag drithliú ina timpeall. Faoi dheireadh tháinig an chaint ar ais aici.

"Níl sa tseafóid sin uile ach éitheach millteanach uafásach agus caldar bréige ná beidh a leithéid eile ann go deo na ndeor! Mo sheacht gcéad mallacht is fiche ar an bhfocadóir damanta déanta cruthanta suarach a chum agus a cheap an cacamas úd…"

Ní raibh aon choinne ag a hathair leis an rois seo d'eascainí, agus iontas agus uafás air nuair a chuala sé foclóir na gramaisce sráide á reic chomh líofa sin ag a iníon dhea-mhúinte. D'ardaigh sé a lámha mar a bheadh sé ag iarraidh rabharta na bhfocal gránna a thoirmeasc le neart a dhorn.

"Beir ar do stuaim, in ainm Dé, a chailín!" a d'imigh ar an Urramach. "Nílimid i gcall drochchainte anso. Ní mise a cheap an cacamas, mar a thugais air. Abair anois i dtús báire an rabhais óltach dáiríre?"

"Dherá, ní rabhas! Ba chóir duit aithne níos fearr a bheith agat orm. An dócha leat go raghainn ar scoil le druncaireacht a dhéanamh os comhair shúile na múinteoirí?"

"Caithfead a admháil ná fuil róchuma na fírinne air, ach más amhlaidh féin, is deacair a shamhlú go mbeadh formhór mhúinteoirí na scoile d'aonturas ag iarraidh tú a chlúmhilleadh. Bíonn teoiricí comh-cheilge saghas dochreidte agam."

"N'fheadar cé acu ann nó as do chomhcheilg anso," ar sise, "ach pé scéal é níl ann ach éitheach. Is fíor dóibh an oiread san agus gur chuireas amach carn réasúnta sceithe, ach má tháinig déistin orm ar scoil ní ólachán ar bith ba trúig leis ach Réamann an Ramallae."

"Réamann an Ramallae? Cé hé sin agus conas a baisteadh mar sin é?"

"Níl ann ach rógaire de chorpfhorbróir, agus gasra de bhithiúnaigh eile ina thimpeall. An drong san uile a d'ionsaigh mé, agus iad ag crúbáil mo chuid cíníos, gan trácht ar an liarlóg a bhíodar a choinneáil faoi mo shrón."

"Liarlóg?"

"Iris éigin ná fuil a leithéidí le ceannach ach sa Danmhairg nó san Ollainn, a déarfainn, agus pictiúir ann de chailíní gorma á n-éigniú ag seanphocaidí ar comhaois leis an bPríomh-Aire, nó rudaí níos measa fós. Is dealraitheach gur chreideadar go dtiocfadh drúis an domhain orm agus mé ag féachaint ar an scadarnach ghránna sin. An iontas dá laghad é gur bhuail déistin mé?" Bhí deora móra troma ag titim anuas lena leicneacha, agus a glór á thachtadh ag an tocht.

"Mo leanbh go deo deo," a scairt a hathair. "Tháid siad dulta glan thar fóir anois! Coir thromchúiseach athá ann! Foréigean gnéis, nó pé rud a thugann an dlí air! Cuirfead an dlí ar an ndrong san chomh cinnte agus atá an Cháisc ar an nDomhnach! Agus thar aon rud eile glaofad ar an dteileafón ar an bpleidhce sin de phríomhoide nach fiú a ainm é! Ceartód an scéal ó thús deiridh!"

Lig Máire Gráinne osna léanmhar aisti. "Ní thuigeann tú lí na léithe, a Dheaidí. Is mac do bhoc mór éigin é an Ramallae, do bhall de Chomhairle na Cathrach, agus thairis sin thá an buachaill féin ina laoch lúthchleasaíochta. Bíonn sé ag caitheamh oird agus ag cur meáchain le clú an bhaile a chosaint, agus craobhacha is duaiseanna gnóthaithe aige. Mura bhfágfaidh san os cionn an dlí é i dtír tairngire seo an spóirt, ní lá fós é. Thá cead a gceann ag an ndrong san, pé diabhlaíocht a rithfidh leo, agus má chuireann tú an dlí orthu, beidh a seacht n-uain acu mé a éigniú is a mharú sara mbeidh an phróis críochnaithe." Choisc a gol a guth anois, agus ní thiocfadh focal léi a thuilleadh. Chuir a hathair a lámha thart ar dheasóg an chailín, nuair a chualathas cling an chloig ón doras mór.

"Cén t-amadán a roghnaigh a leithéid d'antráth le níos mó corraí a chur orainn," a dúirt Pirkko (Bríd), máthair Mháire, de mhonabhar ciúin léi féin. Thóg an Ministir léim an halla gur oscail sé an doras.

Agus cé hé a bhí ansin murarbh é Somhairle é!

"Dia duit, a Urramaigh" a bheannaigh sé go cotúil.

"Dia is Muire dhuit, a stócaigh," a d'fhreagair an Ministéir. "An miste dhuit a rá cé hé thusa agus céard atá ag teastáil uait?"

Ba fuar an fháilte a bhí ag an Ministir roimh an gcuairteoir, agus tháinig cineál faitíos ar an mbuachaill. Níor tháinig lagmhisneach air, áfach, tharla gurbh eol dó cad é ba chúis leis an doicheall.

"Is cara le Máire Gráinne mise," arsa an stócach de leathchogar, agus tachtadh na heagla ag maolú ar a ghuth. "Somhairle Paannevuoma is ainm dom. Mhothaigh mé iomrá ar an ionsaí a rinneadh ar Mháire, agus buaireamh orm fúithi. Níl de dhíth orm ach a fhoghlaim cad é mar atá sí. Mura ligfidh tú thar an tairseach mé, tuigfidh mé do chás go maith agus mé sásta imeacht liom láithreach, ach ba mhaith liom tú insint dom cad é mar atá sí…"

Mhair sé ag áitiú is ag agairt is ag impí mar sin go dtí gur tháinig cuma na tuisceana ar an bhfáidh seantiomnúil sin de Mhinistir.

"Iomrá a chualaís? Cén saghas iomrá?"

Chreathnaigh Somhairle le teann péine agus náire agus é ag cuimhneamh cá háit ar chuala sé an scéal sin an chéad uair.

"Bhuel, leoga, muise," a thosaigh Somhairle go héiginnte, agus é ag cuardach na bhfocal ab fhóirsteanaí don ócáid, "is é rud... is amhlaidh... nach dtig aon scéal a choinneáil ceilte ar mhadraí an bhaile seo.... Chuala mé bodach éigin ag déanamh gaisce as... as cibé rud a rinne siad uirthi... agus baineadh scanradh asam..."

D'aithin an Ministir an chritheagla i nglór an ghasúir. D'éirigh sé i bhfad ní b'fháiltiúla nuair a thuig sé go raibh an t-óganach seo dáríre chomh buartha sin faoi Mháire.

"Tar isteach, a mhic ó!" ar seisean go cairdiúil, "agus fan go gcuirfead ceist uirthi an bhfuil sí sásta cuairteoirí a ghlacadh."

Lean Somhairle an Ministir isteach agus bheannaigh go múinte dá bhean chéile. Bhí Máire ar shiúl isteach ina seomra féin. D'iarr Bríd air suí faoi i gceann de na cathaoireacha timpeall ar thábla an pharlúis agus fanacht go dtiocfadh Máire Gráinne á iarraidh isteach chuici.

"A Mháire, a dhalta," a scairt an tUrramach Amhlaoibh, "ba mhaith le Somhairle Paannevuoma fáil amach an bhfuileann tú beo i gcónaí."

D'oscail Máire doras a seomra agus tháinig amach. Bhraith Somhairle a chroí ag greadadh taobh istigh dá chluasa agus é ag ardú a shúile le radharc a bhaint as an ngirseach. An raibh sí ceart go leor?

Bhí cosúlacht sách sláintiúil uirthi, ach amháin go raibh lorg na ndeor ar a leicneacha, agus a dhá súil ina gcaora dearga chomh maith.

"A Mháire, a chuid," ar seisean, "nach mór an t-áthas tú a fheiceáil slán sábháilte! Níl léamh ná scríobh ná inse bhéil ar an stangadh a baineadh asam nuair a chuala mé fán rud a d'éirigh duit! Cad é mar atá tú ar chor ar bith?"

"Beo ar éigean," ar sise go searbhasach. "An bhfuilid siad ag déanamh mórtais as cheana?"

"Tá," a d'fhreagair Somhairle, agus an meangadh ag titim dá liopaí. "Sin é an seort cathrach atá againn anseo."

Cheangail siad a gcuid méar ina chéile, agus iad ag fanacht tamall fada mar sin, ag amharc ar a chéile agus ag comhrá go ciúin.

An tríú caibidil

An Fiú an Fhírinne a Dhéanamh?

I s iomaí cineál mothúchán a d'aithin Somhairle ar a chroí, agus é ag filleadh abhaile. Bhí mórtas air, ar ndóigh, ó d'éirigh leis cian a thógáil de Mháire Gráinne. Nuair a d'fhág sé slán aici, bhí sí in ann meangadh gáire a chur uirthi cheana. Bhí sé d'iomrá ar Shomhairle i measc aos óg na cathrach nach raibh comhluadar ar bith ann, ach anois, bhí sé taispeáinte aige nach mar sin a bhí. Thug sé éitheach don dream dhamanta sin! Shíl siad go bhféadfaidís cos ar bolg a choinneáil air go deo, ach bhí fuar acu, muise! Ní chuirfidís srian le Somhairle, i ndiaidh an iomláin! Bhí sé ábalta an drochamhras a scaipeadh a bhí ar athair Mháire ina leith, gan aon trácht a dhéanamh ar chomh héasca is a chuaigh aige an ghirseach féin a shuaimhniú. Cá bhfios—b'fhéidir gur fear maith ionraic dea-chroíúil a bheadh ann ó dhúchas, murach an chathair caca seo a chuireadh an chuma ba mheasa ar gach aon duine?

Rith amhrán leis, seanamhrán punc de chuid Pelle Miljoona a bhíodh ag craobhscaoileadh soiscéal an tsíochánachais sa tír i dtús na n-ochtóidí:

"Ní fíor é gur amadán mise...
Ní fíor é go bhfuil mé gránna...
Ní fíor é gur coirpeach mise...
Tá mé deas dathúil, tá mé cróga calma,
  tá mé dána dalba, agus rugadh mé le bua
  a bhreith!"

Chuaigh a chroí ag greadadh ní ba luaithe, agus na focail seo ag teacht trína intinn.

San am céanna, áfach, bhí a choinsias á chur i gcuimhne dó gur theip air an fhírinne shearbh a admháil le Máire: gur chuala sé an drochscéala uathu siúd a thug an íde di, agus go raibh sé ag freastal ar airneán pornagrafaíochta.

D'fhéach sé le glór a choinsiasa a chur ina thost. An raibh sé de dhíth ar Mháire i ndáiríre an méid sin a fhoghlaim? Nár leor di an scanradh a fuair sí i gcrúba Réamainn agus a dhroinge? Is é an rud a bhí ag teastáil uaithi ná sólás agus suaimhniú, seachas léargas ar shaol rúnda náireach an stócaigh! Níor chóir dó faoistin a dhéanamh léi, nó ní dhéanfadh sin ach mealladh a bhaint aisti. B'fhearr di a shíleadh go mbeadh Somhairle difriúil leis na stócaigh eile, agus go bhféadfadh sí a bheith ina mhuinín.

Níor shásaigh na hiarrachtaí seo a choinsias. Nach é an rud go bhfuil tú i gcónaí ag fantaisíocht faoina cuid? Bíodh náire ort, a dhrúiseoir! Tá a hathair altrama ina Mhinistir cibé, agus tá a fhios agat nach mbeadh cailín cráifeach ag bualadh craicinn leat ach sibh a bheith pósta ceangailte. Déan dearmad de do chuid brionglóidí brocacha, agus bíodh trí splaideog chéille agat: níl seans ar bith agat leis an ngirseach sin!

Ar a bhealach abhaile dó, chaithfeadh Somhairle dul thart le páirc na lúthchleas. Bhí dorchadas na hoíche ann, ó bhí an clog ag teannadh amach ar a naoi. Bhí na hacadóirí óga ag traenáil i gcónaí, agus na lampaí os cionn an rinc ag soilsiú go geal. Chuala Somhairle a gcuid mionnaí móra, agus foireann amháin acu díreach ag tabhairt ruathair faoi chúl an dreama eile. D'éirigh le lucht an ionsaí an poc a shá isteach, agus d'éirigh an t-aer ramhar le heascainí na gcosantóirí. Tháinig meangadh cam draothgháire ar bhéal Shomhairle agus é ag smaoineamh ar fhógra áirithe a chonaic sé ar an teilí le déanaí, agus is iomaí uair a chonaic. Feachtas fógraíochta de chuid na n-eagraíochtaí lúthchleasaíochta a bhí i gceist, le fírinne. Bhí siad ag déanamh comhghairdis leo féin as an tsárobair a bhí idir lámhaibh acu leis na daoine óga a choinneáil slán ón mbiotáille, ón tobac agus ón gcoirpeacht. Tabhair do chuid clainne dúinn agus tógfaidh muid le suáilcí Oilimpeacha na sean-Ghréige iad, gan aon trácht a dhéanamh ar *fair play* na bhfear uasal ó Shasana.

An raibh na hamadáin sin in ann a gcuid bréag féin a chreidiúint? Ní raibh duine ná deoraí ann nach raibh a fhios aige le fada gurbh as measc na lúthchleasaithe a thagadh díogha agus deireadh na ndaoine óga sa chathair dhamanta seo. Cosúil le Réamann an Ramallae, an cacamas a thug an drochiarraidh ar Mháire, nach raibh seisean ina laoch lúthchleasaíochta freisin? Nó an "Pumpa"? Ní raibh a fhios ag Somhairle cérbh ainm dó, níor chuala sé riamh ach an leasainm amaideach sin. Corpfhorbróir den scoth a bhí ann, mar "Phumpa". Cnapán mór millteach de bhithiúnach a bhí ann, agus amach ón gcorpfhorbróireacht, ba é an t-aon chaitheamh aimsire amháin a bhí aige ná a bheith ag caitheamh seile agus eascainí ar Shomhairle. Bhí an "Pumpa" i gcónaí ag maíomh as chomh milis is a bhlaiseadh an bhiotáille bhorb ar a theanga, idir phoitín agus pharlaimint. Ach ba chuma le lucht na bolscaireachta faoi leithéidí an "Phumpa".

I ndiaidh pháirc na gcluichí fuair Somhairle é féin faoi scáth a sheanscoile. Chaith sé naoi mbliana dá shaol ag freastal ar an áit sin, go dtí gur tháinig deireadh leis an scoil chuimsitheach. SCOIL KUPPA-KANGAS, a léigh sé ar phlaic an bhalla—ARDRANGANNA NA SCOILE CUIMSITHÍ AGUS RANGANNA NA MEÁNSCOILE.

Bhí na scáthláin ina seanáit, agus níor scrábáladh ach cúpla scríbhinn nua ar bhallaí na bialainne idir an dá linn. Teach beag a bhí sa bhialann, teach a bhí scartha ó fhoirgneamh mór na scoile agus clós na scoile eatarthu. Amach ón mbialann agus ón gcistin, bhí an cheardlann cearpantóireachta suite faoi dhíon an tí bhig sin.

Ba chuimhin go rómhaith le Somhairle an tríú Déardaoin in Aibreán na chéad bhliana ar an scoil seo dó. Rang a seacht den scoil chuimsitheach naoi mbliana a bhí ann, is é sin, an chéad ardrang, agus na scoláirí trí bliana déag d'aois. Bhíodh ar na buachaillí fiche éigin nóiméad a chaitheamh ag fanacht le múinteoir na cearpantóireachta i ndiaidh do na scoláirí eile dul isteach. Agus mar is dual do dhéagóirí óga nach bhfuil aon duine fásta ag coinneáil súile orthu, thosaíodh na stócaigh seo ag aicteáil ar a chéile, ag bulaíocht agus ag geamhthroid, fáiscthe sa halla cúng idir an bhialann agus an cheardlann mar a bhí siad.

Is iomaí uirísliú a d'fhulaing Somhairle roimh an lá áirithe úd ón lá ar tháinig sé ar scoil an chéad uair riamh, ach ní raibh sé in ann dearmad a dhéanamh de Thríú Déardaoin an Aibreáin choíche. Thug na malraigh greasáil dó nár chuimhin leis a leithéid eile, ach ba mheasa fós go raibh beirt ghirseach ann agus iad ag saighdeadh faoi na buachaillí. Sa deireadh, bhain na háibhirseoirí an treabhsar de os comhair na gcailíní. Bhí Somhairle cineál doirte do bhean acu go dtí sin. Bhuel, ar a laghad, bhí suim as cuimse aige i gcíocha an chailín, ó bhí sí go mór chun tosaigh ar chailíní eile an ranga ag iompú ina bean fhásta.

Maidir leis an triúr stócach a thug na greidimíní sin dó, d'fhéadfá a rá gurb iarchara de chuid Shomhairle a bhí i nduine acu. Petri Reponen—Peadar Mac an tSionnaigh—a bhí air. Bhí a mhuintir—na tuismitheoirí chomh maith le beirt deirféaracha—ina gceoltóirí ar chuala an tír go léir iomrá orthu, agus is dócha nár fhreastail siad ar riachtanais an bhuachalla mar ba chóir. Cibé faoi sin, bhí sé ag éirí ina dhiabhal déanta ó shlánaigh sé deich mbliana d'aois. San am ar thosaigh an bheirt acu ar na hardranganna, ba bheag seachtain nach dtabharfadh Peadar leadóg boise nó stráiméad doirn do Shomhairle. Ó bhí an bheirt acu cairdiúil, tráth den tsaol, is dócha go gcaithfeadh sé a chruthú do na maistíní eile gur imigh sin is gur tháinig seo.

Pekka Kuoppanen ab ainm don dara duine acu—leagan eile Fionlainnise de Pheadar é Pekka. An té a d'fheicfeadh an chéad uair é, shílfeadh sé nach raibh ann ach mac feirmeora gan olc gan urchóid. Nó bhí an buachaill seo ag cur go huile is go hiomlán le híomhá an ghlas-stócaigh chneasta ón tuath. Bhí folt geal catach gruaige ag eascairt go raidhsiúil óna cheann, agus meangadh leathan gáire ó ghrua go grua air go minic. Bhí sórt drochbhraon nó abhóg ann, áfach. Nó thiocfadh leis forrán fáiltiúil a chur ort inniu agus an inchinn a stealladh as cúl do chloiginn amárach. Mar sin, bheifeá ar bharr amháin creatha roimhe: cén sórt giúmair a bheadh air inniu? Thairis sin, bhí sé chomh tugtha do na toitíní is go gcuirfeadh boladh a anála tinneas farraige ort, fiú trasna ó thaobh eile an tseomra ranga.

Ari Suominen a bhí ar an tríú fear acu go hoifigiúil, ach is é an leasainm a bhí air ná Sumppi, nó Súlach Caife. Ní raibh ann ach cleitire beag nach mbeadh de shaighdiúireacht ann riamh buachaill chomh hard le Somhairle a ionsaí ina aonar.

Lig Somhairle osna, agus é ag déanamh a mharana ar a shaol. Ní raibh a dhath athraithe idir an dá linn. D'imigh sin agus tháinig seo, ach b'ionann sin agus seo.

Ní raibh mórán fágtha roimhe sula mbainfeadh sé an baile amach. Go tobann, mhothaigh sé scairt lán mioscaise a chuir a chuid fola ag reo sna féitheacha.

"Amharc ar Shomhairle na Leabhar! An ndeachaigh aige an ghirseach ghorm a chlárú?" Agus seitgháire graosta gáirsiúil ag baint macalla as ballaí na mbloc árasáin máguaird.

Faoi rothaí na gréine, conas a éiríonn leis na ruifínigh sin i gcónaí gach aon rún a fháil amach is a reic leis an saol mór? Bhraith Somhairle fearg fhiáin ag teacht air. Thiontaigh sé thart ar a shálaí le radharc a fháil ar an spiaire a bhí ag caint. Ach—iontas na n-iontas! Nuair a chaith sé súil ina thimpeall, ní fhaca sé duine ná deoraí fad a radhairc uaidh. An ag rámhailligh a bhí sé?

◊

Cúpla lá ina dhiaidh sin, fuair sé athchuireadh ó Eoin an scannán craicinn a fheiceáil. Bhí a thuismitheoirí siúd amuigh arís, agus cead a chinn ag a macsan tráthnóna. Ní raibh an chuid eile de na stócaigh ag teacht an iarracht seo, arsa Eoin.

"Thug mé fá dear go rabh baicle ínteach anseo agus iad anuas ort." Mar sin, an tinneas goile a lig Somhairle air féin faoi dheifir, níor chuir sé dallach dubh ar bith ar Eoin i ndiaidh an iomláin. Ach, cén dochar? Ní raibh lá barúla ag a chara cén fáth i ndáiríre a ghlac Somhairle míthaitneamh leis an mbaicle sin. "Más mian leat do shult a bhaint as an fhíseán gan aon duine acu siúd a bheith ag cur isteach ort, féadfaidh muid é a chur ar obair agus amharc air inár n-aonar."

"Go rabh maith agat, a Eoin," a d'fhreagair seisean, "ach níl fonn orm bheith ag amharc ar na físeáin chraicinn inniu. B'fhearr liom cupán caife agus dreas comhrá, i ndáiríríbh."

Ní raibh cairdeas na mbuachaillí seo beo ar an bpornagrafaíocht amháin. Le fírinne, ba dóichiúla a mhalairt. An chuid ba mhó den am, bhídís ag caí is ag cardáil a gcruacháis féin, ag déanamh an bhéil bhoicht le chéile agus ag caitheamh anuas ar na maistíní a bhí ag lot a saoil orthu. Ach ar ndóigh, bhídís ag trácht ar na cailíní chomh maith—na cailíní a rinne batalach orthu, na cailíní a chaith seile orthu, na cailíní ar thit siad i ngrá leo gan ach cur ó dhoras a fháil uathu mar fhreagra ar na ceiliúir rómánsúla.

"Is cuma," a d'fhreagair Eoin. "Tar anall go mbeidh cupán againn, agus spréadh ar na físeáin."

"Mé féin," arsa Somhairle, "tá mé ag iarraidh éirí astu, mar chaitheamh aimsire. Is féidir go n-éireochaidh muid róthugtha dófa mura seachnaí muid orainn féin. Tá dúil agam féin iontu mar a bheadh andúileach drugaí ionam, nó sin mar a tchíthear domh uaireanta."

Maidir le máthair Shomhairle, bhí sise ag teagasc Béarla agus Sualainnise i scoil chuimsitheach i gKonnankoski, fiche nó tríocha ciliméadar ar shiúl ó Narkkaus. Chaitheadh sí na deirí seachtaine sa bhaile, ach b'fhollasach nach ag éirí óg a bhí sise, ach oiread le haon duine eile, agus is beag scíth a d'fhaigheadh sí ón obair, nuair a bhí an tseanbhean ag éileamh a cirt féin uirthi chomh maith leis an jab. Ní raibh Somhairle féin in ann mórán a dhéanamh sa bhaile agus é ag caitheamh laethanta fada tuirsiúla ar scoil, agus ní raibh cuidiú le teacht óna athair Valter ach an oiread.

Bhí gealladh mór faoi Valter Paannevuoma nuair a bhí sé ag dul ar scoil ina cheantar dúchais faoin tuath san Ostrabóitne dhá scór bliain ó shin. Ach mar is minic a tharlaíonn, d'imigh sin agus tháinig seo: chuaigh de a staidéar a chríochnú. I rith na mblianta ollscoile, bhlais sé beagán de gach uile shórt ó léann Spáinneach go fiaclóireacht, ach níor thug sé toighis cheart dá dhath ar bith. Bhíodh sé in ainm a bheith ag obair, nó ag déileáil le mangarae—páirteanna meaisíní agus giúirléidí eile den chineál chéanna. Ceithre bliana ó shin, fuair sé suim dheas airgid le hoidhreacht nuair a bhásaigh a thuismitheoirí féin, agus shuncáil sé an t-iomlán i dteach dhá stór ar an taobh eile de Narkkaus, cé go raibh árasán eile in aice leis an gceann seo ag teastáil ó Mhaime. Aicise a bhí an ceart sa deireadh, nó ní raibh Deaidí in ann bail ar bith a choinneáil ar an teach nua. Chuaigh an áit glan chun sioparnaí ó fuair seisean seilbh air: bhí an garraí lán seanbhallóga gluaisteáin, agus an phéint ag titim ina scraitheacha de na ballaí. Chuir cosúlacht smolchaite an tí isteach ar na comharsana an oiread is go ndearna siad a ngearán leis na húdaráis. Ach má rinne féin, ní raibh gar ann. Ba chuma le hathair Shomhairle an rud a shíl na daoine dá chuid gnóthaí, agus níor bacadh leis an dlí a chur air ach an oiread. B'fhéidir gur tuigeadh do lucht an Bhardais gur fear buile a bhí ann nach dtiocfadh comhairle a chur air ná pingin amháin éirice a bhaint as.

Bhí saol dá chuid féin ag Deaidí, ar a laghad. Ach mar ba ghnách le Somhairle a shíleadh: ó nach raibh a leithéid sin ag aon duine eile den teaghlach, cén fáth a ligfí cead a chos is a chinn le Deaidí, beag beann ar bhabhtaí mígréine Mhaime agus ar thallannacha siabhráin Mhaimeó?

Chuaigh Somhairle suas cnoc an Túr Uisce arís gur shroich sé an bloc beag árasán ag bun an túir taobh thiar den teampall bheag. "Ionad na hOibre" an t-ainm a bhí ag bunadh na cathrach go léir ar an áit. Bhíodh ceardlann oibre á reáchtáil ansin tráth den tsaol le fostaíocht a sholáthar do dhaoine a raibh cithréim inchinne orthu. Ní raibh a leithéid anseo a thuilleadh, cé go dtagadh na mallintinnigh go dtí an foirgneamh seo i gcónaí, ar lorg seirbhísí eaglasta.

Nuair a bhí Somhairle ceithre bliana déag d'aois, d'fhreastail sé ar an scoil chóineartaithe sa teampall seo. Ansin, bhí sé ag foghlaim le dul faoi lámh easpaig.

Le linn an chúrsa, bhíodh sé i dtólamh i gcuideachta an t-aon dlúthchara amháin a bhí aige san am. Marko Heikkinen, nó Marcas Mac Annraoi as Gaeilge, a bhí ar an mbuachaill áirithe seo. Ba chuimhin le Somhairle go raibh seisean agus a chara cineál scanraithe roimh na mallintinnigh, nuair a tháinig an dream sin go dtí an tIonad.

Ach mar sin féin, ní ábhar sceimhle a bhí sna rudaí bochta. Tuigeadh an méid sin do Shomhairle nuair a chaith Eoin tréimhse ag tabhairt aire do scata acu i dteach banaltrais. Thaitin an job go mór mór le hEoin, nó bhí caidreamh maith aige leis na mallintinnigh. B'fhéidir go raibh sé ar an t-aon duine amháin sa teach nach raibh ag caitheamh leo go dímheasúil. Dá mbeadh aon duine eile ina áit sa bhearna bhaoil chéanna, ní fhéadfaí stop ar bith a chur ar lucht na ráflaí féin, agus iad ag moladh an bhuachalla go hard na spéire mar dhea-dhuine déanta is mar Chríostaí cruthanta. Ós é Eoin a bhí i gceist—Eoin na bhfíseán craicinn—ní raibh na ráflálaithe ach ag seitgháire faoi "chomhluadar a dhiongbhála" a bheith ag an stócach faoi dheoidh.

Agus, ar dhóigh, bhí an ceart acu. Má bhí Eoin ina cheann maith acu, bhí siadsan an-dílis dó agus iad á chosaint dá réir, má rith le haon duine drochfhocal a rá i dtaobh an bhuachalla. Bhí spéis cineál páistiúil ag na mallintinnigh i gcúrsaí leathair, ar ndóigh, agus iad á bplé go minic. Ní raibh bac orthu mionnaí móra ná gáirsiúlacht a tharraingt chucu agus iad ag trácht ar na rudaí seo, ach ó bhí Eoin i seantaithí an chineál seo cainte cosúil le gach stócach seacht mblian déag, bhain sé an-sult as seanchas na n-othar. Bhí na banaltraí eile, an chuid ba mhó acu ina mná cnagaosta, in éadóchas faoi, agus iad ag tabhairt íde bhéil do na hothair ó am go ham. Ní rithfeadh a leithéid le hEoin, nó ní bheadh sé ach ag gáire go magúil. Mar sin, bhí na heasláin chomh doirte dó is gur shíl siad go raibh gnaoi na gcailíní air freisin. Ar ndóigh, ní dhearna Eoin iarracht ar bith leis an seachmall seo a bhaint díobh. Le fírinne, chuir sé áthas air, agus mhéadaigh sé ar an ngrá a bhí aige do na hothair.

Ní raibh Eoin ag éileamh an iomarca. Sin é an cineál duine a bhí ann. Nuair a fuair sé an jab sin, níor shíl sé gur obair dhrochstádais a bhí ann. Ní dhearna sé ach a mhór a dhéanamh dá chás. Ar an drochuair, ní raibh an jab ag Eoin ach ar feadh tamaill. Is éard a bhí i gceist ná scéim de chuid an Aire Fostaíochta le daoine óga a chur ag obair, agus nuair a bhí deireadh leis an scéim, ní raibh an t-airgead ag teacht a thuilleadh le pá a íoc le hEoin.

Bhí Eoin díomhaoin arís, mar sin. Ní raibh a fhios aige cad é a dhéanfadh sé nuair a bheadh bliain an fhiannais istigh aige nó cén sórt léann a rachadh sé a fhoghlaim nuair nach raibh de dhintiúir aige ach ardteastas lagmheasartha. Ó am go chéile d'fháilteodh sé chuige a chuid cairde, más cairde a bhí sa chuid ba mhó acu.

Chuaigh Somhairle suas an staighre go dtí an tríú hurlár agus bhain dreas clingireachta as clog an dorais, agus ní raibh moill ar bith ar Eoin teacht ina araicis agus a ghnáthfháilte a fhearadh roimhe. Chuir Somhairle an cóta mór de agus shuigh sé síos os coinne an teilifíseáin.

"Fan bomaite go dtuga mé an bheadaíocht liom," arsa Eoin. Chuaigh sé as radharc le huisce an chaife a thógáil den tsornóg. Chualathas ar fiuchadh é cheana féin.

"An mba mhaith leat dreas ceoil?" a d'fhiafragh fear an tí de Shomhairle. Bhí sé ag filleadh ón gcistin agus babhla uachtar reoite is teirmeas caife leis. Nuair a bhí na soithí seo ar an tábla aige, chrom sé ar an seinnteoir dlúthdhioscaí gan fanacht le freagra ó Shomhairle. Chuir sé György Ligeti á sheinm. Ba bheag an cur amach a bhí ag Eoin ar phopcheoltóirí reatha an lae, ach ón lá ar chuala sé Ligeti an chéad uair mar cheol cúlra don scannán úd The Shining, bhí sé ag cur spéise sa cheol chlasaiceach. Bhí sé tugtha do Ligeti i gcónaí. Le fírinne, bhí ciall éigin aige do na scannáin freisin. Ní bhacfadh sé le litríocht as a stuaim féin, ach má mhol Somhairle leabhar maith dó, léifeadh Eoin í—cuma cé chomh deacair nó duibheagánta a bheadh sí—agus dhéanfadh sé a dhicheall tuiscint éigin a bhaint aisti.

Le fírinne, uair amháin d'áitigh Somhairle ar a chara Uiliséas le Séamas Seoighe a léamh. Ní raibh an leabhar léite aige féin, ach mura raibh, mhol sé d'Eoin í a léamh, ós leabhar as an ngnáth a bhí ann. Chrom Eoin ar an obair, mar sin, agus thóg sé seachtain amháin air an leathanach deiridh a bhaint amach. Fuair sé an leabhar suimiúil, fiú, agus phléigh sé go cuimsitheach í ina dhiaidh sin le Somhairle. Ba chúis suilt do Shomhairle a fhios a bheith aige go raibh a chara i ndiaidh leabhar chomh deacair sin a léamh. Iad siúd a déarfadh nach raibh in Eoin ach amadán gan léann gan chultúr, bhí siad bréagnaithe anois.

Fear óg íogair a bhí in Eoin, gan dabht. Óganach goilliúnach ab ea é a raibh dearcadh rómánsúil aige ar na cailíní. Déanta na fírinne, chreid sé gurbh iad na girseacha Cúirt Uachtarach an uile dhomhain, agus gurbh ionann seitgháire na gcailíní agus breith an bháis. Nuair a tháinig Eoin in inmhe fir, is é an t-aon chomhairle amháin a thug a mháthair di i dtaobh na gcúrsaí cleamhnais ná: "Neacha soghonta iad na cailíní—ná bí ag glacadh do bhuntáiste orthu." Dea-chomhairle a bhí ann, ar ndóigh. Ar an drochuair dó féin, ní bhfuair na cailíní aon rabhadh riamh óna máithreacha féin faoi chomh soghonta is a bhí Eoin.

"Ní hansa, a dheartháir," arsa Eoin le Somhairle sa deireadh, "inis domh anois le do thoil, an bhfuil tú ag suirí le girseach ínteacht i ndáiríribh!" Bhí an caife te i gcónaí, agus an ghal ag éirí as. Chaith Somhairle tamall maith ag rúscadh ina chupán féin sular labhair sé: "Chan é an rud a déarfainn féin go bhfuil mé ag suirí léithi. Ach is fíor duit go bhfuil girseach ann, agus sinn ag castáil le chéile ó am go ham. Cha dtig liom a shéanadh ach an oiread gurb é sin an tuige nach maith liom bheith ag amharc ar na físeáin a thuilleadh. An dtuigeann tú, is uchtleanbh í as ceann de na tíortha bochta, agus ins an tír sin bíonn na caílíní óga á ndíol le haghaidh na scannán craicinn mar a bheadh beostoc ann. Mar sin, tá náire orm go bhfaca mé físeán craicinn riamh."

"Tuigim do chás," arsa Eoin. "An as an Téalainn daoithi?" Bhí a fhios ag Eoin go rómhaith cén cineál saoil a bhí ag na striapacha sa Téalainn. Léigh sé tuairisc nuachtáin fúthu, lá de na laethanta, agus a choinsias ag luí air ó shin i leith. Is é an rud a bhí na hirisí leathair ag áitiú ar an léitheoir gur traidisiún naofa ab ea an striapachas sa Téalainn, agus nach raibh náire ar bith ar na cailíní a chleachtadh é, ach ar ndóigh, ní raibh an stócach chomh soineanta le creidiúint a thabhairt don méid seo. Dá réir sin, ba náir le hEoin bheith chomh tugtha don phornagrafaíocht, ach níor leor na scrupaill choinsiasa leis an dúil nimhe a leigheas a bhí aige sna scannáin chraicinn.

"Chan as. Ins an Bhrasaíl a rugadh í."

"Ó, ar ndóighe. Tá's agam í. Bíonn Maime ag trácht uirthi go minic. Nighean uchtaithe don Mhinistir úr í, nach ea?"

"Sea."

"Tá ballaíocht aithne ag Maime ar an mhinistir agus ar a mhuintir. Deir sí gur fear den chéad scoith atá ann, agus is beag fuíoll molta a d'fhág sí ar an ghirseach ach an oiread, ach tá a fhios agat í, ní bhfaigheadh Maime locht ar dhuine eaglasta."

"Chan fhaigheadh, leoga," a dhearbhaigh Somhairle. "Ach tá an ceart ag do mháthair, nó tá an cailín iontach cineálta. Níl blas uabhair ag baint léithi, agus tuigeann sí gach rud uaim ar leathfhocal."

"Sin rud maith ar fad," arsa Eoin, "cailín a thuigfeá do chás. Comhghairdeachas, a sheanrógaire. Bhí mé barúlach riamh go mbeadh girseach agatsa fá dheoidh, murab ionann agus agamsa."

"Ná bí ag labhairt mar sin," a d'fhreagair Somhairle sórt mífhoighneach. "Níl inti ach gnáthchara."

"Go fóill," a chuir Eoin leis sin, agus é ag bobáil súile ar a chara. "Nach méanar duit."

Mura raibh mórán measa ag Eoin air féin, bhí an oiread sin urraime aige dá chara agus nach raibh sé in éad le Somhairle faoin gcailín ar aon nós. Má bhí dóchas ag Somhairle as bruinneall na Brasaíle, níor chuir sin ach lúcháir ionraic ar Eoin. Lúcháir agus cineál bróid. B'olc an seanadh a mhalairt. Nó dá n-éireodh le Somhairle leis an ngirseach, bhainfeadh sé amach díoltas ar a shon féin agus ar son Eoin. Thaispeánfadh sé don diabhal cathrach seo go raibh sracadh agus spionnadh éigin fágtha i nduine amháin den bheirt acu, ar a laghad.

Nuair a bhain Máire Gráinne amach an scoil an mhaidin sin, ba é Réamann an chéad duine dár casadh uirthi ansin. Ina aonar a bhí sé, ach má bhí féin, chuir sé eagla ar an ngirseach ar an toirt, nuair a dhrann se a dhrandal léi le ceiliúr a chur uirthi.

"Heileo, a Ghormóg! Goidé mar atá tú inniu?"

"Ní hé *Gormóg* m'ainm, muran miste. Agus is cuma duit sa diabhal conas atháim inniu. Dá laghad a gcím díot is amhlaidh is fearr liom."

Chuir an méid seo colg ar an stócach, ach má chuir féin d'fhéach sé le srian a choinneáil leis féin. Chonaic Máire draid nimhe ar a phus, ach d'fháisc an buachaill an aoibh bhréige air athuair sular labhair sé arís.

"Ná bí ag sailíneacht orm anois, a stór," ar seisean, "ná bíodh fearg ort liom."

"Thá cúis mhaith feirge agam," a d'fhreagair Máire go giorraisc, "nó an bhfuil dearmhadta agat cheana conas a chaitheabhair liomsa an lá faoi dheireadh, tusa agus do chuid cairde! Náire oraibh mar scabhaitéirí!"

"Ná bí ag aibhéil," arsa Réamann, "nó ní rabh muid ach ag aicteáil ort."

"Ag '*aicteáil*' a deir tú! Cén t-údar a bhí agat le do liarlóg uafásach leis na pictiúirí déistineacha a choinneáil fé mo shrón? Ní gnáthrancás athá ann ach cúis príosúin!"

"Ar son an mhagaidh a bhí mé."

"Ní maith liom an saghas san magaidh."

"Ach is maith liom tusa."

Rinn Máire Gráinne gnúsachtach scigiúil. "Is ait an dóigh ar chuiris in iúl é, muise! Bíodh a fhios agat ná fuilim fé réir ag do leithéid. Thá saghas buachaill agam cheana, agus é i bhfad Éireann níos fearr ná tusa."

Murar tháinig mothú feirge ar Réamann anois, níor lá go maidin é. "Cé hé an focadóir sin?"

"Ba mhaith leat san a fháil amach, nárbh ea?" a dúirt Máire, agus faobhar spochadóireachta ar a guth. "Má thás tú chomh fiosrach san faigh amach ar do chonlán féin é!"

"Níl feidhm agam leis," arsa Réamann go foghach. "Tá a fhios ag madraí an bhaile fán am seo: an piteachán sin de thiarálaí leabhar atá ann, nach bhfuil?"

"Níl aithne agam ar aon *phiteachán*, go bhfios dom," a d'fhreagair Máire go mioscaiseach. "Ach thá na leabhair chéanna léite ag an mbeirt againn, más é sin athánn tú a mhaíomh."

"An bhfuil bod deas aige?"

Chuir an cheist seo teas feirge i ngrua Mháire, agus mura mbeadh sí chomh dubh sin ina gné thiocfadh luisne inti fosta. Tháinig fonn uirthi léab a thabhairt do Réamann trína shúile, ach bhrúigh sí fúithi é nuair a rith freagra fóirsteanach léithi: "Níl aon chaill air mar bhod." Ansin lig sí cineál aoibh aislingeachta uirthi: "Crann deas crua athá aige."

A thúisce is a dúirt sí an méid seo, tháinig scian feirge i súile Réamainn. Bhúir sé mar a bheadh tarbh ar buile ann, agus d'ardaigh sé leathlámh le paltóg a thabhairt do Mháire. Chúb sí uaidh go gasta, agus thit an stócach as a sheasamh le teann a bhuille féin. B'éigean dó a dhá lámh a shá síos sa ghaineamh le taca a fháil.

"Striapach bhradach!" a scairt Réamann agus é ar an deargdhaoraí. "Ag scarúint do chos faoi choinne an tsúgáin gan chasadh sin! Níl bitseach ann ba mheasa ná tusa, agus ní bheidh go dtitfidh an tóin as an domhan go léir! Ag bualadh craicinn leis an... leis an mhuc shalach bhrocach udaí!" Bhí Réamann i ndeireadh a chuid eascainí, agus a ghuth ag cliseadh air. Ba bheag rud ba mhó a chuirfeadh orla air ná cailín a bheadh sásta bheith ag spallaíocht le Somhairle na Leabhar! Peata na Seanchaillí! Mac an tSualannaigh ar Mire! Agus b'fhearr léi an bómán sin ná eisean! A leathbhreac d'éagóir níor bhain do Réamann riamh!

"Cad fáth ar fearr leat an carn caca sin ná mise?" a d'fhiafraigh Réamann. "An dtig leat aon tsiocair amháin a lua?"

Lig Máire draothadh gáirí aisti.

"Na céadta acu, a stór,"—agus béim íorónta ar an bhfocal deireanach. "Mar shampla níl spéis ná suim aige sna hirisí gránna leis na cailíní bochta nochta."

Anois, tháinig athrú aigne ar Réamann. Dhearc sé ar Mháire, agus d'aithin sí meangadh beag slítheánta ar a liopaí. Is eol domsa rud nach eol duitse—sin é an rud a bhí ar intinn an stócaigh anois. Mhair sé ag gáire go ciúin leis féin go dtí gur tháinig éiginnteacht intinne ar an mbean óg. Ansin bhain Réamann an tsreang den mhála le gliondar mioscaiseach ar a ghlór: "Nach bhfuil? Bhuel, a athrú sin a chuala mise." Rinne sé sos beag leis an mbuille seo a chur i gcion sular labhair sé arís. "Tá a fhios ag an tsaol mhór agus a mháthair chríonna"—rinne sé gáire beag anseo: nach aigesean a bhí ciall don ghreann!—"go bhfuil caidreamh ag do ghrádh gheal le hEoin Rosas na bhFíseán Craicinn."

"Cé hé sin?" a d'fhiafraigh Máire, agus smúid á leathadh os a cionn.

"Suarachán de phiteog atá ann agus airneál aige darn'achan tseachtain le scannán leathair ar ghléas na fístéipe. Cuir ceist ar do rúnsearc mura gcreide tú."

Ansin thug an buachaill a dhroim le Máire. D'fhág sé í ina seasamh i lár an chlóis, agus é ag portaireacht popamhráin leis féin.

D'fhan Máire i mbun a machnaimh go dtí go raibh an sos istigh. Níor chuir sí sonrú fiú ina cuid comrádaithe aon ranga agus iad ag teacht ina leith is ag beannú di, an beagán acu a bhí mór léi. Níor tháinig sí chuici féin ach de réir a chéile, agus í ag tabhairt freagraí ar cheisteanna na múinteoirí mar a bheadh uathoibreán inti: cad é mar a úsáidtear an Ceathrú hInfinideach san Fhionlainnis? cá ham a bhí Peadar Brahe ina Ghobharnóir ar an bhFionlainn? céard faoi chomhaomadh na móilíní uisce—an láidre é ná a ngreamú den ghloine, nó a mhalairt? Tá a fhios ag Máire Gráinne i gcónaí, ar ndóigh.

Ba léir—a d'áitigh sí uirthi féin—nach raibh Réamann ach ag iarraidh iaróg a chothú idir í agus Somhairle. Ní ghéillfeadh sí do shíolchur an námhad, leoga, dheamhan orlach! Chinn sí ar phóg iontach séimh a thabhairt dá buachaill an chéad uair eile a chasfaí ar a chéile iad. Bhí sin tuillte ag Somhairle. Ach b'fhéidir go

ndeachaigh sí thar fóir nuair a chum sí an bhréag úd
faoina "saol collaí" le Somhairle. Chuirfeadh lucht an
mhíghrinn a gcuid leis an scéal nuair a chluinfidís é ó
Réamann, agus d'éireodh achrann sa bhaile dá gcluin-
feadh a hathair é. Ise ag luí le Somhairle, muis! Agus
Réamann ag creidiúint an méid sin uaithi, an sampla
bocht.

Ach an raibh grá ag Máire do Shomhairle?

Ar ndóigh ba mhaith léi Somhairle. Ba mhinic, áfach,
a chuir sé sórt mífhoighne uirthi lena chuid tallann-
acha. Nó ba duine iontach spadhrúil é, deamhan ribín
réidh muis. Ar bhealach thuig sí a chás, nó b'fhollasach
nach raibh mórán céille aige do chomhluadar na
ngnáthdhaoine, i ndiaidh na bulaíochta. Agus de réir
cosúlachta ní raibh de chéile comhrá aige ach an
tseanbhean bhocht a bhí in aois na leanbaíochta. Ach
an maithfeadh sin an easpa dea-bhéasaíochta dó?

Bhí sé de nós ag Somhairle leithscéal a dhéanamh
faoi rudaí nach raibh a chúis iontu. Amach ón lá sin a
tháinig sé ag tabhairt sóláis di, bhíodh sé chomh cotúil
agus go seachnódh sé gach aon tadhall le colainn
Mháire. Déarfadh sé "gabh mo leithscéal" agus chúb-
fadh sé siar uaithi, dá mothódh sé teas a colainne ina
aice. San am céanna ba nós dó "amhlóir" nó "amadán"
a thabhairt uirthi i gcónaí nuair a tharla sí aineolach ar
rud éigin. Ba é an bhuaic an dóigh ar cháin sé í nuair
nach raibh a fhios aici cérbh é Antoine Laurent
Lavoisier. Bhí sé sásta míniú a thabhairt di, áfach.
Ceimiceoir a bhí ann agus lámh aige i bhfionnachtain
na hocsaigine. Cuireadh chun bháis é i ndiaidh Mhuir-
théacht na Fraince toisc nach raibh ceimiceoirí ag
teastáil ón Réabhlóid.

Thaispeáin Somhairle pictiúr de Lavoisier agus dá bhean chéile do Mháire. Stáidbhean álainn ab ea í, agus ba é an cháil a bhí uirthi go raibh sí ina cúntóir dúthrachtach ag a fear fad is a mhair sé. Ní raibh Máire in ann gan an cheist a chur ar a cara ar rith leis riamh gurbh fhéidir gurbh í an bhean an ceimiceoir ab fhearr acu, ach amháin gur leis an bhfear a luadh a cuid fionnachtana. Ba léir go raibh Somhairle ag tabhairt an-urraime do Lavoisier, ach ba mhaith an comhartha é, dar le Máire Gráinne, nár chuir an cineál seo feimíneachais lá feirge ná mífhoighne ar an mbuachaill. Tháinig gnúis dhomhansmaointiúil air, agus d'admhaigh sé gur ceist mhaith a bhí ann.

A leithéid de bhuachaill ag amharc ar fhíseáin chraicinn? Rámata, a Réamainn! Ní tusa Réamann an Ramallae ach Réamann an Rámata!

Ach an dtiocfadh léi dháiríre luí le Somhairle? Ní raibh sí i ngrá leis. Nó nach raibh? Ní raibh sí cinnte. Ní raibh sí cinnte, fiú, cad é faoin spéir ba bhrí leis an bhfocal mór sin *grá*. Uaireanta, ní raibh sí in ann Somhairle a fhulaingt ina cuideachta. Uaireanta eile, áfach, tháinig tocht ar a croí agus fonn millteanach uirthi a lámha féin a chur thart ar an stócach is póg a thabhairt dó ar son é a bheith ann ar chor ar bith. Ach más amhlaidh féin, ní raibh a fhios aici arbh é sin an *grá* úd a ndéantaí an oiread sin cainte agus carúil mhóra faoi. B'fhéidir nach raibh ann ach sórt cothrom féinne. B'eol di, a bheag nó a mhór, an cruatán a ndeachaigh an buachaill tríd ón gcéad lá ar scoil dó. Ach arbh amhlaidh nach raibh sí ach ag glacadh trua dó?

Ón taobh eile de, bhí athrú mór ag teacht ar Shomhairle in aghaidh an lae. An t-am a chaith an bheirt acu le chéile rinne sé an-mhaitheas dó. Bhí sé i bhfad ní ba chairdiúla ná mar a bhíodh, agus a shean-duairceas ag tréigean go tiubh. Anois, bhí sé ábalta magadh íorónta a dhéanamh faoin mbéal bocht ba dual dó. Agus nuair a phointeáil sí amach an t-athrú seo dó, is é an freagra a fuair sé ná gur chaith sé súil uirthi—súil a chuirfeadh an croí agus na putóga trasna a chéile aici—agus dúirt sé go séimh: "Tusa is ciontaí."

An uair áirithe sin, ba dhóbair di bheith i ngrá leis an mbuachaill, agus thug sí póg mhagúil dó le sin a thaispeáint. Nuair a chuimhnigh sí siar ar an nóiméad sin, tháinig ábhar beag gáire thart faoina liopaí a mhair ar feadh i bhfad. Bhí gaol anama idir í agus Somhairle nár chuimhin léi a leithéid a bheith aici le haon stócach eile riamh. An raibh sé incheaptha ar aon nós go mbeadh Somhairle ag breathnú ar na físeáin chraicinn, cosúil le cunús an ramallae agus lucht a leanúna?

Ba léir nach raibh Réamann ach ag aithiseoireacht. Bhí an bithiúnach ag iarraidh gach uile rud a tharraingt isteach sa chlábar céanna ina raibh cónaí air féin. Má luaigh sé ainm éigin—Eoin Rosas—ní raibh sé ach ag féachaint le craiceann a chur ar a chuid bréag. Bhí aithne ag Réamann ar na sluaite móra de scabhaitéirí sa phobal seo, agus ní bheadh moill ar bith air duine acu siúd a ainmniú mar fheistiú stáitse.

Nuair a bhí an scoil thart, rith le Máire gan dul abhaile go fóill—d'fhéadfadh sí bualadh isteach chuig Somhairle agus cúpla focal comhrá a dhéanamh leis. Ní raibh sí ar cuairt aige riamh go dtí seo, ach ní bheadh sé deacair an teach ceart a aimsiú, agus an seoladh de ghlanmheabhair aici.

Seanbhloc árasán a bhí ann, teach mór cloiche agus é péinteáilte i ndathanna béis agus donnrua. Le fírinne, bhí cuma ní ba chluthaire air ná ar na blocanna eile an taobh seo den chathair, agus iad ag breathnú seasc frithsheipteach, cosúil le háras na sláinte. Bhí sé ní ba sine ná iad, nó tógadh sna caogaidí é, sular tháinig borradh faoi thógáil na mblocanna árasán.

Ag dul i dtreo an dorais mhóir di, tháinig beaguchtach nó coimhthíos ar Mháire, nuair a chuir sí sonrú san fhear cnagaosta a bhí ag tuirlingt de ghluaisteán in aice leis an doras. Bhí seisean ag starógacht uirthi mar a bheadh deargnámhaid dá chuid inti. B'fhéidir nár mhaith leis an bhfear an cine gorm, ach bhí an dá bh'fhéidir ann i ndáiríre. Nó bhí col ag cuid mhór de mhuintir na háite le lucht na heaglaise, ós rud é gur baile tionsclaíochta a bhí ann, agus an Sóisialachas láidir dá réir. Agus í ag oscailt an dorais, chuala Máire fear na starógachta ag rá: "Amharc ar an ghiodróg sin. Sin é an cineál cuimhneacháin a thug bean an mhinistir úir léithi ón choigríoch." Agus guth eile ag freagairt: "Ina broinn, nach eadh?" Agus bhain gáire gáirsiúil macalla as na ballaí. Ar ámharaí an tsaoil tháinig an doras idir í agus tuilleadh den chineál seo cainte. Ní raibh Máire chomh cranraithe nach mothódh sí tocht ina sceadamán nó fliuchadh lena súile. Tháinig fonn uirthi iompú thart agus filleadh abhaile, ach bhrúigh sí fúithi é agus chuaigh suas an staighre. Bhí sloinne Ostrabóitneach ar mháthair mhór Shomhairle, sloinne gan an "-nen" deiridh a bhíonn chomh coitianta anseo, in oirthear na tíre. Sea: Makkonen, Muttinen, Mykkänen, Saastamoinen, Sikanen, Romunen, Ryhänen, Rissanen, Junttanen, Juntunen, Savinen, Santanen, Jokinen, Virtanen, Mutikainen, Lötjönen, Möttönen, Hanhinen, Kananen, Kukkonen, Kakkonen, Kolmonen, Itkonen, Immonen, Viinanen, Kankkunen, Kakkinen—agus Hakala. Sin go díreach, Hakala.

Bhain sí dreas clingireachta as an gclog dorais, agus chuala sí coiscéim an duine a bhí ag déanamh ar an doras ina haraicis.

Somhairle a bhí ann, ar an dea-uair. Bhí Máire cineál cotúil roimh an tseanbhean. Bhí sí i dtaithí seandaoine a bhí ag dul sa dara leanbaíocht, ar ndóigh, ach b'fhollasach go raibh drogall ar an tseanghirseach roimpi. Agus níorbh é an craiceann gorm ba mhó ba chúis leis, dáiríre. Thar aon rud eile, cailín ab ea Máire agus í ag iarraidh a peata a sciobadh ón gcailleach éadmhar.

Bhí cuma thuirseach smolchaite ar Shomhairle, dar léi. Ní raibh sé i ndiaidh slacht a chur air féin inniu, agus boladh bréan allais as dá réir. Bhí sé iontach cúthail inniu, leis. Chúb sé uaithi ábhairín agus d'iarr uirthi dul isteach agus fanacht ina sheomrasan le linn eisean a bheith faoin gcith. Thiocfadh sé féin ansin nuair a bheadh athrú éadaí curtha aige air féin.

Bhí Maria (Máire) Hakala *née* Väinämöinen ina suí i gcathaoir bhog, agus an chuid ba mhó dá haird dírithe ar iris ráflaíochta. Bhí cailín éigin ar an gclúdach, bean acu siúd a ghlac páirt i gcomórtas éigin áilleachta agus áilleagántachta, de réir dealraimh. Nó b'fhéidir gur bean acu siúd a bhí ann ar gealladh ról di i mórléiriú Hollywood (mar a thuairiscigh na nuachtáin inniu) nach mbeadh ann, i ndiaidh an iomláin, ach físeán suarach craicinn agus é scannánaithe ag drong lúbairí drugáilte i ngarráiste tréigthe fiche éigin ciliméadar ar shiúl ó phríomhchathair na mbrionglóidí féin (agus an scéal seo ar na tablóidigh i gceann leathbhliana).

D'ardaigh sean-Mháire a dhá súil den iris agus sháigh sí scian a radhairc i Máire Gráinne. Baineadh geit as an gcailín óg, ach mar sin féin, rug sí ar a misneach, agus í ag labhairt go múinte béasach leis an tseanbhean: "Dia duit, a bhean uasal. Is mise Máire Gráinne Metsänkankare."

Níor bhac an chailleach le freagra ach i ndiaidh tamaillín: "Is dóigh liom nach de thógáil na háite seo thú."

Tháinig smúid ar Mháire, ach ansin, bhain sí a ciall féin as focail na seanmhná: "Ní hea muis. Bhí m'athair ina mhinistir i sráidbhaile thiar theas in aice le Turku. Níor aistríomar anso ach cúpla seachtain ó shin."

Agus ar ndóigh, bhí blas láidir an taobh sin tíre ar chaint na girsí. Tháinig an freagra seo chomh formhothaithe ar an tseanbhean agus gur fágadh gan focal í. Ní raibh tuilleadh comhrá ann. Nuair a lig a béasaíocht di cuideachta na seanmhná a thréigean, sméid Máire Gráinne a ceann go múinte agus chuaigh sí go seomra an bhuachalla. Tharraing sí amach an doras ina diaidh agus chaith sí súil timpeall.

Ní raibh mórán trioc ná troscáin ann. Deasc, ar ndóighe, agus sean-chlóscríobhán uirthi, ó bhí muintir Shomhairle róbhocht le ríomhaire a cheannach dó. Thairis sin, ar ndóigh, bhí leaba ann, chomh maith le seilf dá chuid leabhar. Bhí go leor úrscéalta Lochlannacha ann, leabhair Shualainnise freisin, agus cuma léite orthu. Bhí breacaireacht éigin Sualainnise foghlamtha

ar scoil ag an mbeirt acu, ar ndóigh, ach thairis sin, ba
léir go raibh cuid mhaith den teanga sin ag Somhairle
óna athair. Chuir Máire sonrú in aistriúchán Sualainn-
ise de "Teifeach ag Trasnú a Loirg Féin", an t-úrscéal le
hAksel Sandemose a bhí riamh á mholadh ag Somh-
airle, ó bhí an scríbhneoir ag caitheamh anuas ar an
gcathair bheag inar tháinig sé féin i gcrann. "Díreach
cosúil le Narkkaus," dar le Somhairle. Bhí cuid mhaith
ficsean eolaíochta ann fós, aistriúcháin Fhionlainnise
ar chlasaicigh le hArthur C. Clarke, Isaac Asimov agus
a leithéidí. Agus ar ndóigh, bhí a lán leabhar
Gearmáinise ann. Ní raibh an teanga sin ach ina
hábhar breise ar scoil, ach mar sin féin, bhí an-dúil ag
Somhairle inti, agus é in ann léitheoireacht a dhéanamh
inti. Bhí a mháthair ina múinteoir Gearmáinise, agus í
ag cabhrú leis, nuair a bhí sí sa bhaile.

Tháinig Somhairle ar ais ón gcithfholcadh, agus
boladh i bhfad ní b'fhearr as anois. Is é an chéad rud a
rith le Máire a rá leis, ar mhaith leis an gcomhrá: "Cím
ná fuil aon leabhar Béarla agatsa, ach amháin an cúpla
leabhar léitheoireachta ón scoil."

Bhí dhá dhíolaim den chineál sin ar an tseilf, b'fhíor
di. Leaganacha simplithe de ghearrscéalta clasaiceacha
Béarla a bhí ann. Bhí cóipeanna de na leabhair seo ag
Máire féin, agus ba chuimhneach léi go raibh sé d'obair
thinteáin aici scéal le Hemingway a léamh roimh
dheireadh na seachtaine.

"Chan fhuil agus cha mbíonn, leoga," a d'fhreagair
Somhairle. "Spréadh air mar Bhéarla."

Rinne Máire gáire. "Cén locht atá agat ar an
mBéarla?" Agus dáiríre, shílfeá go raibh fuath na ndaol

aige ar an teanga bhocht chomh borb binbeach is a labhair sé.

"Ó, caith súil i do thimpeall thíos sráid na siopaí go bhfeice tú cad é an col atá agam leis. Na hiarrachtaí aiféiseacha a bíos ag na daoiní Béarla briste a chur ar taispeántas. Is ar éigean a thuigeanns siad féin na rudaí ar chomharthaí na siopaí, agus is beag ciall a bhainfeadh aon Bhéarlóir astu ach an oiread. Tá an diabhal áit seo suite i gcroílár na Sábhóine, agus má chluintear aon fhocal iasachta anseo, is í an Rúisis í, ach ar ndóigh, ní ligfeadh a mbród do na daoiní seo oiread is focal amháin den teanga sin a tharraingt chucu."

Bhí roinnt Rúisise á foghlaim i scoileanna na cathrach, ach má bhí féin, bhí an dá oiread ag foghlaim Fraincise agus an cúig oiread ag freastal ar ranganna Gearmáinise. Tríd is tríd, ní raibh ach dornán daltaí in aon ghrúpa Rúisise ar scoil.

"Bhuel, céard faoi do chuid Rúisise féin?" a d'fhiafraigh Máire go mioscaiseach. Bhí a fhios aici go maith nach raibh a cara in ann bun ná barr a dhéanamh den Rúisis—ní raibh aige ach an aibítir.

"Diabhal an drae focal agam, ach prionsabal atá ann," arsa an buachaill, agus é ag breathnú dáiríre ar fad. "Ní maith liom gothaí na mbomán udaí agus iad ag déanamh gaisce den bheagán Béarla atá fágtha acu i ndiaidh na scoile. Is dócha go rabh siad róghnoitheach ag caitheamh stumpaí cailce leis an mhúinteoir le coinneáil an chomhrá den teanga a fhoghlaim. Bhuel, cha rabh de dhíth orm a rádh ach amháin go mba chóir teanga a bheith agat mar uirlis nó acra le húsáid seachas í a bheith ina hórnáid bréige. Mura bhfuil an teanga agat, níl sí agat agus sin a bhfuil de. Ní bheadh ann ach amaidí a mhalairt a ligean ort."

"Bhuel, nár chóir duit mise a thréaslú leis an Rúisis atá agam?" arsa Máire, agus í ag sciotaíl gáire.

"An bhfuil aon leabhar Rúisise léite agat cheana?" a d'fhiosraigh Somhairle.

"Ó, níl," ar sise, agus dreach míshásta ag teacht uirthi, "ach amháin cúpla gearrscéal sa téacsleabhar, tá a fhios agat, an saghas scéalta a bhfuil na nótaí agus na míniúcháin curtha leo. Ach fuaireas blas éigin de leabhar páistí a cheannaigh Daid dhom. An ceann faoin Uncail Fedya."

"An tUncail Fedya?"

"Sea, níl ann ach buachaill beag agus é chomh teann as féin is go dtugann a mhuintir Uncail Fedya air. Eduard Uspensky is ainm don údar."

"Agus na scríbhneoirí móra ar chuala an saol iomrá orthu?"

"Chekhov, Dostoyevsky, Tolstoy agus a leithéidí? Bíd ana-dheacair. Bhaineas triail as chupla leabhar dá gcuid, ach níor chríochnaíos aon cheann acu. An saghas teangan a scríobhaid siad, ní dóigh liom go bhfuil sé deacair ann féin, ach is é oighear an scéil ná nach féidir liom na litreacha Rúiseacha a léamh chomh héasca ná chomh tapaidh lenár n-aibítir féin. Cuireann sé saghas briseadh croí orm a bheith ag iarraidh leabhar Rúisise a léamh."

"Rud aistíoch é sin. Nach mba chóir duit na litreacha a bheith agat go paiteanta le fada, ós ag foghlaim na teanga féin atá tú le trí bliana anuas, is dóigh liom?"

"Ba chóir, ach mar sin féin ní féidir liom iad a aithint thar a chéile ach an tarna radharc a fháil orthu. Caithfidh sé go bhfuilid níos cosúla le chéile ná ár gcuid litreacha féin, nó b'fhéidir ná foghlaimeoidh aon duine an tarna haibítir chomh maith agus an chéad cheann."

"Tuigim," arsa an buachaill, agus tharraing sé ábhar eile chuige. "Ach ós ag labhairt fá theangacha atá muid, ba mhaith liom ceist a chur ort. D'úirt tú, más buan mo chuimhne, nach bhfuil Portaingéilis ar bith agat..."

"Bhuel, thá cúpla focal agam, ach ní cuimhin liom faic na ngrást dá raibh agam fadó. Níl agam inniu ach an méid a thógas as na foclóirí nó a chuala ó m'athair agus é ag insint faoin mBrasaíl."

"Mar sin tá sí aigesean?"

"Ó thá, agus í ar a thoil aige i gcónaí. Uaireanta titeann ar a chrann teanga a dhéanamh do dhuine éigin, agus é in ann spalpadh leis mar a bheadh sí ó dhúchas aige. Is é an rud a deir sé féin ná fuil aige ach béarlagair na bplódcheantar. Is é sin, is deacair dó ciall cheart a bhaint as an dteanga ghalánta liteartha, nó thá sé saghas éiginnte faoin gcuid don ngramadach nár chuala sé riamh ag bochtáin na slumanna."

"Nach cuimhneach leat an Bhrasaíl ar chor ar bith? Cén aois a bhí agat nuair a tháinig tú go dtí an Fhionlainn?"

"Creid é nó ná creid, ach nílim cinnte a thuilleadh. Ba chóir dhom ceist a chur ar Dhaid. Ní cuimhin liom aon rud. Bhuel, abraímis gur cuimhin liom an coimhthíos a bhí orm roimh an bhFionlainn. Is é sin, is cuimhin liom go raibh áit éigin ann sarar thángamair anso. Rud eile fós bhí galar nó ionfhabhtú éigin ag luí orm nuair a bhíos i mo leanbh, agus is cuimhin liom an imní a bhí ar Dhaid agus ar Mhaime. Ach ansan, d'éirigh leis na dochtúirí mé a leigheas. Fuaireas biseach agus dheineas leathdhearmhad don scéal uile. Sid é a bhfuil ann dháiríre. Uaireanta, ritheann le Daid pictiúir ón mBrasaíl a thaispeáint dhom. Is é sin, sean-ghrian-ghrafanna a thóg sé sa Bhrasaíl. Agus é ag iarraidh cuimhní cinn a bhaint asam, tá's agat. Ní aithním duine ná deoraí, áfach. Is deacair dhom a chreisdiúint gur mise an leanbh beag sna pictiúir, dáiríre." Chuaigh sí ina tost ar feadh leathnóiméid go dtí go ndúirt sí: "Ní cuma liom fésna rudaí sin, áfach. Is é sin, ba mhaith liom Portaingéilis a fhoghlaim agus tuilleadh a fháil amach fé chúrsaí na tíre. Tháim tar éis cuid mhór a léamh fén mBrasaíl cheana."

"Caithfidh sé nach dea-scéalta amháin a bhí i gceist? Mhothaigh mé—"

"Ní hea ná baol air, faraoir géar. I mBelem a tháinig Daid agus Maime trasna orm, ceann de na háiteanna is boichte agus is deilbhe sa tír ar fad, go bhfios dom. Bíd na páistí bochta ag rith timpeall, ag dul le gadaíocht agus ag tógáil drugaí, agus scuaid an bháis ag siúl na sráideanna á marú mar a bheadh giorriacha ann."

"Ach ansin, tháinig tusa slán."

"Thánasa slán, buíochas le Daid, ach an dtuigeann tú, thá an chuid eile acu fágtha thall ansan, gan ach corr-dhuine acu chomh hádhúil liom féin. Agus más fíor féin go bhfuair mise tarrtháil.... Bhuel, thá's agam nach duine don ndream cráifeach thusa, ach is ar éigean má fhéadaim aon chanúint eile a chur ar an méid seo ach canúint an chreidimh..."

"Labhair leat más é do thoil é. Tá sé suimiúil."

"Bhuel, is dócha gur dóigh leat gur gnáthsheafóid de chuid iníon an mhinistir athá ar siúl agam, ach is é an chaoi a dtuigtear an scéal dhom ná gur de bharr trócaire Dé a tugadh an seans dhom, agus go gcaithfead rud éigin fónta a dhéanamh le mo shaol. N'fheadar an bhfuil mórán céille leis seo, ach—"

"Tuigim go maith, a chailín. Bhuel, d'aithin mé seort blas dáiríreachta ort riamh, ach ón taoibh eile, chan ionann tusa agus na girseacha cráifeacha tipiciúla."

Rinne Máire Gráinne gáire. "Agus cén saghas daoine iad san, muran difear leat mé an cheist a chur ort? Tháim ar bís! Inis dhom!"

"Bhuel," arsan buachaill, agus luisne ag teacht ina ghrua, "níl siad ag buaireamh a gcuid cloigneach ach leis an tsaol iarbháis, agus neamhshuim á déanamh acu den tsaol seo dá réir, gan aon trácht a dhéanamh air nach bhfuil ins an litríocht ná ins na healaíona ach bruscar agus rámhaillíocht, agus na healaíontóirí is na scríbhneoirí féin ina bpótairí agus ina ndrúiseoirí nach dtearn rud fónta riamh ina saol suarach."

Bhí Máire ag sciotaíl go leathscigiúil léithi féin.

"Ach is mór eadar iad agus tusa. Is é sin, duine leathan-aigeanta thú, agus spéis agat ins achan rud, ar nós chás na bpáistí ins an Bhrasaíl. Bíonn tú ag léamh litríocht le scríbhneoirí nach rabh róchráifeach lá a saoil…"

"Ó maigh," arsa Máire. Chuir sí místá uirthi féin ar feadh soicinde, ach ansin d'fhill a seanaoibh uirthi. "Is dócha nár casadh aon fhíor-Eaglaiseach ort riamh romham féin. Thá an saol ag athrú, agus ní taise don Eaglais é. Thá daoine de nach uile shórt, coimeádaigh ina measc, fágtha san Eaglais ar nduathair, ach nílimid scartha ó shaol na ngnáthdhaoine. Mar a deir Daid i gcónaí—agus ba chóir dó fios a ghnó féin a bheith aige—is beag duine eile le hoideachas acadúil a chaitheann a shaol chomh dlúth cóngarach don ngnáthphobal agus an ministir. Nílimid dúnta in aon mhainistir, an dtuigeann tú. Is cuid lárnach d'obair Dhaid dul i dteagmháil le daoine agus fáil amach fé céard athá ag dó na geirbe acu—"

"Ach an gnáthdhaoiní iad?"

"Is ea. Daoine athá fé chois agus fé leatrom sa sochaí fiú. Ar nós lucht dífhostaíochta, lucht máchaile, mallintinnigh.... Thá an Eaglais ag reachtáil club dos na mallintinnigh in Ionad na hOibre thall ansan... an bhfuil a fhios agat céard é Ionad na hOibre?"

"Tá, ar ndóighe. Ná déan dearmad gur mise an bundúchasach den bheirt againn."

Rinne Máire sciotaíl. "Ó, gabh mo leithscéal. Bhuel, is minic a chaithfidh m'athair mar shampla dul i bhfianaise thuismitheoirí na mallintinneach lena gcuid fadhbanna a phlé leo.... Ceapaim féin gurb é an ministir an duine is fearr a bhfuil léargas is éachtaint aige ar chúrsaí sóisialta a pharóiste, ar chúrsaí na mbocht ach go háirithe. Thá m'athair eolgaiseach go leor, ar a laghad, ar chruatan an tsaoil, ar an réaltacht shóisialta."

"Tá go maith. Ach an gcreideann tú i nDia i ndáiríre?"

"Ó, breast thú!" arsa Máire ag baint úsáide as ceann de na focail a bhí foghlamtha aici ó tháinig sí go dtí an taobh seo den tír. "Bhuel, bíonn sé go héagsúil... bíonn sé ag brath go mór mór ar an ngiúmar athá orm, an dtuigeann tú. Má thánn tú ar do shuaimhneas is fuirist creisdiúint, má thánn tú in umar an éadóchais..."

"An minic a bíos tú féin 'in umar an éadóchais', mar sin?"

"Mise? Ó, ní minic, buíochas le Dia," ar sise, agus phléasc a ngáire ar an mbeirt acu.

"Níl mórán cur amach agamsa ar chúrsaí eaglasta na cathrach seo. An bhfuil tusa sáite iontu ar aon nós?"

"Deacair a rá an *sáite* atháim," a d'fhreagair Máire. "Bhínn ag amhránaíocht i gcór na hEaglaise agus ag léamh síscéalta dos na páistí i gclub na hEaglaise nuair a bhíomair inár gcónaí thall ar an gcósta thiar fós, ach anso.... Bhuel, bím ag cabhrú leis na mallintinnigh, scaití. Bíonn lámh chúnta ag teastáil ansan tar éis na ngearrthaí deireanacha a deineadh ar an mbuiséad. Dúirt an bean athá i mbun chlub eaglasta na ndaoine le Dia go mbíodh buachaill óg ina ghiolla acu agus é ag treabhadh go seoigh leis na mallintinnigh, ach d'éirigh sé as nuair ná híocfaí é ní ba mhó. Scéim de chuid an Aire Fostaíochta fé ndeara é an jab san a fháil, nó ní bheadh fiacha a phá ag an Eaglais. Nuair a tháinig deireadh leis an scéim, bhuel, ní fhanfadh seisean i mbun oibre saor in aisce."

"Caithfidh sé go bhfuil aithne agam ar an ghasúr chéadna," arsa Somhairle. "Ar 'úirt an bhean udaí leat cad é ab ainm don stocach sin?"

"Ní dúirt muis. Dá ndéarfadh ba chuimhin liom é."

"Seort cara liom atá ann. Eoin Rosas is ainm dó. Tá seisean ina fhuíoll fonóide ag an bhaile mhór, mo dhálta féin. A fhad is a d'fhan sé ag obair ansin bhíodh malairt giúmair go hiomlán air seachas an lionndubh is dúcha dó. Rud eile ar fad áfach go dtearnadh ábhar scigmhagaidh den jab sin aige fosta. Nuair a d'éirigh an Roinn Fostaíochta as an scéim bhí fonn ar Eoin leanstan leis ina lámh chuidithe gan tuarastal, ar do nós féin is dócha, ach chuir a mhuintir fá dear dó ath-chomhairle a dhéanamh, nó níor mhaith leofa é i gceann na hoibre seo saor in ascaidh, agus achan duine ag inse scéalta chailleach an uafáis fá Eoin bhocht cheana féin. Tá cliú eaglasta ar a mháthair, b'fhéidir gur casadh ort cheana í, ach i ndiaidh an iomláin ghéill sí do lucht an mhíghrinn."

Ní raibh ach aithne na mbó maol ag Máire ar mháthair Eoin, agus í aineolach ar fad cad ab ainm do na mná cnagaosta uile a casadh uirthi ag ól caife i dteach a hathar i ndiaidh na seirbhísí. Mar sin, ní raibh d'eolas aici ar mhuintir Rosas ach an t-iomrá mioscaiseach ar Eoin a chuala sí ag Réamann. Nuair a d'aithin sí an t-ainm is an sloinne udaí—Eoin Rosas—baineadh stangadh aisti. Ar nós nó ar éigin bhí sí i ndiaidh a áitiú uirthi féin anois nach dtiocfadh bunús ar bith a bheith leis an sáiteán a thug Réamann di. Shíl sí, má bhí a leithéid de bhuachaill ann ar chor ar bith, nach mbeadh aithne ag Somhairle air. Ón taobh eile de, áfach, ba léir gur buachaill cuíosach macánta ab ea Eoin, ó ba rud é gurbh eisean an giolla dea-shamplach ar chuala sí an oiread sin dea-iomrá air. Ba dócha nach raibh sna hairneáin gháirsiúla ach éitheach is ithiomrá.

"Eoin Rosas!" a d'imigh uirthi a rá. "Gabh mo leithscéal, ach…"

"Seadh?"

"Caithfidh sé ná fuil ann ach gnáthráflaíocht… ach…. Bhuel, d'airíos saghas… saghas trácht ar rud ná taitníonn liom…"

Rinne sí iarracht an scéal a choinneáil chuici féin, ach ní raibh gar ann, nó *bhí fuar aici*, mar a déarfadh sí féin. Bhí sí buailte ag taom fiosrachta ina hainneoin féin; agus nuair a chuir sí an cheist ar Shomhairle bhí aithreachas uirthi ar an toirt. Ní raibh an giota sin eolais de dhíth uirthi i ndáiríre.

"Chuala gurb ann do bhuachaill darb ainm Eoin Rosas agus é ag cóiriú, bhuel, scoraíochtaí le físeáin gháirsiúla…"

Bhain an méid seo geit as Somhairle, agus théigh a ghrua le teann náire.

"An fíor é? Inis dhom!" a d'impigh sise. Nuair a d'impigh, áfach, tháinig fonn uirthi an cheist sin a tharraingt siar. Bhí faitíos uirthi roimh an bhfírinne nach dtaitneodh léithi. Agus fuath aici uirthi féin go dtabharfadh sí aon aird ar Réamann.

"Ní thig liom a bhréagnú," arsa Somhairle i ndiaidh tost fada. Ba deacair na focail a mhothú, chomh ciúin is a labhair sé: b'éigean do Mháire a liopaí a léamh.

Bhraith Máire an domhan ag scor as a chéile ina timpeall agus an talamh á scoilt ag creathanna móra millteanacha. D'éirigh cnapán mór tachtach aníos a scornach. Dá ndéanfadh sí iarracht dá laghad labhairt suas anois, phléascfadh a gol uirthi le teann diomá agus feirge. Ba é seo an fhírinne nach raibh fonn uirthi í a fhoghlaim.

Nuair ba chuimhin le Máire an t-ionsaí a rinne drong an Ramallae uirthi agus iad ag taispeáint na bpictiúr pornagrafaíochta di in aghaidh a tola, tháinig orla agus múisc uirthi arís. Ar éigean a bhí a fhios aici go dtí sin a leithéidí d'irisí a bheith ann ar aon nós. Ba dual di an dúil chraicinn mar ba dúil do gach aon duine daonna eile, ach b'fhuath léi fiú cainteanna gáirsiúla ar na cúrsaí sin ó ghearrbhodaigh de stócaigh óga nach raibh mórán cur amach acu ar a raibh siad ag caint faoi. Shíl sí gur saol ar leith ab ea domhan na gáirsiúlachta. Thuig sí gurbh ann do dhaoine nach raibh aithne acu ar a mhalairt saol. Bhí sí in ann a admháil, go prionsabalta, go bhféadfadh daoine fiúntacha a bheith ina meascsan féin, ach iad a chur ar bhealach a leasa. Ach ba chuma fá dtaobh de na prionsabail ardnósacha: gasúr soineanta a bhí de dhíobháil uirthi nach mbeadh aon bhaint aige le huafás na pornagrafaíochta. Nuair a chuala sí go raibh bunús éigin le líomhaintí Réamainn, fuair sí radharc úr ar fad ar a cara. Níorbh eisean an stócach macánta a bhí go rómhaith don domhan bhraonach seo a thuilleadh. Bhí seisean salaithe ag suarachas an tsaoil chomh maith le duine.

"An bhfacais féin' aon cheann de na físeáin sin?" a d'fhiafraigh sí, agus tocht ina glór. Bhí a fhios aici roimh ré cad é a déarfadh sé. D'fhan Somhairle tamall maith ina thost, agus é ag grinnscrúdú ceannaithe an chailín le súile géara. Arbh fhiú dó an fhírinne a dhéanamh?

An ceathrú caibidil

An Fhírinne Shearbh nach Seachnaítear

Sa deireadh thiar thall chinn Somhairle ar an bhfírinne a admháil. Ní thabharfadh sé éitheach.

"Chonaic."

Bhí Máire ag iarraidh deora na feirge a choinneáil siar, agus ní thiocfadh na focail léi ach go deacair: "An minic a chuais á bhfeiscint?"

"Is minic."

Ní raibh focal fágtha ag Máire.

"Amharc anois," ar seisean sa deireadh, "más dóigh leat go bhfuil bród éigin orm as sin a bheith déanta agam tá ciapóga ort, nó..."

"Fan i do thost!" a scread sí de ghlór caointe, agus rinne Somhairle mar a hordaíodh dó. Déanta na fírinne, b'fhearr dó gan labhairt. Nó sa deireadh thiar, bhí bród air as an gcairdeas a bhí aige le hEoin. I ndiaidh an iomláin ba mhór an chúis bhróid é, dar leis, cuideachta a choinneáil le duine a bhí ní ba mheasa as ná thú féin agus a bheith in ann a chuid dea-cháilíochtaí a aithint agus urraim a thabhairt dó dá réir.

Íosa s'agat féin, a theastaigh ó Shomhairle a rá leis an ngirseach, dá bhfaigheadh sé a chuid cainte ar ais— nach seachnaíodh Seisean comhluadar na ndea- dhaoine aitheanta, agus é ag dul ar thóir na ndaoine ba lú gradam i sochaí na haimsire sin? Dá dtiocfadh Sé ar ais ar an saol inniu, nárbh fhearr Leisean cuideachta Eoin thar aon duine eile? Nach raibh a sháith náire ar Eoin as a bheith ag amharc ar na físeáin sin? Nach raibh a fhios ag Eoin gur peaca a bhí ann? Nach mbíodh sé á chiapadh ag scrupaill choinsiasa nuair a d'fheiceadh sé ailt agus tuairiscí ar na páipéir fá dtaobh de dhoghrainn na ngirseach óg i dtíortha bochta, agus iad gan an dara suí sa bhuaile acu ach aisteoireacht a dhéanamh sna físeáin chraicinn nó bás a fháil le hocras? Mura raibh Eoin gan locht, ní bithiúnach gan mhothú gan mhoráltacht a bhí ann ar aon nós. Arbh fhéidir an méid céanna a rá fá dtaobh de na girseacha a bhíodh ag caitheamh anuas air lá i ndiaidh lae? Ba bheag a ndlúthpháirtíochtsan le cailíní bochta dearóile na Téalainne is na Brasaíle. Ní de gheall orthusan a bhídís ag lot a shaoil ar Eoin, ach ar son an tsuilt is na craice amháin.

Nuair a tháinig a chuid smaointe a fhad seo ag Somhairle, ghlac tallann feirge é, agus col ag teacht aige le Máire go raibh sise ag tacú leis na giodróga mallaithe i ndeabhaidh a sheanchara féin. Má bhain a admháil mealladh as an ngirseach, níor lú an díomá a chuir sise air féin leis an aird a thug sí ar mhíghreann na gcailleach (mar a samhlaíodh dó) fá dtaobh d'Eoin— cuma fíor nó bréagach é.

Nó bhí Somhairle den tuairim go dtí seo gur duine a bhí i Máire nach raibh sásta breithiúnas a thabhairt ar dhaoine de réir na luaidreán amháin, gan áiméar a gcosanta féin a fhágáil acu. Anois áfach ba léir nárbh amhlaidh, dar leis.

Ar ndóigh thuig sé a cás, brúidiúil is uile a chaith na maistíní léi agus iad ag taispeáint pictiúir ghránna di ina hainneoin féin. Ach má bhí Máire ag dréim go dtréigfeadh sé a chara! Bhí Máire cuíosach sonasta, agus a muintir ina suí go socair, ach maidir le hEoin, ní raibh ach aon fhíorchara amháin aige a labhraíodh leis go cneasta fá dtaobh de chúrsaí eile seachas físeáin chraicinn. An sólás a bhaineadh Somhairle as a chuid leabhar ní raibh sin féin ag Eoin, chomh mímhuiníneach is a bhí sé as féin. Bhí Eoin ag brath ar a aonchara faoi choinne tuisceana agus comhbhróin—an raibh ar Shomhairle é a thréigean ar mhaithe le streabhóg mheánaicmeach de ghirseach nach raibh lá cruatáin fulaingthe aici go nuige seo?

Ba mhaith agus ba rímhaith le Somhairle bheith in ann na smaointe seo a chur i bhfocail chomh gonta gléineach is go dtuigfeadh Máire Gráinne ar an toirt iad. Ach b'ar éigean má bhí an bua sin aige. Níor tháinig leis ach fanacht ina stangaire, agus é ag iarraidh ciall a bhaint as gnúis Mháire.

Ansin labhair an cailín: "Ná fuil náire ort?"

Fuair sí freagra gan mhoill: "Tá náire orm as a bhfaca mé de fhíseáin gháirsiúla, ach má tá féin, ní náir liom mo chara."

Bhí tocht i nglór Mháire nuair a lean sí uirthi: "Dílis go héag, nach ea? Dílseoir ceart tú, nach ea?" Agus blas na tarcaisne ar a glór.

"Nuair atá tú i d'ula mhagaidh ag an chathair uilig ní thig leat do chuid cairde a roghnú go róbheadaí. An té atá ins an doghrainn chéadna leat is é an t-aon duine amháin a bhfuil muinín agat as." Rinne sé sos gur lean sé air, agus a ghuth ar crith le fuath is le fearg. "Ar ndóighe, ní thuigeann tusa a dhath ar bith de, nó ní rabh tusa comh huaigneach sin riamh."

"Ach tháid na cailíní á n-éigniú..."

"An dóigh leat nach bhfuil a fhios sin agamsa? An dóigh leat nach dtuigeann muid sin? An dóigh leat nach bhfuil an coinsias dár gcrádh? Sin é éirim an scéil duit: is fuath leat tú féin cionn is go bhfuil tú ag amharc ar na físeáin sin, gan meas an mhadaidh agat ort féin. Síleann tú nach mbeidh an darna suí ins an bhuaile agat choíche cibé ach bheith ag amharc ar an chac seo. Théid tú ar an airneál físeáin le lán do shúl a bhaint as na scannáin sin. Síleann tú go mbeidh sólás nó faoiseamh ínteacht ann. Tuigeann tú roimh ré nach bhfuil, ach is cuma leat ins an deireadh thiar thall. Tá sé iargúlta cosúil le reiligiún págánta. Táimid ag damhsa thart ar an scáileán agus na haisteoirí ag bualadh craicinn ansin, mar a bheadh deasghnátha ar siúl acu. Bandia an ghráidh á hadhradh nó rud ínteacht den chineál sin. Sin mar a tchíthear domh go minic é. Sinn inár suí thart timpeall ar an ghléas físeáin ag fanúint le bandia an ghráidh a theacht chun ár dtarrthála. Agus is é an buachaill is goillsteanaí an duine is mó andúil ins na físeáin sin. Na damantóirí nach bhfuil croí ná anam iontu is iad sin an dream is gaiste a éireochas astu, an dream is fearr le cluain a chur ar chailíní na réaltachta. Ós rud é nach bhfuil aon náire orthu. Ach tá náire orm, agus tá náire ar Eoin comh maith, agus is é an náire a choinníonns ag starógacht ar na scannáin udaí sinn, nó tá an oiread sin

náire orainn agus gur dóigh linn nach bhfuil tuillte
againn ach a bhfuil fágtha dár saol a chaitheamh in
umar na haimléise seo..."

D'fhan Máire in aice le Somhairle a fhad is a mhair sé
ar an téad seo, rud a choinnigh léaró éigin dóchais beo
ina chroí: b'fhéidir go dtuigfeadh sí a chás i ndiaidh an
iomláin? Ach ansin thug sí cúl a cinn leis agus d'imigh
sí gan focal a labhairt leis a thuilleadh. Chuala Somh-
airle ag bogchaoineadh í ag dul amach as an árasán di,
ansin dhruid sí an doras de thailm a chroith an dusta
de na ballaí. Baineadh stangadh as an tseanbhean agus
í ag fiafraí go neirbhíseach den bhuachaill cad é a bhí
ar obair agus cé hé an duine anaithnid a chuaigh thart
léi. Bhí Máire ligthe i ndearmad aici cheana.

Níor thug an stócach aon fhreagra uirthi. D'fhan sé
go domhain i gceann a smaointe féin. Ba é an rud ba
mhó a chuir iontas air nár bhraith sé ach folús ina chroí
i ndiaidh Mháire. Ní raibh sé ag titim as a chéile le
tréan péine ná bróin. Folús a bhí ann, agus cineál
faoiseamh fiú, nó ba léir anois nach raibh fad saoil i
ndán don chleamhnas seo riamh; dá luaithe a tháinig
deireadh leis b'amhlaidh ab fhearr do Shomhairle. Dá
rachadh sé ina thaithí go raibh suirí ar obair aige le
girseach, b'fhéidir nach mbeadh seasamh na díomá sin
ann. Anois, áfach, ní raibh ann ach tamall, agus é ag
ligean air féin go raibh sé ar aon ghradam le duine ar
bith d'aos óg na cathrach, ag cur aithne ar chailín deas
agus ag tabhairt taitnimh di.... Níor bheag dó lán a shúl
a bheith bainte aige as an gcineál saol a bhíodh ag na
hógánaigh eile. Nach miorúilt a bhí ann ón gcéad lá
riamh Máire a bheith ag caitheamh leis mar a bheadh

duine measúil ann? Agus rud nádúrtha sothuigthe é ar fad nár thug a leithéid ach a sheal?

Má bhí Somhairle in inmhe an scaradh a ghlacadh ina mhórmhisneach, ba mhó i bhfad a ghoill sé ar Mháire Gráinne. Nuair a bhain sí amach an baile ní dhearna sí ach na buataisí a chroitheadh dá gcosa agus dul isteach ina seomra, ansin thit sí ar a glúnta agus lig don ghol pléascadh uirthi ina thuile throm. Mhair sí ag éagaoint is ag mairgnigh is ag screadaigh go dtí gur tháinig piachán inti. Chuir sí a seomra féin trí chéile ag caitheamh na leabhar i mullach a chéile is ag réabadh na bpictiúr de na ballaí. Ansin chaith sí í féin ar an leaba agus í róthuirseach le géag a bhogadh.

D'fhan sí ansin ag scrúdú mapa mór na Brasaíle ar an bhalla os a coinne, agus í ag déanamh a marana ar an logainm úd Minas Gerais. Nuair a bhí sí ina cailín beag go fóill chuireadh an dá fhocal sin an-bhorradh faoina fantaisíocht agus fonn uirthi fáil amach cad é ba bhrí leo. Shíl sí gur teampall a bhí ann ina n-onóraíodh na bundúchasaigh dia bréige dá gcuid fadó, agus cuimhne dheireanach na ndeasghnáthaí seanársa á buanú sa logainm. Cá bhfios nárbh é sin guí nó ortha an draoi Indiaigh agus é ag íobairt duine bocht éigin dá dhia— "Minas Gerais!" Beag an baol. "Na Mianaigh Ghinearálta" ba chiall leis, arsa Daid, nó ní Tupí nó Guaráinis a bhí ann, mar theanga, ach Portaingéilis. Poill mhianaigh a bhaist an áit, dar le hathair Mháire, agus na hIndiaigh á maslú féin agus ag scriosadh a scamhóg sna poill sin ag iarraidh ór nó airgead a bhaint as an talamh ar mhaithe lena máistrí Eorpacha.

Bhí scéal Shomhairle sách cosúil le cás na Minas Gerais sin: an chéad aisling a bhí ag Máire rinne an réaltacht amhlánta conamar di. Shíl sí gur buachaill soghonta soineanta a bhí i Somhairle, agus dearcadh deas rómánsúil aige ar chúrsaí an ghrá. Dúirt sé féin léi lá amháin gurbh é an sórt mná a bhí uaidh, dá bpósfadh sé choíche, ná cailín a mbeadh neart spéiseanna i bpáirt aici leis, agus í in ann a chuid cancránachta a ligean amach le greann. Anois áfach... thiontaigh sé amach go mbíodh sé féin ag amharc ar na scannáin chraicinn chomh maith le duine, nó le Réamann. Bhí an ceart ag an mbithiúnach sin nach raibh fear amháin ní b'fhearr ná an fear eile, agus iad uile chomh mallaithe le chéile. Nó b'fhéidir go raibh an ceart ag Somhairle gurbh iad na stócaigh ba ghoilliúnaí ba mhó a ghnáthaíodh na hairneáin phornagrafaíochta? Ní fhéadfadh an scéal a bheith mar sin. Ba chóir gan sin a bheith fíor. Nó dá mbeadh sé fíor bheadh an saol ina dhiabhal.

Nuair a tháinig athair Mháire abhaile, fuair sé í ina luí spréite ar a leaba gan bíogadh aisti. Bhuail an faitíos é agus í chomh ciúin socair is mar a bheadh sí síothlaithe, agus chrom sé os a cionn lena cuisle a fhéachaint. Go tobann tháinig beogacht inti, nó thug sí buille san aghaidh dó a chuaigh i gcion chomh nimhe neanta sin is gurbh éigean dó cúlú agus cúbadh uaithi ar áit na mbonn.

"Céard atá ort anois, a dhalta?" a d'fhiafraigh an ministir. Iontas ba mhó a bhí air, seachas fearg.

"Fan siar uaim!" a scairt sí agus tocht éagaointe ina glór. "Ní theastaíonn uaim tú a fheiscint i mo sheomra choíche! Is *fear* thú!"

"Cím," a d'fhreagair a hathair go searbhasach agus é ag seangú leis uaithi. "Díol iontais áfach nár aithnís roimhe seo é."

"Níl sna fearaibh uile ach muca is madraí!" a scread sí. "Téigí go léir i dtigh diabhail, gach aon chunús agaibh."

Scanraigh Bríd nuair a chonaic sí an ball mór gorm ar leathleiceann a fir agus í ag teacht chun an bhaile. "Dia dár réiteach," a sciorr uirthi, "cé a thug an íde sin duit? Ar bhuailis le scata rógairí sráide ar do shlí abhaile duit?"

"Ní hea," a d'fhreagair a fear, "ba í ár n-iníon ionúin a ghabh dá lámh dheis orm."

"Ó maigh, céard a tháinig uirthi?"

"Cúis na mban, de réir dealraimh. Is dócha gur dhein an drong san ionsaí eile uirthi, sin nó achrann a bheith éirithe idir í agus Somhairle."

"Caithfead spraic éigin a chur uirthi," arsa an mháthair go húdarasúil. "Is léir go bhfuil an saol sa chathair seo ag luí go trom uirthi, ach ní féidir linn cead a dorn a fhágaint aici mar sin féin. Ní foláir pionós a chur uirthi go tapaidh."

"Ó, ní gá dul thar fóir," arsa an Ministir. "Fanfam go ligfidh sí a racht, agus ansan cuirfeam ceist uirthi fé céard athá ag dó na geirbe aici. Tiocfaidh aiféaltas uirthi roimh chontráth na hoíche má thá aithne agam ar mo chailín."

"Bíodh mar a deir tú," arsa Bríd, "ach táim i gcónaí den dtuairim go bhfuileann tú róbhog léi."

Bhí an ceart ag an Mhinistir, áfach, nó nuair a chuaigh sé ag cnagadh ar dhoras na girsí agus á hiarraidh chuig tábla an dinnéir, bhí aithreachas uirthi agus í ag amharc ar bharraicíní a cos le teann náire.

"Gabh mo leithscéal gur bhuaileas tú," ar sise. "An trom a ghortaíos tú?"

Chuir a hathair a dheasóg go séimh thart ar a guaillí. "Níl aon chaill orm," ar seisean. "Tar anois go n-íosfair do chuid, agus ansan beidh cúpla focal comhrá againn fé céard a chuir chun cogaidh leis na fearaibh uile thú. An bhfuil sin ceart go leor?"

"Bíodh ina mhargadh," a d'fhreagair an cailín.

"Maith an cailín," a dúirt an Ministir. "Thá an béile ag feitheamh leat."

Déanta na fírinne bhí Máire Gráinne stiúgtha leis an ocras, nó níor ith sí oiread is bonnachán i ndiaidh lón na scoile ag a haon déag a chlog roimh an meánlae. Nuair a bhí a sáith ite aici, chuidigh sí go múinte béasach lena hathair tábla an tseomra suí a chóiriú faoi choinne an chaife iardhinnéir a bhí á ghléasadh ag an máthair cheana féin.

I ndiaidh don Mhinistir an urnaí a rá líon Máire na cupáin, agus ansin tharraing a hathair ábhar an lae air ag cur ceist ar a iníon cad é ba chúis lena drochiompar inniu. Ar thit sí amach lena cara—nó arbh iad Réamann agus a chairde a thug ionsaí fúithi arís?

"An dá rud," arsa Máire. Ní raibh mórán fonn uirthi caintiú ar na cúrsaí seo, ach bhí cineál faoiseamh ann go raibh Daid chomh meáite sin ar dul go bun an angair le hachrann den tsórt seo. D'fhéadfá a bheith ina mhuinín le haghaidh a leithéide.

"Bhuel, céard a chuir an chéad bhun leis an gcaismirt seo?"

"Nuair a bhaineas an scoil amach ar maidin inniu, bhí an Ramallae féin ansan romham le hinsint dhom go mbíonn Somhairle ag féachaint ar na scannáin leathair chomh maith le duine, agus scoraíochtaí ar siúl age baile ag cara le Somhairle le físeáin den saghas so."

"Agus tusa ag tabhairt creidiúna do scéal de chuid chailleach an uafáis a d'airís ón ábhar banéigneora san, thar fhocal do chara féin? Bhuel, anois, a chailín, nílim cinnte cé acu agaibh go bhfuil cúis feirge aige..."

"Ach d'admhaigh Somhairle é nuair a chuireas an cheist air."

"Bhuel, thá san níos measa. Ach an bhfuileann tú cinnte nach le corp diúnais amháin a dúirt sé san? Má bhís rótheanntásach ag cur do ladair ina chúrsaí príobháideacha féin, is féidir gur chuiris mífhoighne air ionas gur thug sé an freagra san duit le stainc ort."

"Tré thimpiste a tháinig na cúrsaí so fé chaibidil, nuair a luaigh sé ainm an chara san. Thá an chuma ar an scéal gur dáiríre a bhí sé."

"Bhuel, an bhfuil náire air fés na físeáin sin?"

"Thá. Bhí sé ag iarraidh saghas leithscéal a dhéanamh, ach bhris ar an bhfoighne agam, an dtuigeann tú."

"Thá cuma an bhuachalla chúthail ar Shomhairle," arsa an Ministir go smaointiúil. "Bhí sé saghas beag-uchtúil nó critheaglach nuair a tháinig sé anso an chéad uair. Bíonn buachaillí den gcineál san fé bhagairt andúil phornagrafaíochta go minic. Is mó uair a bhí orm a leithéidí sin a chur ar bhealach a leasa thiar ar an gcósta."

"An fíor san?" a d'fhiafraigh Máire, agus iontas uirthi.

"Bhuel, bhainfeadh sé stangadh asat a fháil amach cérbh iad féin. Buachaillí go raibh aithne agatsa orthu agus ná beadh súil agat lena leithéid uathu. Ní luafad ainm ar bith os ard, ach measaim go bhfuileann tú cliste do dhóthain leis an gcuid eile den scéal a oibriú amach as do stuaim féin."

Tháinig gnúis amhrasach ar Mháire, agus d'fhan sí tamall fada ina tost ag cuimhneamh ar na stócaigh shoineanta a bhíodh ag amhránaíocht, a dálta féin, i gcór na heaglaise thiar. Chaith sí corrshúil i dtreo a hathar mar a bheadh sí ag lorg dearbhú a droch-amhrais féin i dtaobh duine acu, agus an Ministir ag freagairt ar a radharc go gruama, mar a bheadh sí ag fíorú gach bhuille faoi thuairim de chuid a iníne.

Faoi dheoidh ba é a an rud a dúirt Máire ná: "An bhfuilid na fir uile níos measa ná a chéile?"

Phléasc racht gáire ar a máthair, agus chuir an Ministéir místá air féin léi. "Ó, ná bí ag fonóid," ar seisean, "nílimid in áit an mhagaidh anso."

"Béal an pháiste ag sceith na fírinne," a d'fhreagair a bhean go scigiúil gan aird a thabhairt ar a fear céile. "Mo ghraidhin tú, a Mháire Gráinne."

Ós rud é nár chuir gáire a máthar mórán seaghaise ar Mháire ach oiread, rinne Bríd a leithscéal, ach má rinne féin, ní raibh neart aici ar an sciotaíl bheag a bhí ag iarraidh teacht tríthi anois agus arís le linn a raibh fágtha den chomhrá.

Chrom an tUrramach ar ais ar an ábhar.

"Ar an ndrochuair, a Mháire, tháid na daoine uile, idir fhearaibh agus mhná, níos measa ná a chéile, sa mhéid is go bhfuil smál pheaca na sinsear orainn go léir. Nuair a bhíomair ag misinéireacht sa Bhrasaíl, ba mhinic dhúinn lámh chúnta a shíneadh i dtreo daoine a bhí an oiread san fé chois is fé leatrom agus gur chonsaeit linn dul ina gcóngar. Bhí orainn sólás a thabhairt do dhaoine a bhí chomh sáite san sna drugaí agus go maróidís a máthair ar son grán beag héaróine. Ach sid é an saghas oibre a cheap Dia dúinn."

"Thá sé maith go leor a bheith ag caint fé obair fóirithinte," arsa Máire. "Ach ní duine de lucht na déirce é Somhairle ach cara liom, buachaill a rabhas ag súil leis uaidh go mbeadh sé ar comhleibhéal liom…" Thost sí go tobann, agus sórt aiféaltais ag teacht uirthi.

"Agus tusa den dtuairim nach daoine ar comhleibhéal leat lucht na déirce sa Bhrasaíl, mar shampla? Is iad do mhuintir féin iad, a dhalta," a d'fhógair a hathair.

Ní dúirt an ghirseach focal. Tháinig ceann faoi uirthi, agus í ag seachaint súile a hathara.

"Ní fearr ó dhúchas tusa ná aon duine eile," ar seisean go dian. "Agus maidir leis na buachaillí is na físeáin shalacha, is oth liom ná fuil ann ach buachaillí a bhíonn ag féachaint ar na scannáin sin gan náire ar bith orthu, ná fonn orthu a mbéasaí a athrú, agus buachaillí a bhíonn ag féachaint orthu ar chúla téarmaí, agus náire orthu, agus iad ag iarraidh éirí astu. Níl buachaill ann ná beadh na cathuithe air, ar a laghad. Sid é lomchnámh na fírinne. Is dual don nduine an rud is peaca a dhéanamh, mar dhuine; agus má thá fonn air droim láimhe a thabhairt leis an bpeaca caithfeam cabhrú leis aithrí a dhéanamh." D'amharc an Ministir go himníoch ar a iníon, agus é ag leanúint leis: "Ní gan chúis a thugtar gleann na ndeor ar an ndomhan so, agus is cuid de sin é gur mion minic a bhaineann do chuid cairde mealladh asat."

Chaith Máire tamaillín ag scuabadh clár an tábla le radharc a súl, go dtí gur bhain sí an tsreang den mhála arís: "A Dhaid, an difear leat mé ceist phearsanta a chur ort: an rabhais féin tugtha don bpornagrafaíocht agus tusa i do bhuachaill óg?"

"Ní raibh na físeáin ann san am san go fóill," arsa an Ministir go seachantach.

"Muna raibh féin, ní foláir nó go raibh na hirisí craicinn ann cheana," a dúirt Máire.

"Bhíodar," a dhearbhaigh an Ministir, agus leisce air labhairt, "agus admhaím go réidh go raibh suim agam iontu. Scaití chonac ag scoraigh eile iad agus geitimíní orm súil a chaitheamh orthu. D'éirigh sin liom cúpla uair, dháiríre. Níor lig an náire dhom ceann acu a cheannach, óir ba léir roimh ré go mbeadh aithne ag bean na nuachtán orm, a laghad agus a bhí an sráidbhaile."

"Ach bhí náire ort fé sin?"

"Bhí."

"Bhuel, is é an rud a dúirt Somhairle go raibh náire air fé bheith ag féachaint ar na físeáin sin, ach ná raibh fé bheith cairdiúil leis an mbuachaill sin…"

"Ní cúis achasáin é bheith dílis do do chara. Cé hé féin?"

"Rosas is sloinne dó. Juho Rosas athá air."

"Eoin Rosas! Nach é sin an Rosasach céanna a dhein an oiread sin dea-oibre i mbun na n-easlán?"

"Sid é an chuma athá ar an scéal, dá dhochreidte dá bhfuil sé pornagrafaíocht a shamhlú lena leithéid. Ní sloinne róchoitianta é Rosas sa tír seo."

"Ní hea. Ón Spáinn a tháinig duine de shinsir na muintire sin, is dóigh liom. An teaghlach céanna athá i gceist gan dabht. Bhuel, céard a duart leat? Tar éis a bhfuil cloiste againn fé fheabhas an Rosasaigh seo ag freastal ar na mallintinnigh ceapaim go gcaithfir a admháil ná fuil gach duine de lucht na bhfíseán craicinn ina bhithiúnach doleigheasta. An bhfeadraís cén tuairim athá agam ar an scéal so?"

D'fhan Máire ina tost.

"De réir a bhfuil d'éachtaint agam ar na cúrsaí seo chuir cailliúint a jab díomá agus déistin ar an Rosasach so leis an ndomhan ar fad agus gur chuaigh sé leis an bpornagrafaíocht, agus Somhairle s'againn in éindí leis. B'fhéidir gur chuir na físeáin seo samhnas air ar dtús, ach thá a fhios ag Dia gur fuirist géilliúint do na cathuithe. Is iomdha uair a chuala an scéal céanna ó na pornagrafadóirí óga. Ba chóir jab nua a fháil don Rosasach óg ina mbeadh seans aige a sheanchleacht-adh a chur chun úsáide le haghaidh tuilleadh taithí oibre. Ceapaim go mbeidh obair le déanamh ag scafaire láidir d'ógánach in éarnáil na banaltrachta féin, sna hospidéil siciatracha mar shampla. Ós léir go bhfuil luí aige leis an saghas so oibre ba mhór an dul amú gan é a spreagadh chun an oiliúint chuí a tharraingt air féin. Má théann sé ag foghlaim banaltrachta is dóichí ná a mhalairt go mbuailfear cailíní beo air ina n-áit siúd a chonaic sé ar na físeáin."

Ba léir go raibh an Ministir gnóthach cheana ag cur caoi ar shaol an stócaigh seo nach bhfaca sé riamh agus nár chuala sé ach iomrá air. "Ceapaim go gcaithfead dul i dteagmháil leis an stócach agus lena mhuintir. Agus beidh focal agam le do chara féin"—bhobáil sé súil ar Mháire—"fés na cúrsaí seo."

"An seanashocadán ar obair arís," arsa Bríd go mioscaiseach.

"Nílim ach mar a chruthaigh Dia mé," a d'fhreagair an Ministéir go gealgháireach.

"Céard ba chóir dhomsa a dhéanamh fé Shomhairle?" a cheistigh Máire, agus imní le haithint ar a glór.

"Fút féin athá sé," arsan Ministéir, agus é ag éirí cineál duairc ina ghnúis. "Céard is dóigh leat féin?"

"Bhuel," ar sise, "b'fhearr liom gan an t-achrann so a bheith tarlaithe riamh. B'fhearr liom ná cloisfinn trácht thar na scoraíochtaí sin ar chor ar bith."

"B'fhearr leat do sheanasheachrán ort i gcónaí fé shoineantacht Shomhairle," arsa an t-athair.

"Sin go díreach," a d'admhaigh an ghirseach.

"Bhuel, fútsa a fhágaim é. Déan do mharana agus bíodh focal stuama agaibh le chéile, más é sin do chomhairle. Is deacair dhom tú a lochtú más fearr leat fanacht siar uaidh feasta, ach mar a dúirt an file, níl pian ná peannaid ná galar chomh tromchráite le héag na gcarad nó scaradh na gcompánach. Ní maith liom féin tú cuideachta a choinneáil le haon stócach a bhfuil eolas rómhaith aige ar na físeáin leathair, ach ón taobh eile de nílim féin chomh saor ón bpeaca agus cloch a chaitheamh le haon duine."

An lá arna mhárach agus Máire ag teannadh leis an scoil ní raibh d'fháilte ansin roimpi ach ruabhéiceanna seitgháire agus tarcaisne ó na scoláirí eile go léir. Nó a thúisce is a chuala Réamonn faoin gcumann craicinn a bhí ag Máire le Somhairle, mar dhea, chrom sé ar an nuacht seo a scileadh le duine ar bith idir uasal is íseal dá raibh d'aos óg na cathrach ar lucht a aitheantais. Bhí Máire cóirithe anois ag an saol mór, agus gach duine suite dearfa deimhin go raibh sí ina bean luí ag Somhairle. Ós óna béal féin a tháinig an scéal an chéad uair, ní fhéadfadh sí an nuacht a bhréagnú.

"Striapach Shomhairle na Leabhar! Striapach Shomhairle na Leabhar!"

"Níon an Mhinistir ina striapach ag Somhairle na Leabhar!"

"An striapach ghorm! An dubhstriapach ghorm! Cad é an praghas atá ar do phit? Cá mhéad a chosnaíonns raighdeáil amháin?"

Agus mar sin gan stad gan chónaí. Mhair siad ar an téad seo go deireadh an tsosa. Nuair a bhí an chéad cheacht thart an lá sin, thosaigh buachaillí cruinnleic-neacha an tseachtú ranga sa scol chuimsitheach—sin le rá, iadsan nach raibh ach trí bliana déag slán acu—thosaigh siad ag caitheamh eascainí agus leasainm-neacha gáirsiúla ina treo chomh túisce agus a bhí sí thar thairseach an tseomra ranga.

Chuirfeadh sí suas leis na maslaí briotacha ciotacha seo lá ar bith, nó bhíodh na spruicearlaigh sin chomh páistiúil agus nach raibh in ann ach an cúpla mionna móra céanna a spalpadh astu fiche uair gan aon duine a ghoin go tromchúiseach. Ní raibh ag na ceanracháin sin ach focail a chuaigh le gaoth. Ba iad a cuid comh-aoiseanna féin ba mhó a chuir eagla agus míchompord ar Mháire: na girseacha ag sciotaíl is ag scigireacht, na buachaillí ag amharc go gráiniúil. An rud nach gcluinfeá os ard ba mhó a ghoillfeadh ort.

Bhí tuilleadh le teacht, áfach. Nó nuair a bhí Máire suite seadaithe ag tábla na bialainne lena béile a chaitheamh—san fhoirgneamh céanna a fuair Somhairle an tsúisteáil mhór agus é trí bliana déag d'aois—chuaigh Juulia (Síle) Junttanen, cailín óna rang féin a mbíodh caidreamh cuíosach maith léi ag Máire go nuige seo—chuaigh Síle ina suí fiarthrasna an tábla os coinne Mháire, agus nuair a bhí an bheirt acu i ndiaidh beannú dá chéile, thosaigh an ghirseach eile ag trácht ar scúp mór an lae.

"Bhí mé riamh den bharúil nach mba chóir duit a chaidreamh."

"Cé athá i gceist agat?"

"Somhairle na Leabhar. An cailín a théid oiread is á chóir ní fearr í ná striapach. Ba chóir duit a sheachaint ó thús."

Baineadh stangadh as Máire. Ní bheadh sí ag dréim lena leithéid sin ó Shíle.

"Céard athá á rá agat?" a d'fhiafraigh Máire, agus iontas uirthi. Mhothaigh sí lasóg na feirge ag bladhm-adh suas ina croí.

"Ní den chríonnacht é bheith ag déanamh comh-luadair leis," arsa Síle, mar a bheadh sí ag míniú an rud is follasaí ar domhan do pháiste mhíthuisceanach nach bhfuil fios na ndea-bhéasaí aige.

"Cad ina thaobh?" a phléasc Máire uirthi. Bhí sí ag glacadh corraí le Síle anois.

"Bhuel," arsa Síle, agus cineál iontas uirthi ó bhí Máire ag éileamh údair le rud nár ghnách bheith amhrasach faoi, "níl tú ach ag tarraingt trioblóide agus racáin. Agus an t-iomrá atá amuigh ar Shomhairle ní dearcasach an mhaise duit bheith ag siúl amach leis."

"Is cuma liom féna ndeir cailleacha an uafáis," arsa Máire de shioscarnach fheargach, agus meascán aisteach mothúchán ag teacht tríthi. Bhí cineál náire uirthi gur thuig sí creidiúint dá raibh á rá ag Réamann an chéad uair riamh, agus fearg uirthi le Somhairle tharla gur iompaigh na ráflaí amach ina bhfírinne. Thairis sin bhí sé ag cur as di a réidhe is a ghlacfadh macasamhlacha Shíle le cibé míghreann fá dtaobh de Shomhairle mar a bheadh lomchlár na fírinne ann.

Níor thaise do Shíle é, áfach, agus tallann feirge ag teacht uirthi chomh maith le duine. "Ní thuigim ar scor ar bith," ar sise go driseogach, "cad fáth a bhfuil tú ag suirí leis an cheanrachán sin, agus an chathair go léir dubh le buachaillí."

"B'fhéidir gurb eisean fear mo dhiongbhála," arsa Máire.

Phléasc seitgháire ar Shíle. "Tá a fhios go rómhaith agat nach bhfuil sin fíor. Thiocfadh leat cluain a chur ar stocach ar bith ar an bhaile seo. Tá siad uilig ins an chiall is aigeantaí agat."

"Agus is múinte cúirtéiseach mar a chuirid in iúl é," arsa Máire go searbhasach.

"Cogar anois, ba tútach an cleas a d'imir Réamann ort…"

"Tútach an cleas, a deir tú! Dheineadar iarracht mé a éigniú!"

"… ach ní hionann sin is a rádh nach bhfuil de roghain agat ach Réamann nó an sampla bocht sin. Tá buachaillí na cathrach ag sílstin gur ag déanamh díspeagadh orthu atá tú agus tú ag tabhairt tús áite dó siúd seachas aon duine acusan…"

"Gach seans go bhfuil sin tuillte go maith acu," arsa Máire Gráinne.

"Bhuel, ná habair liom nach dtug mé rabhadh duit. Ní thig leat do shaol a chaitheamh anseo gan aird a thabhairt ar bharúil na ndaoiní eile."

"Má tháid na maistíní ag céasadh cara de mo chuid, is amhlaidh is mó cúis agam seasamh leis."

Chroith Síle a cloigeann agus gnúis thruamhéileach uirthi.

"Bíodh trí splaideog chéille agat, a Mháire. Tá sé ceart go leor bheith ag cuidiú le lucht na leathmheabhrach. Ní tógtha orthu é ar aon nós go bhfuil tú i gceann obair carthanachta, ach caithfidh tú a thuigbheáilt nach dtig carthanacht agus grá Dia agus mar sin de, nach dtig leat a leithéid a tharraingt isteach i gcúrsaí an chleamhnais agus na mbuachaillí. Caithfidh tú do dhíol féin a fháil, buachaill atá inchurtha inchumainn leatsan."

"Is é Somhairle mo dhíol féin de bhuachaill, mar a deir tú. Thá a lán spéiseanna agus caitheamh aimsire i bpáirt againn lena chéile. Ní féidir liom a thuiscint canathaobh ná beadh sé inchurtha liom."

"Bheadh teacht agat ar stocach ar bith," a d'áitigh Síle, mar a bheadh sí ag tosú ar an téipthaifeadadh céanna arís, "agus tusa ag roghnú an amadáin sin thar an chuid eile acu..." Mhair Síle ar an téad seo go dtí gur thug sí faoi deara nach raibh Máire ag tabhairt cluaise di.

Ní raibh dearmad déanta ag Máire de na cúrsaí pornagrafaíochta, agus í idir dhá chomhairle i gcónaí arbh fhiú di maitheamh do Shomhairle agus leanúint uirthi ag déanamh cuideachta dó. Ach nuair a chuala sí cén mana a bhí ag Síle fá dtaobh den bhuachaill thaobhaigh sí leisean le tréan diúnais amháin. Shílfeá nárbh í Máire, ach gurbh é Somhairle, an duine le gné ghorm craicinn anseo. Ní raibh lá aithne ag Síle ar Shomhairle, amach ó na scéalta ithiomrá a chuala sí ag lucht an mhíghrinn. Mar sin féin, bhí sí suite siúráilte nach raibh seisean inchleamhnais le Máire, ná le haon chailín eile.

Nuair a bhí a cuid bia críochnaithe ag Máire, agus í ag tarraingt ar an raca in aice le doras na bialainne lena trádaire a fhágáilt air, bhraith sí go tobann seileog á caitheamh ar a leathleiceann, agus macalla an fhocail ghránna féin—"striapach"—ag siosarnaigh ina cluas uair eile. Baineadh cliseadh aisti, agus dhearc sí i dtreo an ghutha le fáil amach cé a bhí ann. Ní fhaca sí áfach ach múinteoir an Teagaisc Chríostaí—siúd is nach raibh an caidreamh idir Máire agus an chailleach seo go rómhaith riamh, ba dheacair a leithéid de mhadrúlacht a shamhlú léi—agus... agus Toivo Hurskainen!

"Dóchas" is brí le *Toivo*, agus "cráifeach" a chiallaíonn an aidiacht úd *hurskas*. Mar sin, ba léir óna ainm is a shloinne gur fear mór creidimh a bhí ann. Buachaill naoi mblian déag ón gcríochrang a bhí ann, agus é ag freastal ar imeachtaí Chlub Eaglasta na hÓige in Ionad na hOibre go tráthrialta ag canadh amhráin diaga agus á thionlacan féin ar an ngiotár. Cineál vóitín simplí a bhí ann, nó ba bheag a shuim i mórán rudaí eile ach an reiligiún. An dtiocfadh leisean Máire a mhaslú chomh tútach sin?

B'fhéidir. Nó bhí cúpla iarracht déanta aige comhrá na colpaí a bhrú ar Mháire faoi chomh claon agus a bhí colainn na ndaoine óga nó faoi chomh glan agus a bhí grá an stócaigh chráifigh. Bhí Máire chomh soineanta agus nár oibrigh sí amach roimhe seo cad é a bhí i gceist ag Toivo, ach thosaigh an tuiscint ag teacht aici de réir a chéile. Ní raibh i dToivo an Éadóchais ach suarachán eile d'fhear a bhí sa chiall is aigeantaí aici toisc í a bheith ina cailín gorm gnéasmheallacach—agus ó bhí a hainm luaite le Somhairle anois, thiontaigh an saobh-ghrá sin ina dhímheas ar an toirt, agus an Fairisíneach sin ag tabhairt an mhasla mhóir féin di dá réir sin.

Ní raibh i Máire, dar leis na buachaillí cráifeacha féin, ach moll mór d'fheoil mhéith ón Afraic. Shílfeá go raibh siad uile tugtha do na hirisí gáirsiúla. Ba é Somhairle an t-aon stócach amháin sa chathair seo a d'aithin an duine inti, agus é in ann comhrá a choinneáil léi faoi rudaí ba spéis leis an mbeirt acu. Ann nó as do na físeáin, bhí sé ábalta air sin lá ar bith! Agus ise i ndiaidh é a chailleadh anois! Fágtha ina haonar ar fad i measc na mbithiúnach seo!

Thuig Máire nach mbeadh gar ann a áitiú ar na hamadáin seo gur éirigh idir í agus Somhairle, agus iad scartha le chéile anois. Nó bhí aos óg na cathrach i ndiaidh "striapach Shomhairle" a ghairm di go hoifigiúil. Breith gan achomharc a bhí ann. Bheadh sé chomh maith aici athmhuintearas a lorg le Somhairle, nó cibé scéal é, chaithfeadh sí deachú an chairdis sin a íoc, lá i ndiaidh lae eile ar scoil.

I dtaobh Shomhairle de, chuir sé iontas air féin chomh bog is a thóg sé an scéal. Bhí Máire imithe as a shaol, agus sin a raibh ann. Shíl sé ar dtús go dtitfeadh fraitheacha na firmiminte féin anuas air agus go gcaithfeadh sé an chéad mhí eile faoi bhrón. Sin é an rud a d'éireodh dó dá mbeadh sé tar éis titim i ngrá le cailín éigin nach raibh mórán aithne aige uirthi, cailín a raibh buachaill aici cheana féin. An iarraidh seo áfach ní grá leatrom ná éagmhaise a bhí i gceist. Bhí fíor-aithne aige ar an ngirseach, agus má bhí sé ag éirí craiceáilte ina diaidh, bhí sí ag freagairt a chuid mothúchán go dtí go bhfuair sí amach faoi na físeáin.

Agus ní tallann luathintinne den chineál is dual do ghirseacha óga a thug uirthi imeacht uaidh. Bhí ábhar maith—inmhaite fiú—aici col a ghlacadh leis. I dtaca le holc bhí Somhairle in ann a cás a thuiscint, siúd is go dtagadh corraí air léi ó am go chéile, agus é ag smaoineamh ar an scéal. Nó ní fhéadfá a bheith ag dréim leis ó ógbhean chráifeach go mbeadh a fhios aici cén cineál fadhbanna a bhíonn ag luí ar stócaigh óga uaigneacha sa chathair seo.

Bhí an ceart go hiomlán aici nach raibh sna scannáin chraicinn ach truailliú anama agus intinne do lucht a bhféachana. Ba chuimhin le Somhairle an dearcadh leathrómánsúil leathdháiríre a bhí aige i leith na collaíochta nuair nach bhfaca sé físeán craicinn ná iris gháirsiúil amháin go fóill, agus é ag brath ar threoir-leabhair stuama shiosmaideacha faoi dhéin eolais ar chúrsaí leathair. Ag an am sin bhí sé den bharúil go rachadh aige gach fadhb ghrá nó ghnéis a réiteach roimh ré trí chailín a roghnú a mbeadh spéis aici sna rudaí céanna agus aigesean, agus é ina cheann mhaith di: sin a mbeadh de. Dá mbeadh sé in ann an tsoineantacht sin a fháil ar ais! Mhallaigh sé an lá a chuala sé an chéad uair go raibh físeáin chraicinn ag Jarmo Koskinen agus go raibh se sásta iad a thaispeáint dá lucht aitheantais. (Ní bhíodh Eoin ag reachtáil a chuid airneán go fóill san am sin.) Ní raibh Somhairle ach cúig bliana déag ansin. Ba chuimhin leis gur scanradh a bhain an chéad scannán leathair sin as seachas éirí nó adharc a chur air. Nuair a chonaic sé an bod á shá isteach agus amach, isteach agus amach arís i ngar-amharc ar an scáileán, tháinig fonn air a scairt: is leor sin, is leor sin, creidim cheana go bhfuil siad á dhéanamh dáiríre, níl gá le tuilleadh de! Nuair a tháinig sé abhaile, bhí adharc air ceart go leor, agus chaith sé tamall fada ag bleán a bhoid; ach ina dhiaidh sin mhothaigh sé é féin i bhfad ní b'uaigní ná riamh roimhe seo, agus na deora ag teacht leis go flúirseach.

Spré ar na físeáin! Ba é an rud ba ghéire a bhí de dhíth air ná Máire a bheith ag labhairt go séimh leis, ag tabhairt maithiúnais dó, agus é i dteideal a lámha a chur ina timpeall. Croí isteach ba mhó ab áil leis anois. Croí isteach ó chailín grámhar a bhí de dhíobháil air riamh, go háirithe an lá truamhéalach samhraidh beagnach dhá bhliain ó shin nuair a bhuail sé isteach chuig an gCoiscín leis an chéad scannán leathair a fheiceáil.

An raibh díomá ar Shomhairle anois, agus é ar an mblár fholamh i ndiaidh imeacht an chailín? Ní raibh. Bhí lionn dubh éigin air ceart go leor, ach nuair a tháinig an crú ar an tairne ní raibh an oiread sin péine ag roinnt leis agus mar a shamhlófaí dó. Mothúchán fealsúnta a bhí ann, mar lionn dubh, mothúchán a bhí ag teacht go maith le dúchas Shomhairle—Fionlannach a bhí ann, agus sin go smior. Rith leis go bhféadfadh sé fiú tragóid mhór Ghréigeach a chumadh fá dtaobh dár éirigh dó le Máire Gráinne. Trom-mheabhrú uasal oirirc faoi éaguibhreannas an dá ghnéas le chéile, faoi rogha an dá dhíogha...

Go tobann bhraith sé lámh ar a leathghualainn. Dhearc sé ina thimpeall. Bhí sé ina shuí sa chaifitéire chéanna inar casadh Máire air an chéad uair riamh. Agus ba í an ghirseach chéanna a bhí ann, agus í ina seasamh in aice leis.

Ní raibh sí ag meangadh gáire ná geall leis, ach bhí cuma sách cairdiúil uirthi. Thug Somhairle in amhail a lámh dheas a chur thart uirthi, ach bhuail a shean-chúthaileacht é arís. Ní raibh sé róchinnte an raibh Máire Gráinne ann dáiríre, nó ba dóchúla leis mearú súl a bheith ann. Ach b'ann don lámh ar a ghualainn, agus bhraith sé an teas ag teacht óna colainnse.

"Gabh mo leithscéal gur imíos chomh tobann," ar sise. "Ceapaim go gcaithfead labhairt leis."

"Tá go maith," ar seisean. "Is mór an faoiseamh d'fheiceáilt." Ansin tháinig crith ar a ghlór, agus é ag rá: "An dtig leat féin maitheamh domh choíche?" Bhí sé ag sárú air go fóill a chreidiúint nach gan filleadh a d'imigh an ghirseach uaidh.

Lig Máire osna aisti.

"Ba mhaith liom dearmhad a bheith déanta don scéal san agam cheana féin," ar sise. "Ach thá sé ródheacair."

"Tuigim do chás," ar seisean. "Níl de dhíth orm ach go mairfeadh an seancharadas eadrainn." Chaith sé meandar beag ag smaoineamh. "Ach ba mhaith liom a mhíniú cad é a chuir ag amharc orthu mé an chéad uair. Ba mhaith liom labhart fá sin le duine ínteacht."

"Ba cheart duit do chomhrá a dhéanamh le Daid," ar sise. "Tháim féin róthuirseach don bpornagrafaíocht anois."

Baineadh stangadh as Somhairle. "Leis an Mhinistir? Cad fáth?"

Chuir Máire gnúis theagascúil uirthi féin agus í ag rá: "Bhuel, bhí cúpla focal agam leis fé do chuid físeán..."

B'fhearr leis an stócach anois an talamh é a shlogadh ná Máire a bheith ag labhairt. Nó bhí cineál scáth air i dtólamh roimh an bhfáidh seantiomnúil a raibh d'onóir ag Máire "Daid" a thabhairt air. Cé go mbíodh sé lách cineálta le Somhairle ó fuair sé aithne cheart ar an mbuachaill, ní raibh seisean in ann gan baspairt áirithe a mhothú air féin i bhfianaise an fhir sin. Ní raibh sé in ann, ar ndóigh, bheith go hiomlán ar a sháimhín suilt faoi dhaoine cráifeacha—ba ghnách do Shomhairle sórt faitíos a theacht air roimh Mháire Gráinne féin agus í ag taispeáint barraíocht dá taobh eaglasta dó—agus ba dócha leis go ndéarfadh an Ministir lena iníon cibé cumann a bhriseadh le fear óg a raibh amuigh air é a bheith tugtha do na físeáin chraicinn.

"… agus dúirt sé go raibh an galar so an-choitianta i measc na scorach cráifeach féin, agus é go minic ag comhairliú buachaillí a raibh an fhadhb chéanna acu. Theastaigh uaidh do chara a chur ar bhealach a leasa chomh maith, tar éis a raibh cloiste aige féna fheabhas agus a bhí sé leis na heasláin. Bhí Daid don dtuairim gur chóir cabhrú leis slí bheatha a dhéanamh don mbanaltracht." Stad sí tamall gur chuir sí eireaball leis seo: "Bíodh a fhios agat, a Shomhairle, gur dóichí ná a mhalairt ná beinn sásta choíche labhairt leat arís murach é. Agus ná déan dearmhad nach bean mise dos na cailíní ar an scáileán. Is duine mé, agus toil de mo chuid féin agam. An léir dhuit an méid sin anois?"

Ba é an rud a ba mhaith le Somhairle a rá anois gurbh amhlaidh ab fhearr leis Máire a bheith, gurbh fhearr leis í i bhfad ná na mná páipéir. Gurbh fhearr leis an t-imreas féin le Máire Gráinne ná an t-uaigneas i gcuideachta na bhfísean. Níor cheadaigh an tabhairt in amhail dó na rudaí seo a fháscadh thar a bhéal, áfach.

Sa deireadh thiar thall ba é an rud a dúirt sé ná: "Is maith an fear é an Ministir," agus bhí guth iontach tomhaiste aige mar a bheadh sé ag cur fíric eolaíochta in iúl: "sin é an sainmhíniú atá againn ar an toradh difreála i gcalcalas na matamaitice".

"Is fear é," arsa Máire agus cineál smúid uirthi, "agus ciall aige do chás na bhfear. Nílim cinnte an mbeadh an tuiscint chéanna aige dhomsa dá ndéanfainn féin rud éigin chomh hamaideach."

"Bhuel", arsa Somhairle, "ní ritheann a dhath a d'fhéadfadh cailín a dhéanamh agus a bheadh cosúil le bheith ag amharc ar an chacamas sin." Dáiríre a bhí sé. Bhí náire air i gcónaí faoi na físeáin, agus é buíoch beannachtach le Máire go raibh sí sásta é a chaintiú ar chor ar bith.

"Bhuel," a d'fhreagair Máire, agus coinnle na mioscaise ina súile, "céard fé luí le pocleandar éigin ar mhaithe leis an dtaithí collaíochta?"

Tháinig athrú datha i leicneacha Shomhairle nuair a chuala sé na focail seo ó Mháire, agus é ar bharr amháin creatha ó bhearradh go diúradh.

"Ná habair é," ar seisean go mall.

"Is iomdha cailín a dhéanfadh a leithéid, dháiríre," arsa Máire. "Nó sid é an port a bhíonn acu, ar a laghad. Is féidir, ar ndóigh, ná fuil ann ach gaisciúlacht bhéil."

"Cibé fá sin, ní dhearna tusa é, cinnte?" a d'fhiafraigh Somhairle go hacaointeach.

"Anois, nach tusa athá i ndaorbhroid," ar sise go mí-thrócaireach. "Cuimhnigh air gur díreach cosúil leis sin a chuaigh sé i gcion orm nuair a chuala go mbeifeása ag breathnú ar na físeáin!"

"Ach ní bhíonn tú ag luí le pocleandair? An dtuigeann tú, thig leat an víreas mór féin a thógáil ó fhear atá deich mbliana fichead d'aois, agus é i ndiaidh cuairt a thabhairt ar dhrúthlanna in Hamburg nó in áiteanna níos measa fós…"

Rinn Máire sciotaíl. "Ná bíodh aon chaduaic ort, a Shomhairle. Trua ná facaís an ghnúis a bhí ort, a chréatúir. Mise i mo bhean luí ag fir fhásta… ó, nach leamh athá do cheann ort, dháiríre."

"Mar sin, ní rabh ann ach bob a bhuail tú orm, a rógaire!" a d'imigh ar Shomhairle de phléasc, agus é ina chaor dhearg thine le luisne.

Chuimil Máire a deasóg go séimh le leathghualainn an bhuachalla. "Gabh mo leithscéal, a chuid," ar sise. "B'fhéidir gur chuas thar fóir."

"Chuaigh tú glan thar an cheasaí," a d'fhreagair Somhairle, agus místá air. "Ba mhaith liom a fháil amach goidé mar a rachadh an cineál sin magaidh i bhfeidhm ar d'athair."

Chuir na focail seo cineál oibriú intinne ar Mháire. "Ná sceith orm leis, a stór. Thá brón orm."

"Tá go maith," arsan buachaill.

"Bhuel, muran difear leat mé ábhar eile a tharrac chúm—"

"Ó, ní miste ar aon nós, a ghlanmhalairt ar fad," a dúirt Somhairle.

"Bhuel, conas athá an bhulaíocht ar na saolta so, mar shampla?"

Rinne Somhairle gáire, agus é ag freagairt: "Níor chlis buaidh an fhocail chirt ort ariamh, a chroí. Bhuel, goidé a déarfainn? An drae athrú ar an chathéadan thiar, le caoinchead ó Erich Maria Remarque. Cén chuma atá ar an taobh eile den tseith?"

Chroith Máire a cloigeann, agus strainc éadóchais uirthi. "Thá an saol ina dhiabhal ar fad."

"Ar fad, nó ar fad ar fad?"

"Ar fad ar fad ar *fad*! Tháid ag tabhairt an ainm mhór féin orm!"

"An t-ainm mór? Cén t-ainm?"

"Ainm na striapaí, ar nduathair, a amadán! An rud is measa ná go bhfuil mo chuid cairde féin, an beagán a bhí agam, go bhfuilid am thréigint." Thit deoir amháin lena leathleiceann. "Níl fágtha agam ach tusa." Bhí briste ar a bród anois: ní raibh sí ag áitiú air a thuilleadh gurbh é tionchar a hathar amháin a thug uirthi maitheamh dó. "Ní mór dhom a rá ná tuigim conas a d'éirigh leat a leithéid de shíorphriocaireacht a sheasamh bliain i ndiaidh bliana." Tocht ina glór. "Thá saghas náire orm gur ghlacas fearg leat mar sin."

"Bhuel, ná bíodh brón ort. Chan fhuil de dhíth ach bliain is cúpla mí a chur dínn leis an Ardteistiméireacht a bhaint amach agus as go brách ansin leis an dís againn ón áit seo!"

"Dherá," arsa Máire, "tháim cortha bréan dubh dóite dóthaineach den gcineál san cainte! Amárach, sa chéad mhí eile, sa bhliain seo chugainn... sa Síoraíocht, b'fhéidir, a bheidh feabhas ar an saol. Nílim ag éileamh parthas ar an dtaobh so den uaigh, ach ba mhaith liom saol réasúnta infhulaingthe a bheith agam anois."

Rinne Somhairle a dhicheall le sólás a thabhairt do Mháire Gráinne, agus ba é deireadh an chomhrá seo ná gur thug siad croí isteach dá chéile ansin, i gcaifitéire na leabharlainne, beag beann ar a raibh ag amharc orthu. Ina dhiaidh sin chuaigh gach duine den bheirt acu abhaile chuige féin. Ríméad an chéad mhothúchán a d'fhág an teagmháil seo ar Shomhairle; ach má d'fhág féin, b'ar éigean a thiocfadh an méid céanna a rá fá dtaobh de Mháire. Nó dhall an gliondar súile an bhuachalla, cuid mhaith, ar a doghrainnse. Má bhí Máire á céasadh, ní raibh ann, dar leis, ach a chruthú go raibh siad daite dá chéile. Ba é an t-uaigneas a phríomh-fhadhb féin go dtí seo; anois, agus caidreamh a dhiongbhála aige, bhraith sé seasamh gach cineál maistíneachta ag fás istigh ann. Ba é sásamh Shomhairle go raibh Máire ann ar chor ar bith, agus í sásta é a chaidreamh arís. Níorbh ionann cás Mháire, áfach. Bhí sí cleachta le saol sonasta suaimhneach gan mórán taithí ar chruálacht nó suarachas na ndaoine, agus í ag dréim le faoiseamh agus focail ghrámhara óna cara, a bhí le bheith ina leannán aici feasta. An rud a bhí Somhairle a thairiscint di, áfach, ná féinadhradh an laoch aonair ag streachailt ar mhaithe leis an gceart in éadan an tsaoil is a mháthar críonna.

Nuair a casadh Somhairle agus Eoin ar a chéile an chéad uair eile, bhí an Ministir i ndiaidh a chomhrá a dhéanamh le hEoin, agus an stócach trí chéile ar fad.

Leath aoibh na forbhfáilte ar bhéal mháthair Eoin nuair a chonaic sí féin an Ministir chuici, ach d'athraigh an port in áit na mbonn agus í ag fáil amach gurb iad airneáin chraicinn a mic is a chuid cairde ba chúis leis an gcuairt seo. B'eol di go maith agus go rómhaith cad é an cineál scannánaíochta a bhíodh á thaispeáint nuair a chruinníodh na stócaigh isteach i seomra suí a hárasáin, ach más amhlaidh féin, b'fhearr léi gan aon challán a tharraingt. Bhí athair Eoin, fear a bhí ag obair ar láithreán na tógála agus cleachtadh aige ar dhomhnán gharbhghnéasúil na bhfear coiteann, bhí seisean den bharúil nach raibh sna físeáin ach cuid d'fhorbairt fholláin a mhic, agus é le bheith ina fhear cheart. Thairis sin, bhí cineál claonadh ag an máthair féin dearcadh ar an scéal ó thaobh maith na seithe. Nó, i dtaca le holc, ní raibh an stócach ag crá croíthe fíorchailíní ná ag glacadh a bhuntáiste orthu. Mar sin, ní raibh aon chontúirt ann go n-éireodh racán idir í agus bean de mháithreacha na ngirseach óg sa chathair. Ach ba ábhar náire, spalpais, aiféaltais agus aithise é Eoin a bheith ina mháistir pléisiúir is pléaráca ag baicle de phornagrafadóirí óga. Má bhí sí ag cur geáitsí creidimh uirthi féin agus ag taobhú imeachtaí eaglasta, ní raibh iontu ach éalú ón réaltacht bhrúidiúil—an réaltacht a bhí lán rudaí cosúil leis na físeáin chraicinn. Ní raibh lá tuisceana ná foighne aici i leith ministir a raibh fonn air aghaidh a thabhairt ar fhadhbanna an tsaoil seo seachas cloí lena cheartobair ag móradh is ag moladh an tsaoil eile.

Bhí faitíos ar mháthair Eoin roimh "challán" ar bith, agus ba é an rud a bhí i gceist aici leis an bhfocal sin ná réiteach na bhfadhbanna, freagairt na gceisteanna agus cardáil ionraic na gcúrsaí goilliúnacha—an réaltacht chéanna a sheachnaíodh sí chomh dian agus a thiocfadh léi. Bhíodh sofhriotal nó focal maoláisnéise aici ar rud ar bith, agus í ag glacadh leis gur fíon geal a bhí i bpoitín, gur titim i ngrá a bhí i gcorrbhabhta leathair, agus gur ardlitríocht fhiúntach ealaíonta a bhí i *Rogha Leabhar Reader's Digest*.

Bhí sí ina cara as Críost ag Liisa (Éilís) Jurvainen, iníon le seanchara scoile dá cuid. Giodróg bheag dhóighiúil a bhí inti, agus í ar comhaois le Somhairle.

Bhíodh sí ag bualadh craicinn le gach dara buachaill sa chathair, beag beann ar cé acu acu a bhí in ainm a bheith mar leannán aici ag am áirithe; ach ba é an cur síos a thugadh máthair Eoin air seo ná go raibh "ráchairt" ar Éilís, ó ba rud é gur bean óg "thíriúil" a bhí inti, agus gach aon chosúlacht ar an scéal gur rud maith inmholta a bhí sa "tíriúlacht" seo, dar léi féin. Lena ceart a thabhairt don ráitseach bheag, bhí sí chomh réagánta réchúiseach ina hiompraíocht agus go mbíodh caidreamh chóir a bheith cairdiúil aici le hEoin, nuair a thagadh sé ar cuairt. Bhí ballaíocht éigin ag Somhairle féin uirthi ón scoil, agus í sásta séischomhrá cairdiúil a dhéanamh leisean, má bhí gá leis. Siúd is go raibh cineál dímheas ag Somhairle uirthi agus an sórt saol a bhíodh aici, ní bhfuair sé riachtanach riamh col ná snomh a ghlacadh léi. Déanta na fírinne chreid Somhairle nach ndiúltódh sí Eoin faoina chuid a thabhairt dó dá n-iarrfadh sé uirthi é go múinte béasach, ach ar ndóigh ní raibh misneach a dhéanta sin in Eoin. Ba dócha go raibh an oiread sin eagla air roimh an "gcallán", dálta a mháthar.

Anois áfach bhí an callán mór féin tarraingthe, agus a mháthair "ag tabhairt léim ó bhalla go balla," mar a chuir Eoin i bhfocail é. Ní bhfuair sé lá lochta ar an Mhinistéir. Thuig Eoin go raibh an fear seo dáiríre ionraic ag féachaint le cuidiú leis, ach rinne máthair an ghasúir praiseach den iarracht sin. Scairt sí arís agus arís eile gur "buachaill maith" a bhí in Eoin, agus nárbh fhiú na cúrsaí "suaracha" seo a chardáil.

"Agus cad é a tharla ansin?" a d'fhiafraigh Somhairle d'Eoin.

"Bhuel," a d'fhreagair a chara, "d'iarr an Ministir ar Mhaime a dhul amach agus seal spaisteoireachta a dhéanamh. Ba bharrúil an mhaise dó é, dáiríribh, agus an chuma atá ar na sráideanna fá láthair."

Bhí an ceart ag Eoin, nó tháinig an chéad choscairt i ndiaidh siocfhuacht an dúgheimhridh cúpla lá roimhe seo, agus an sneachta á leá ina bhrachán clábair agus uisce shalaigh ar fud na cathrach.

"Ní dheachaigh Maime amach, ach ar a laghad stad sí de bheith ag cur isteach orainn, agus bhí ár gcomhrádh againn."

"An rabh aon rud fónta le rádh aige?"

"Bhí sé ag labhairt fán tréimhse a chaith mé ag amharc i ndiaidh na n-easlán.... Is dóigh leis go bhfuil ábhar banaltra fir ionam. Giolla ospidéil, nó cibé a bheir siad ar a leathbhreac."

"Do bharúil féin?"

"Níl caill air mar smaoitiú, ach is dóigh liom gur chaith sé barraíocht ama ag caint is ag cabaireacht fá dtaobh de na girseachaí sna scoltacha banaltrachta. Tá a fhios ag madraí an bhaile nach bhfuil ach óinseacha ag freastal orthu."

"Ná habair sin. B'fhéidir go mb'fhiú triail a bhaint as, ar a laghad."

An cúigiú caibidil

An Scúille is an Bhodóinseach

Bhí imní ar Shomhairle fá dtaobh d'Eoin. Ba chuid den duairceas intinne a d'fhág blianta fada na síorbhulaíochta air ná go raibh sé cinnte nach ligfeadh Dia leis ach cuóta áirithe de chairde agus lucht gaoil, cuóta an-íseal. Dá bhfaigheadh sé cara úr, chaillfeadh sé duine den chuid eile, bhí sé beagnach cinnte de. Bhí blas an pharanóia air seo, ach má bhí féin, thiocfadh le Somhairle a ghannchuid saoltaithí a tharraingt chuige mar chruthúnas.

Nó nuair a d'éirigh sé mór le hEoin, ní gairid go bhfuair a athair mór bás; agus ba chuimhin leis fosta gurbh éigean dó scor de cibé caidreamh nó comhluadar a bhíodh aige go dtí sin le Timo (Tadhg), buachaill na comharsan, nuair a rinne sé an chéad teanntás do Mharcas in aois a dheich mblian dó. Ba é ab údar leis seo ag an am ná go raibh seanfhaltanas idir Tadhg agus scata buachaillí i mbloc árasán Mharcais. Ní raibh baint dá laghad ag Marcas leis an drong sin, ach ba chuma le Tadhg faoi sin: bhí ina chogadh dearg

194

idir é agus muintir an bhloc árasán sin, agus sin a raibh de.

Ní bhíodh mórán céille riamh ag Somhairle don chineál seo taidhleoireacht cúlshráide. B'fhéidir gurbh é seo an chéad chúis riamh leis an míghnaoi a bhí ag aos óg na cathrach air. Mura raibh seisean in ann a thuiscint cén fáth a raibh an oiread sin tábhachta leis na cogaí idir baiclí éagsúla buachaillí, ní thuigfeadh na buachaillí sin cén fáth a bhféadfadh aon duine ar comhaois leo bheith ar nós cuma liom faoi na cúrsaí ba tábhachtaí ar domhan.

Cibé faoi sin, bhí eagla air anois ná go n-éileodh Dia anam Eoin air mar éiric i Máire. Thagadh sórt náire air ó am go chéile agus é i gcuideachta na girsí, nó ba dóchúla leis ná a mhalairt go mbíodh sé ag déanamh neamart agus faillí ina sheanchara ar mhaithe léi. Má bhí Somhaile éirithe as na físeáin, agus Máire go dian díbhirceach ag féachaint chuige nach gcromfadh sé orthu arís, ní raibh mórán athraigh ar nósanna Eoin: chóiríodh sé airneáin den tseandéanamh sa bhaile aige i gcónaí, agus bhí, fiú, cineál cumha ar Shomhairle—ní i ndiaidh na bhfíseán, buíochas le Dia, ach i ndiaidh an chomhrá a bhíodh aige le hEoin i ndiaidh do na stócaigh eile imeacht leo. Bhí sé barúlach gur cineál faoisimh a bhíodh ann d'Eoin na cúrsaí craicinn a chardáil le buachaill eile a raibh muinín aige as.

Cúrsaí diamhracha ab ea na cúrsaí craicinn d'Eoin. Nuair a thosaíodh sé ag trácht ar cén fáth, sa deireadh thiar thall, a raibh cuid na gcailíní chomh géar sin de dhíth air, thagadh blas úr fileata ar a chuid focal, agus é ag baint úsáid as meafair mhórluachacha ardnósacha nach samhlófá go díreach le scúille naoi mbliana déag nach raibh mórán measa ag múinteoirí na Fionlainnise riamh ar a chuid scríbhinní scoile. Bhí sé suite siúráilte riamh, mar a dúirt sé, go n-éireodh le Somhairle cailín a fháil in eangaigh agus a phósadh fá dheoidh, agus go mbeadh clann is teaghlach air—"go bhfágfá síniú do bhoid ar leabhar mór na gcuairteoirí". Baineadh stangadh as Somhairle nuair a chuala sé na focail seo ag a chara, ach tuigeadh dó de réir a chéile go raibh Eoin i ndiaidh an oiread sin machnaimh is marana a dhéanamh ar na cúrsaí seo agus go raibh fealsúnacht agus filíocht dá chuid féin cruthaithe aige ina dtimpeall. Ba dóigh leat go raibh go leor Freud léite ag an scafaire seo, ach amháin go raibh a chuid focal féin aige ar choincheapanna uile an tsíceanailiseora mhóir. Ní minic a bhaineadh Eoin úsáid as na carúil mhóra léannta ina chuid cainte, amach ón bhfocal úd "frustrachas" a raibh sé an-tugtha dó, ní nárbh ionadh, nó ba é sin sainmhíniú a shaoil uile ó thús go deireadh, dar leis.

Roimhe seo, ba nós le Somhairle agus Eoin dreasanna móra spaisteoireachta a bhaint as ag labhairt le chéile faoi seo is siúd. Bhí deireadh leis sin anois, nó ba í Máire a thagadh á chomóradh ar na saolta seo. Ó nach raibh i ndán dóibh ach maslaí agus mionnaí móra sa bhaile mhór, thugaidís a gcúl leis agus iad ag dul na bealaí leath-thréigthe go dtí críocha na cathrach agus tharstu. Uaireanta chluinidís corrghluaisteán ag teacht, ach an chuid ba mhó den am ní raibh le feiceáil ach na giúiseanna is na sprúis ar gach aon taobh den bhealach mhór, agus ó bhí an t-earrach ann, bhí uisce an tsneachta úrleáite ag sní ina shrutha sna díoga.

Ábhar iontais ab ea é do Shomhairle i gcónaí cumann agus caidreamh a bheith ar obair aige le girseach ar bith mar seo. Bhíodh Máire agus eisean "ag siúl amach le chéile" i ngach aon chiall dá raibh leis na focail seo. Áit ar fhág an nádúr suíochán nó saoisteog dá chuid féin acu—moghlaeir réasúnta cloiche, cuir i gcás, agus é suite faoi scáth sprúis—ligidís a scíth ansin, agus iad go mion minic ag peataíocht go gealgháireach le chéile, ag smutfaíl a liopaí ar a chéile agus ag tabhairt croí isteach dá chéile. B'iomaí uair a chuireadh Somhairle leathchluas idir cíocha Mháire Gráinne agus é ag iarracht buillí a croí a aithint. Arbh é seo a bhí i gceist ag na seanfhondúirí agus iad ag rá: "mo cheol do chuisle"—is ceol do mo chluasa é do chuisle a chluinstint, agus a fhios agam gur beo duit?

B'annamh ba chuimhin le Somhairle gné chraicinn na girsí anois, ach amháin nuair a d'fheiceadh sé chuige í, agus é in ann í a aithint i bhfad uaidh cionn is go raibh sí ar mhalairt datha leis an gcuid eile de na cailíní óga. Léimeadh a chroí le teann gliondair, agus é ag déanamh deifre in araicis a rúnseirce le póg na fáilte a thabhairt di.

Ní raibh a dhiúltú ann áfach go raibh an bhulaíocht ag luí go trom ar Mháire Gráinne, agus cineál iontais uirthi go minic go dtiocfadh le daoine a bheith chomh cruálach sin le duine anaithnid nach raibh ar eolas acu faoi ach dath a chraicinn. A mhalairt sin a bhí fíor faoi Shomhairle anois. Nó ba ardú gradaim dó i measc na stócach óg cailín a bheith aige, rud nach raibh súil ag duine ná ag deoraí leis go dtí le déanaí. Bhí cuid de na sean-naimhde tiontaithe beagnach cairdiúil, agus iad ag bobáil súil air is ag tagairt d'"fhear cláraithe na

Gormóige", mar a bheadh sé ina ábhar mhór urraime acu anois, ina laoch ceart cruthanta, beagnach.

Ní raibh Máire "cláraithe" aige, ar ndóigh. Lá amháin, áfach, lig máthair an chailín isteach é agus í féin ag imeacht. I nganfhios di bhí Máire go díreach sa tseomra folctha le cith a thógáil. Chuaigh Somhairle isteach i seomra na girsí agus shuigh síos ar a leaba. Ag teacht isteach ansin di ní raibh d'éadach uirthi ach tuáille uaine a raibh pictiúir pháistiúla air. Nuair a chonaic sí eisean d'fhan sí i bhfad ina colgsheasamh, agus radharc aisteach ina súile, díreach mar a bheadh sí faoi thionchar drugaí. Ansin lig sí don tuáille titim ar an urlár agus chuaigh a fhad leis an stócach. Bhí a colainn uile ar bharr amháin creatha nuair a rug Somhairle barróg uirthi. Chaith siad tamall maith ama ag pógadh a chéile, agus an buachaill ag cuimilt a lámha le colainn na girsí. Ba léir gur ag baint suilt as a bhí sí, ach nuair a d'éirigh Somhairle ábhairín beag ródhána lena chuid méar, chúb sí uaidh go tobann agus thosaigh ag cur na gceirteacha uirthi.

"Gabh mo leithscéal," ar sise, agus crith ina glór, "ní fheadar céard a tháinig orm."

"Ó, is *feadar* go maith," arsa Somhairle ag tabhairt mí-úsáid d'fhocal as canúint Mháire. "Tá fonn ort comh mór agus atá ormsa. Cad fáth nach dtiocfadh linn triail a bhaint as?"

"Má thánn tú chomh cinnte de sin, an bhfuil aon choiscín agat?"

"Níl," arsa Somhairle.

"*Chan* fhuil, *leoga*", a d'fhreagair Máire, agus ise ag déanamh scigaithris ar chanúint an duine eile an iarracht seo. "Agus canathaobh ná fuil?"

"Bhuel, tá cineál náire orm. Dá mbuailfinn isteach i siopa le coiscíní a cheannacht. bheadh a fhios ag an tsaol mhór ar áit na mbonn."

"Sin go díreach. Agus thá sé chomh fíor céanna fúm féin. Cuimhnigh air gur mise iníon an Mhinistir. Ní féidir liomsa bheith ag bualadh craicinn le mo leannán ar nós gnáthchailín de chuid na háite. Thá meas na striapaí orm cheana féin ag leithéidí Thoivo Hurskainen."

"Cad é faoin spéir an bhaint atá ag Toivo Hurskainen leis an chumann atá againn?"

"Faic na ngrást, ach amháin gurb é an t-aon bhua amháin is féidir liom a bhreith ar a leithéidí sin ná go bhfuil a fhios agam ná fuil an ceart acu. Dá mbeinn ag luí leat bheadh an ceart acusan." Thost sí meandar beag lena marana a dhéanamh. "Agus déanta na fírinne, thar éis an tsaoil, nílim chomh siúráilte fé sin go bhfuil sé ag teacht le mo chuid moráltachta géilleadh duit chomh hóg so. Níl ceachtar againn ach seacht mblian déag d'aois."

"Thiocfadh a shílstean gur tábhachtaí leat cad é a deir na daoiní ná cad é mar a tchíthear domhsa é."

"Ná bí ar an dtéad san," arsa Máire. "Ní hé sin athá i gceist. Mo chuid prionsabal agus fiú saghas bród athá i gceist. Má deirid gur striapach mé, caithfead deimhin a dhéanamh ná fuil an ceart acu."

"An striapach thú má tá tú ag luí leis an fhear is ansa leat? An bhfuil tú i ngrádh liom ar chor ar bith?"

Tháinig fearg agus imní ar Mháire nuair a mhothaigh sí an port seo á sheinm ag Somhairle.

"Thá," ar sise, agus snag caointe ag teacht ina glór.

"Bhuel," ar seisean go míthrócaireach, "cruthaigh é."

"An féidir liom é a chruthú ar aon tslí eile ach an leaba a thabhairt orm?" ar sise. "Tháim i ngrá leat, dáiríre. Thar éis lá trom scoile a chur díom ag éisteacht leis an gcacamas cainte a bhíonn ag na maistíní liom tháim ag fanacht leis an gcéad teagmháil leat mar a bheinn... mar a bheinn stiúgtha le tart, agus tusa ar an t-aon duine amháin go bhfuil deoch a mhúchta aige. Bíonn imní mhillteanach orm fútsa uaireanta nuair ná faca thú le cúpla lá." Ansin chuir sí a dhá láimh thart ar ghuailleacha an ghasúir agus shuigh síos ina ucht, agus í ag scaradh a gabhail i gcruth is gur bhraith sí an bod crua faoina chuid éadaí ag brú ar a báltaí féin. Chuaigh crith tríd an mbeirt acu ansin, agus d'fhan siad i bhfad mar sin.

"Thá an fonn san orm," ar sise. "Bíonn go minic. Nach dual dhom é, agus mé i ngrá leat?" Thug sí póg chraosach dó, póg a rabh ní ba mhó anghrá inti ná i lucht leoraí d'fhíseáin chraicinn. "Is minic a chuirim féin an cheist orm an miste don saol mór dháiríre sinn a bheith ag déanamh leathair." Ansin d'éirigh sí ina seasamh agus léim siar ó Shomhairle. "Ach ón dtaobh eile de, an dtuigeann tú..."

Thuig sé. Nó nuair a tháinig an crú ar an tairne ní raibh sé féin cinnte an mbeadh aon neart ina adharc dá rachadh an scéal seo go cnámh na huillinne. Bhí cineál scáth air roimh an drioll titim ar an dreall aige, agus an bod fanacht ina liobar, nuair a rachadh an bheirt acu i dteagmháil chraicinn an chéad uair.

Ag an am seo, dáiríre, ba leor mar ábhar ríméid dó Máire a bheith sásta a admháil go raibh sí i ngrá leis, agus fonn uirthi luí leis. Bhí bród an domhain air as féin, as an ngirseach, as an gcumann a bhí acu le chéile.

Ba mhór an mhíorúilt é go raibh a macasamhail-se chomh doirte dó.

Níor thug Somhairle faoi deara roimhe seo chomh hálainn agus a bhí Máire. Bhí folt mór dubh gruaige aici, agus dhá shúil lonracha a raibh coinnle na hintleachta agus tinte an diúnais ar lasadh iontu. Agus anois, ó bhí an chéad radharc faighte aige ar a colainn... b'fhearr dó gan cuimhneamh air sin go rómhinic, ar eagla go gcuirfí ó chodladh na hoíche é.

Mar sin, b'aoibhinn an bheatha a bhí ag an bhfear óg i ngrá le plúr ban an domhain. Ach má b'amhlaidh féin, ní raibh Somhairle in ann an náire a chloí a d'fhan air toisc a sheanchara a bheith ina sheandoghrainn.

Agus i ndoghrainn a bhí sé i gcónaí, mar Eoin. In éagmhais a mhalairt cuideachta, ba mhinicí ná roimhe seo a d'amharcadh sé ar na físeáin ina aonar dó, agus é ag ithe calóga prátaí is ag ól liomanáide le linn é a bheith ina shuí os coinne an scáileáin. Uaireanta, d'fhéach sé lena bhod a bhleán, ach má d'fhéach féin, b'annamh a chuaigh sé go bun an angair leis. B'iondúla ná sin é ag déanamh iontais arbh é an t-aon ábhar amháin aige le bheith ag dearcadh orthu ná gurbh é sin an rud a raibh súil ag an saol mór leis uaidh. Ba chóir do na fir óga suim a bheith acu i gcúrsaí craicinn, agus ó ba rud é nach raibh de ghustal in Eoin cumann ná cleamhnas, suirí ná súgradh a chur ar bun le haon chailín, bhí glactha ag an gcathair uile leis gurbh eisean an duine sin acu a shásódh a shaint chraicinn ar an mbealach seo—gurbh é a ról féin sa phobal seo ná bheith ina phornagrafadóir oifigiúil. Bhí sé ag éirí dúdhóite áfach, ní hamháin den phornagrafaíocht ach de na cúrsaí craicinn go léir.

Nuair a smaoinigh sé go tomhaiste ar an ábhar seo, ba léir nach raibh sna físeáin seo ach cineál ula mhagaidh. An ceolchúlra go háirithe a bhí ag dul leo go léir, bhí sé iontach amscaí aiféiseach le héisteacht: cosúil le broidearnach na péine i gcneá a bhí sé, agus an bhroidearnach seo á bualadh ag amadán éigin ar ghléas fuaimshintéise, amadán nach raibh ina cheoltóir ná ina ábhar ceoltóra. B'fhéidir gurb as seo a fáisceadh an ceol *techno* an chéad uair riamh. Ba tionlacan é an ceol seo do na haisteoirí agus iad ag guicéireacht leo mar a bheidís ag fáil ceann brocach airgid ar son gach aon bhuille den bhod, agus an taispeántas seo ar obair nóiméad i ndiaidh nóiméid.

Agus na garphictiúir de na baill ghnéis á gcuimilt lena chéile! Ba mhinic a chuireadh Eoin an cheist air féin nárbh fhearr do lucht déantúis na scannán seo banc nó stóras den chineál seo seatanna nó téiceanna, nó cibé téarma a bhí acu orthu i leathchaint a gceirde féin— banc de na garphictiúir seo a chur ar bun. *Taisceadán na mBod is na mBáltaí* ba chóir a bhaisteadh air, agus é á reachtáil mar chomhthionscadal na leiritheoirí uile. Bheadh orthu gach aon ghiota den chineál seo dá gcuid seanscannán a bhronnadh ar Bhanc na mBod, agus iad á n-aicmiú ansin de réir an tsórt peirspictíochta faoina raibh na baill ghiniúna á dtaispeáint. Agus an fhorbairt a bhí déanta ar theicneolaíocht na ríomhairí agus ionramháil ríomhthacaithe na bpictiúr ar na saolta deireanacha, bheadh sé indéanta na téiceanna seo a oibriú isteach i scannáin úra i gcruth is nach dtabhar- fadh aon duine faoi deara nach mbeadh na haisteoirí ag bualadh craicinn i ndáiríre. Ní bheadh, fiú, call le fíortheagmháil chraicinn choíche feasta, siúd is go mbeadh aghaidheanna úra ag teastáil ó lucht féachana na bhfíseán i gcónaí.

I dtoibinne chuala Eoin clog an dorais ag clingireacht, agus nach eisean a chlis as a shuí le tréan stangaidh. Bhrúigh sé cnaipe ar an gcianrialtán leis an bhfístaifeadán a mhúchadh agus d'iaigh sé sipdhúntóir a threabhsair ghéine faoi dheifir. Ansin bhrostaigh sé in araicis an chuairteora, pé duine a bheadh ann.

Baineadh bíogadh as arís nuair a chonaic sé aghaidh an duine a bhí chuige: Éilís Jurvainen a bhí ann. Dhrann sí meangadh croíúil gáire agus í ag teacht thar tairseach isteach.

"Heileo, a Eoin. Bhí orm an gléas seo a thabhairt ar ais, agus é ar iasacht uaibhse ag mo mháthair."

Cineál gléas mionghearrtha a bhí ann a d'úsáideadh na mná le sailéad a dhéanamh. Ní raibh a fhios ag Eoin ceartainm an acra, nó bhí sé ní ba daille fós ar chúrsaí na cistine ná an gnáthógánach Fionlannach. Ba é buaic a chuid cócaireachta uisce a chur ar fiuchadh faoi choinne caife.

Rith le hEoin gur ag ócáidí den chineál seo a tharlaíodh na babhtaí craicinn gan choinne idir daoiní anaithnide nó mearaitheanta sna scannáin. Bhraith sé a bhod ag ardú a chinn ag an smaoineamh seo, ach ansin chaith sé as a chloigeann é. Ní raibh aon dóchas aige as Éilís, agus b'amhlaidh ab fhearr.

Thug Éilís a stádar thart san árasán, agus í ag déanamh séischomhrá le hEoin. Ansin chuir sí sonrú sa bhosca físchaiséid a bhí fágtha ar thábla an tseomra suí. Má mhúch sé an gléas físeáin féin, ní raibh de mheabhraíocht ann clúdach an chaiséid a chur i bhfolach. D'ardaigh Éilís den bhord é agus í ag caitheamh súil ar na colainneacha lomnochta air.

"'*The Wild Desire*'—'An tSaint Fhiáin'," ar sise ag léamh teideal an scannáin os ard. D'fhan sí tamall ina seasamh agus í ag dearcadh go ceisteach i dtreo Eoin.

"Níl ann ach an brocamas is úire," ar seisean. "Cuir uait é le do thoil. Tá cineál náire orm, an dtuigeann tú." Díol iontais dó féin ab ea é go raibh sé in ann scéal casta a éadóchais a chur i mbeagán focal mar sin.

Rinne Éilís mar a hordaíodh di, agus í ag déanamh a leithscéil.

"Caithfidh sé go bhfuil tú iargúlta uaigneach," ar sise, "agus tú ag amharc ar a mhacasamhail seo."

Tháinig fonn ar Eoin brachladh a chur ar Éilís agus a rá léi nach raibh sé i gcall a cuid truamhéile. Ach d'éirigh leis an chéad tallann seo a chloí, agus nuair a labhair sé, bhí gnáthghlór comhrá aige.

"Níl ann a thuilleadh ach seort drochnós nach bhfuil mórán taithnimh fágtha ann," ar seisean go mall-triallach. "Nuair a bhí mé cúig bliana déag shíl mé an dúrud de na físeáin sin. Anois áfach—" Stad sé den chaint is chroith a chloigeann, agus é ag síneadh a dhá sciathán uaidh ar nós an Phápa ag beannú do na sluaite síoraí ar an gCáisc.

Ansin bhuail a sheanchotadh é aríst. Cén fáth a gcéasfadh sé an ghirseach seo lena chuid fadhbanna féin. "Ó, ná bac leis. Ní suim leat mo shaol cibé."

"Lean ort," ar sise i dtoibinne. "Tá mé barúlach go dtuigim duit. 'Bhfuil a's agat, tá sé díreach cosúil le mo chuid... bhuel, le mo chuid buachaillí. Tchí tú, níl mórán suilt agam astu níos mó. Nuair a... nuair a luigh mé le fear an chéad uair riamh, bhí sé go deas, diabhal smid bhréige ann. Bhí mé cineál doirte dó, ach thréig sé mé i ndiaidh mé a chlárú. Ansin chuaigh mé ar lorg fir a bheadh comh maith leis sin, ach ní bhfuair mé aon duine a shásóchadh mé, agus is dócha nach n-aithneochainn dá bhfaighinn."

"A shásóchadh thú? Ó thaobh an chraicinn de?"

"Ó thaobh ar bith de. Ach ós rud é go bhfuil sé amuigh orm nach n-eitím stocach ar bith, bhuel... tá siad uilig ag iarraidh a gcuid a fháil uaim, agus bím ag luí leofa, ach is beag an ríméad é ar na saolta seo. Tá mé ag toiseacht is ag éirí dúdhóite de. Níl ann, ach... goidé a dúirt tú? Drochnós nach féidir éirí as?"

Lean an bheirt acu i bhfad i gceann an chomhrá seo, agus an tuiscint ag teacht ag Eoin. Tuiscint réabhlóideach a bhí ann a chuir gach rud bunoscionn ina intinn. Iad sin a bhí i dteideal saol collaíochta a bheith acu, ba é an tuairim a bhí ag Eoin riamh go raibh siadsan sásta sonasta, agus eisean ar an t-aon duine amháin a raibh léargas aige ar shuarachas an tsaoil, ar a mhí-ádhúlacht agus a dhochma. An amhlaidh go raibh an dochma céanna ag goilliúint chomh géar céanna ar na daoine óga eile, ach amháin nár tháinig sé tríothu mar a tháinig sé tríd féin?

Chaith Éilís agus Eoin an tráthnóna ar fad ag labhairt le chéile. Ní raibh súil le tuismitheoirí Eoin abhaile inniu, agus nuair a tháinig Éilís anseo ag tabhairt an ghléas cistine léi, bhí sí le dul go dtí an dioscó ar lorg fear úr aon oíche. Bhí sí ag caitheamh culaith ghalánta a d'fhág uachtar a cuid cíoch ris, agus í ag breathnú díreach cosúil le banríon an dioscó. De réir a chéile, rinne Eoin dearmad iomlán den ragús a dhúisigh Éilís agus an chulaith seo ann. Chrom sé ar an reitric fhileata sin a chuaigh an oiread sin i bhfeidhm ar Shomhairle. Thug Éilís cluas dó, agus chuaigh cineál baspairt tríthi nuair a chuala sé Eoin ag labhairt ar an dóigh ar leith seo.

Níor luigh siad le chéile. Ní dhearna siad oiread agus lámh a chroitheadh le chéile. Bhí Éilís ina leathluí ar an tolg, agus eisean tumtha isteach sa chathaoir bhog os coinne an teilifíseáin. Bhí siúlghuthán ar iompar ag Éilís, agus cairde dá cuid ag glaoch uirthi cúpla uair le ceist a chur uirthi fá dtaobh den ábhar nach raibh sí sa dioscó inniu chomh maith le duine. Thug sí cur ó dhoras éigin dóibh agus chrom ar ais ar an gcomhrá le hEoin.

Ba é deireadh an scéil gur chodail Éilís an oíche sin ar tholg an tseomra suí in árasán mhuintir Eoin, agus fear an tí féin ag míogarnaigh sa chathaoir. Nuair a gheal an lá arís, ba bheag an lúth a d'fhan ina gcuid géag, ach ba chuma faoi sin. Bhí giúmar aerach aigeanta ar Éilís, agus í ag agairt Eoin í a chomóradh abhaile. Rud a thoiligh sé a dhéanamh.

Cuid súl a bhí iontu agus iad ag siúl sráideanna Narkkaus an mhaidin sin: Éilís ag seoladh léi ar nós long de chuid Chríostóir Columbus faoina feisteas dioscó go léir, agus an stócach leathramhar ag caitheamh casóg ghorm earraigh a bhí chomh coiteann agus go gcuirfeadh sé sainéide lucht leanúna Mao i gcuimhne duit, chomh maith le bríste tréigthe géine. Bhí siad ag coinneáil lámh a chéile anois. Ní raibh cuma na lánúine óige áilíosaí orthu a thabharfadh croí isteach dá chéile a thúisce is a thiocfaidís thar an chéad choirnéal eile. Bhí siad i bhfad ní ba chosúla le cúpla seanduine a raibh leathchéad bliain caite acu pósta ceangailte, agus iad in ann intinn a chéile a thuiscint ar leathfhocal.

Mhair an staid sin go dtí nach raibh ach deich méadar is dhá scór idir iad agus tairseach theach Éilís. Ansin chualathas an chéad scairt scigiúil.

"Amharcaigí, a bhuachaillí! An bhfaca sibh a leath-bhreac seo! Fuair an bhodóinseach an bod deireanach anois nár bhain sí triail as go fóill!"

"An scúille is an bhodóinseach, nach deas an dís iad sin!"

Ar áit na mbonn bhí drong de bhuachaillí cúig bliana déag ina dtimpeall mar fháinne léigir, agus iad ag preabarnaigh is ag léimnigh síos suas, síos suas le teann gliondair.

Má mhothaigh Eoin é féin ar a shocairshuaimhneas go dtí seo, agus cineál mórtais air as a bheith ag spaisteoireacht na sráideanna i gcuideachta an chailín álainn seo—agus é ag déanamh beag is fiú de dhroch-chlú Éilís, ar ndóigh, nó an raibh mórán measa ag na daoine air féin?—bhí an fhéinmhuinín úr seo ina conamar ar an toirt, agus é ag amharc air féin trí shúile lucht a chéasta arís. Phléasc a ghol air, agus é ag búirfigh chaointe mar a bheadh tarbh mire ann. Rinne sé ionsaí ar an gcéad fhear den bhaicle a fuair sé in aice láimhe, ach nuair a chúb an buachaill sin uaidh, b'éigean d'Eoin leanúint leis an rúchladh ar aghaidh, ar eagla go dtitfeadh sé as a sheasamh le tréan a ghluaiseachta féin. Lean sé ag scairtigh agus é ag rith sna fathaibh fásaigh i lár na sráide gan a chloigeann a bhuaireamh faoi na carranna a thiocfadh an bealach.

Thosaigh Éilís ag glaoch ar Eoin ina ainm: "A Eoin! A Eoin, a stór! Gabh ar ais! Gabh anseo! Bascfaidh na gluaisteáin thú!"

Ní raibh na háibhirseoirí ach ag gáire, agus na carranna ag baint gail as a gcuid coscán ag iarraidh gan teagmháil a dhéanamh le hEoin. Ach ba ghairid go dtiocfadh gluaisteán a chinniúna, nó bhí mífhoighne ag teacht ar na tiománaithe: an duine sin acu a tháinig i ndiaidh an chéad duine bhí sé i bhfad níos neamh-chúramaí ag seachaint an stocaigh, agus é barúlach gur ar Eoin féin a bheadh an milleán dá mbuailfeadh gluaisteán é. Tháinig carr agus carr eile gan maolú ar bith a dhéanamh ar a luas, agus iad ar shéala buille a thabhairt d'Eoin nuair a chuir siad díobh thart leis. Ansin nocht gluaisteán a chinniúna. Carr Seapánach a bhí ann den chineál sin a úsáideann fir óga ar comhaois le hEoin féin le girseacha a bhréagadh in eangaigh. Stócach éigin a bhí ar an roth stiúrtha ceart go leor, b'fhéidir fiú gur aithin sé Eoin, ach cibé faoi sin ní dhearna sé lá iarrachta leis an bhfeithicil a chur ar athrú treo. Lean sé an bealach céanna, agus é ag teacht salach ar Eoin, glan salach, a thiocfadh a rá. Ba mhór millteanach an ghastacht a bhí faoin gcarr seo, agus nuair a bhuail tús an ghluaisteáin faoi Eoin sna heasnacha, chualathas na cnámha ag pléascadh as a chéile, agus crith á bhaint as an gcarr uile le tréan na teagmhála.

Thug corp Eoin léim mhór fhada agus d'fhan ina spréiteachán áit ar tháinig sé ar an talamh arís, agus an fhuil ag tonnadh amach ina sruth. Nuair a scrúdaigh Éilís an marbhán lena súile, tháinig sé go hiomlán formhothaithe uirthi an oiread fola a bhí i nduine, an

lochán mór dearg ar asfalt na sráide thart timpeall ar
an gcorp. De réir a chéile tuigeadh di gurbh é ba bhrí
leis an linn seo ná nach dtiocfadh Eoin chuige choíche,
nach raibh sé le héirí as a luí choíche. Ansin chuaigh sí
ag caoineadh, agus orla ag teacht uirthi chomh maith.
Theilg sí leacht liathuaine aisti féin, agus níor bhac sí
leis go ndéanfadh sí dochar dá cuid éadaí daora
lonracha.

> *Ghlaoigh mé ort is do ghlór níor chualas,*
> *Ghlaoigh mé arís is freagra ní bhfuaireas.*

Ní raibh a fhios ag Somhairle é seo titim amach, agus
é ag déanamh a airneáin i dteach mhuintir Mhetsän-
kankare. Mhéadaigh sé go mór ar an sult a bhí á bhaint
aige as an am a chaith sé i gcuideachta a ghrá ghil nach
raibh tuismitheoirí an chailín le filleadh abhaile roimh
an lá arna mhárach. Bhí an tUrramach Amhlaoibh ar
chomhdháil éigin de chuid Chumann na Ministrí, agus
scríbhneoir clúiteach éigin ag tabhairt léacht nó óráid
uaidh ansin. Maidir lena bhean chéile Bríd, bhí sise á
cur faoi agallamh oibre taobh amuigh den chathair,
agus í ag iarraidh post múinteora a fháil ar an scoil
chéanna ina raibh máthair Shomhairle ag teagasc.

Ba deas an lá é ón gcéad tús, dar le Somhairle. I
dtosach báire rinne siad a gcuid obair thinteáin ón scoil
in éineacht le chéile, eisean ag cuidiú le Máire lena cuid
matamaitice is eolaíochta, ise ag cabhrú le Somhairle
ciall a bhaint as an stair agus as an teagasc Críostaí.
Agus an chuid sin thart acu, d'imir siad babhta fichille,
agus ba í Maire an duine acu a rug an bua, mar ba dual
di. Ní raibh mórán cur amach ag Somhairle ar an

gcluiche i ndiaidh is go raibh na rialacha ar eolas aige. Thréaslaigh sé a bua le Máire trí phóg a thabhairt di, agus mhaireadar i bhfad snaidhmthe ina chéile.

"Tá mé i ngrádh leat," ar seisean.

"Abair arís é le do thoil," a d'fhreagair sise.

"Tá mé i ngrádh leat."

"An difear leat é a rá arís eile."

"Tá mé i ngrádh leat. Cén cineál céarach atá in do chuid cluas?"

"Níl aon rud cearr le mo chluasa, ach is maith liom na focail sin a chlos."

Phléasc a ngáire ar an dís acu agus chrom Somhairle ar leathleiceann Mháire a phógadh. Chaith sé tamall chomh fada i mbun na hoibre sin is gur fhiafraigh Máire de sa deireadh: "Céard athá ar siúl agat ansan?"

"Cineál triail eolaíochta."

"Cén cineál?"

"Tá mé ag iarraidh a fháil amach cá mhéad póg atá de dhíth le do leiceann a chlúdach."

Thosaigh sí ag sciotaíl, agus eisean ag cíoradh a cuid gruaige duibhe lena dheasóg gan éirí as na póga. Ba bheag eile a mhothaigh sé ach macalla a chroí féin ag greadadh is ag lascadh istigh ina chluasa. Rinne sé áilleacht Mháire a adhradh agus é ag moladh is ag móradh loinnir a gruaige is déanamh a sróine, agus dóchas ag borradh ina chroí go ngéillfeadh Máire a maighdeanas dó inniu. Ó, a d'áitigh sé air féin, déan dearmad de na brionglóidí sin, ní ghéillfidh, agus sin a bhfuil de... Girseach chráifeach.... Ach nuair a tháinig adharc air agus é ag brath teas cholainn Mháire faoina cuid éadaí bhain sé triail as. Chrom sé ar chnaipí a léine-se a oscailt go dtí gur leath a cíocha os coinne a shúl, agus é ag baint an chíochbhirt den chailín.

Níor chuir sise ina aghaidh. Nuair a thosaigh sé ag pógadh na gcíoch mar a phóg sé a leathleiceann roimhe seo, ní dhearna sí ach magadh faoi, agus í ag rá gur "buachaill deas drochmhúinte" a bhí ann. Chuimil sé a lámha le craiceann nocht Mháire agus bhain an léine di go hiomlán. Nuair a d'fhéach sé leis an mbríste géine a scaoileadh di, áfach, tháinig místá ar Mháire, agus í ag cosc a lámha-san.

"Ná déan é!" a scréach sí. "Sid í an teorainn dhosháraithe."

"Cad fáth?"

"Thá a fhios go maith agat cén fáth. Nílim ródhiograiseach leanbh a bhreith duit fós. Fan go ceann ocht mbliana eile, ar a laghad."

"Cé a thrácht riamh ar aon leanbh?" Thum Somhairle a dheasóg i gcúlphóca a bhríste féin gur thóg sé amach pacáiste beag coiscíní. Dea-chleas a d'fhoghlaim sé ó Jarmo Koskinen, ní miste a rá!

"Ó, nach tusa an diabhal tiomanta," arsa Máire go gealgháireach. Ní raibh sí ag dréim leis seo go díreach. Bhí sí i ndiaidh an oiread sin litreacha cailíní óga chuig colúnaithe crá croí a léamh ar na hirisí ag déanamh clamhsáin fá dtaobh de stócaigh nach raibh sásta freagracht na frithghiniúna a ghlacadh orthu féin—bhí an oiread sin den chineál seo léite ag Máire, agus nach raibh sí in ann a shamhlú le Somhairle go mbeadh de mheabhraíocht ann coiscíní a cheannach. Nuair a thiontaigh sé amach go raibh agus fáilte, tháinig sé aniar aduaidh ar an ngirseach. Níor fhan aon fhocal aici a thuilleadh le cur in éadan Shomhairle, agus é á bréagadh chun leapa.

Mar sin féin, d'éirigh léi í féin a fhuascailt ó ghreim an stócaigh, agus í ag déanamh a leithscéil nach raibh de dhánacht inti géilleadh dó, ar na cúiseanna a bhí mínithe aici le fada anuas. Ansin tháinig aoibh gháire uirthi. "Caithfead a admháil," ar sise go haerach, "gur chuiris an-chathuithe orm. Má leanann tú ort le do chuid iarrachtaí, n'fheadar an fada eile a éireoidh liom cur i d'aghaidh. Tabhair dhom mo chuid éadaí anois."

Níor thug, áfach; chúb sé uaithi ag croitheadh na mbalcaisí san aer go mioscaiseach.

"Aosaigh suas, a bhuachaill," arsa Máire. Ba feic í, dar le Somhairle, agus í ina seasamh i lár an tseomra gan téad éadaí ar uachtar a colainne.

"Thánn tú ag tiomsú trioblóide ort, a mhic ó," ar sise go bagrach, ach ní bhfuair sí an léine ná an cíochbheart go fóill.

"An rabhadh deireanach," ar sise, "an rabhadh deireanach é seo."

"Ó, nach ormsa atá an faitíos," arsa Somhairle go fonóideach.

"Anois," ar sise, "ortsa an milleán!" Thug sí ruathar millteanach léime faoi Shomhairle agus chuir a lámha faoi ascailleacha an stócaigh. Thosaigh sí ag cur cigilt air go dtí go raibh sé ina luí spréite ar an urlár agus é ag iarraidh trócaire uirthi. Bhí sé i ndiaidh a cuid éadaí a thabhairt uaidh ach níor mhaolaigh sin ar an gcailín ar aon nós. Nuair a bhí Somhairle traochta go hiomlán, d'éirigh sí as, thug póg dó agus bhailigh a cuid ceirteacha den urlár gan iad a chur uirthi arís.

"Má thánn tú chomh tugtha san do mo chíocha, bain lán do shúl astu anois," ar sise go súgach. "Cogar a stór, an miste leat mé an sabhna a chur ar téamh?"

Bhí sabhna leictreachais ag muintir Mháire Gráinne, agus í ag smaoineamh go mion minic ar chomh deas a bheadh sé tamall a chaitheamh ansin in éineacht le Somhairle. Chuaigh sí ansin anois agus chuir sí an gléas ar téamh.

Agus i ndiaidh leathuair an chloig bhí an dís acu ina suí ar ardán an tseomra allais agus iad lomnocht. Bhí Máire ag teilgean uisce as buicéad ar chlocha teo na tinteoige, agus Somhairle á guí éirí as, nó bhí aer an tseomra allais chomh ramhar le gal agus go raibh sé ag éirí deacair anáil a tharraingt. Ní dhearna Máire ach scig-gháire faoina chruachás-san, agus é ag fáscadh a chloiginn idir na glúna. Ní raibh mórán acmhainn teasa ann, mar Shomhairle. Maidir le Máire áfach, bhí sise díreach chomh tugtha don tsabhna agus go sílfeá gur andúil a bhí ann, agus í ina suí le droim cruinn díreach agus a haghaidh in airde.

"Tá mé bruite beirithe," arsa Somhairle go pianmhar, agus thug Máire soncadh uillinne dó.

"Fan socair," ar sis. "Ní dochar duit an teas. Ná bíodh imní ort, beidh do leordhóthain fuachta agat amuigh nuair a fhillfir abhaile."

"Ní thig liom anáil a tharraingt," a dúirt Somhairle de mhairgnigh chéasta.

"A chréatúir," arsa Máire leath grámhar, leath mioscaiseach. "Bíodh mar is mian leat. Tógfam cith anois."

Ba é Somhairle an chéad duine acu a chuaigh faoin scaird uisce, agus ansin d'iarr Máire air a droim a ní.

Rinne Somhairle mar a hiarradh air, agus sin faoi chroí mhór mhaith. Chrom sé ar an mbloc gallúnaí a chuimilt le craiceann Mháire. Nuair a fuair sé go raibh go leor cúir ann chuir sé an ghallúnach i leataoibh uaidh, agus a chuid lámh ag tosú ag leathadh an chúir ar dhroim Mháire. De réir a chéile chuaigh a mhéara ar strae ón droim, agus iad ag cuimilt a boilg, a cíocha, a sciatháin is a ceathrúna, agus sa deireadh tháinig a chuid méar a fhad leis an áit ba rúndiamhaire. An turas seo níor bhog Máire géag le cur ina aghaidh.

Lig Máire gíog lag fhann, ar shéala a bheith do-chluinte, agus crith ag dul trína colainn. Labhair Somhairle os íseal léi, ag blandar is ag maolú ar oibriú a hintinne, ach d'fhan sise ina tost amach ón gcorrosna a d'imigh uirthi.

Ba é deireadh an scéil go ndearna siad rúchladh millteanach as an seomra folctha le tamall maith ama a chaitheamh snaidhmthe ina chéile ar leaba Mháire, agus nuair a bhí sé thart bhí cúpla coiscín caite trasna a chéile ar an urlár. Chluinfeá an bheirt acu ag análú go trom, nó ba mhaslach an obair é bheith ag bualadh craicinn i ndiaidh an tsabhna. Bhí siad chomh tuirseach agus nach raibh siad in ann éirí ina suí féin.

"A Mháire," ar seisean.

Lig sise gnúsachtach aisti mar fhreagra.

"An bhfuil tú cinnte go hiomlán nach mbeidh do thuistí ar ais ach amárach?"

"Bhuel, tháim... tháim cinnte mo dhóthain."

Ní raibh a fhios aigesean an raibh a sháith féin i ndóthain Mháire. "Ba mhaith liom," ar seisean, "gan iad pilleadh anois."

"Cén dochar?" arsa Máire. "Cén dochar má thagaid féin?" Thug sí póg do Shomhairle.

"Nach bhfuil aon eagla ort?"

"Níl," ar sise. "Tháim cinnte go dtuigfid ár gcás. Thá an oiread san áthais orm anois gur cuma liom."

Ansin baineadh stangadh astu, nó chuala siad an teileafón ag clingireacht. Chabhraigh Somhairle le Máire teacht ar a bonnacha, agus ansin chuaigh sí a fhad leis an nguthán ag baint taca as na baill trioc is na doirse.

"Metsänkankare, Máire ag labhairt."

"Thá, thá sé anso ceart go leor."

"Tuigim. Is diail an tubaiste é dháiríre, thá sé uafásach, an ceart agat go hiomlán.... Labhród leis."

D'fhill Máire go malltriallach go dtína seomra féin, áit a raibh Somhairle ag fanacht léi. D'aithin sé láithreach bonn go raibh smúid éigin uirthi.

"A Shomhairle," ar sise go faichilleach, "do mháthair a bhí ann. Drochscéala a bhí aici."

Chlis Somhairle as a luí. "Mamó?"

"Ní hea. Ní baol di. Duine eile ar fad." Chuir sí a lámha thart ar Shomhairle agus í ag dearcadh go domhain isteach ina shúile.

"Cé a... cé a fuair bás?" a d'fhiafraigh sé. Bhí sé ag súil gurbh é a athair a bheadh i gceist. B'eisean an chaill ba lú. Nuair a tháinig an crú ar an tairne bhí sé chomh sáite sin ina dhomhnán féin agus nach raibh mórán caidreamh daonna aige le Somhairle ná le haon duine eile dá mhuintir.

"Do chara Eoin Rosas. Bhasc gluaisteán é ar maidin. Timpiste a bhí ann."

"Goidé tá tú a rádh? Gluaisteán a bhasc é a deir tú? De thaisme? Taisme mo thóin! Mharaigh siad é!"

"Cé a mharaigh é, a stór? Cé h*iad* féin?"

"Tá a fhios ag an tsaol mhór cé hiad féin! Narkkaus! Narkkaus a mharaigh é!"

Phléasc a ghol ar Shomhairle, agus nuair a thug Máire iarracht barróg a bhreith ar a leannán le sólás a thabhairt dó, bhrúigh sé a colainn uaidh.

A chríoch sin